月见的岛屿

兰思思 著

图书在版编目(CIP)数据

月见的岛屿 / 兰思思著. — 重庆：重庆出版社,2016.6

ISBN 978-7-229-11069-7

Ⅰ.①月… Ⅱ.①兰… Ⅲ.①长篇小说—中国—当代 Ⅳ.①I247.5

中国版本图书馆CIP数据核字(2016)第055974号

月见的岛屿
YUEJIAN DE DAOYU

兰思思　著

责任编辑：袁　宁
责任校对：朱彦谚
装帧设计：重庆出版集团艺术设计有限公司·王芳甜

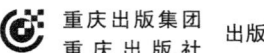

重庆出版集团
重庆出版社　出版

重庆市南岸区南滨路162号1幢　邮编：400061　http://www.cqph.com
重庆出版集团艺术设计有限公司制版
重庆市国丰印务有限责任公司印刷
重庆出版集团图书发行有限公司发行
E-MAIL:fxchu@cqph.com　邮购电话：023-61520646
全国新华书店经销

开本：720 mm×1020 mm　1/16　印张：19.25　字数：222千
2016年6月第1版　2016年6月第1次印刷
ISBN 978-7-229-11069-7
定价：32.00元

如有印装质量问题，请向本集团图书发行有限公司调换：023-61520678

版权所有　侵权必究

让我们重回十五岁。一个十五岁的女孩会想些什么,又需要什么呢?

——题记

目 录

最初 / 001

Chapter 1　纽约的秋天 / 003

Chapter 2　哪里都是你 / 021

　　　　　——《让城遗事》* 齐眉

Chapter 3　绝对自由则无法生存 / 041

　　　　　——《让城遗事》* 三叹荡

Chapter 4　满月 VS 心情 / 066

　　　　　——《让城遗事》* 大园满觉

Chapter 5　与妒忌和解 / 097

Chapter 6　恶念起时 / 117

Chapter 7　梦中的生日 / 136

　　　　　——《让城遗事》* 金娥墩

Chapter 8　萌动，在同一频率 / 166

Chapter 9　初吻的气味 / 185

　　　　　——《让城遗事》* 荆村蛮巷

Chapter 10　死亡之后依然存在 / 215

Chapter 11　爱的幻想与实体 / 227

Chapter 12　破碎成灰 / 236

　　　　　　——《让城遗事》* 要离

Chapter 13　孤岛 / 254

Chapter 14　美丽新世界 / 265

　　　　　　——《让城遗事》* 望虞河

Chapter 15　我们终会长大 / 287

插播：一段采访录音 / 298

最后 / 301

最初

最初，他们因为这样那样的理由孕育了我们。我们出生，依赖他们，他们也爱我们，那时我们彼此亲密无间。

然后，我们渐渐长大，有了自己的思想，有些思想让他们发笑，有些让他们感慨，也有一些，让他们恼怒甚至畏惧。

他们为这畏惧呵斥我们，束缚我们，我们感到迷惑、不解和痛苦，可无论怎样诉说，他们总是听不进去，他们有他们的判断标准。

我们终于被疏远、隔离，和他们成为相望的两座岛屿，我们在岛的这边遥遥注视着他们，深知有一天我们也终将凫水过去，去到他们的岛上。

然而这一刻，我们如此孤独。

他们中几乎无人会想到要来我们的岛上走走，这里对他们来说太小，根本没法下脚。可我们如此期盼。

期盼有一天，他们中的一个也会注意到我们。

他会缓缓游来，到我们的岛上，试图理解我们的世界。

Chapter 1

纽约的秋天

烟雨，江南，黄昏。

书生踉跄着行走在田间小道上，大片田野被甩于身后，村落在依稀可辨的前方。

他身无一物，满身泥泞，被雨水浸润的脸上只见凄苦，细雨吞噬了他的呜咽，他紧咬牙关。

夜幕迅速从天际笼罩过来，书生加快了脚步。一株银杏触手可及，他急忙上前攀住，喘息。饥渴劳累和一路所受的惊吓让他视野浑浊，心神恍惚。

一座简陋的院落渐渐从墨色中显出轮廓，他顾不上疑虑，拖着摇摇欲坠的身子挪步至柴扉前，未及拍打，门自动开了，他一头栽进去。

时空被切割成零碎的片段，在他脑海中断断续续演绎。其间，他睁开过眼睛，似乎看到了晨曦，还有年轻女子窈窕的背影。他重又闭上眼睛，任意识在过去和未来中穿梭。

不知过了多久，他醒来，呼吸畅通，耳目清亮，且感觉到饿。

是白天，光线从窗外透入，使他眩目。

屋子里传来响动，他仰头，看见一位绿衫女子正弯腰将一桶水倒进缸里。

"姑娘……"他挣扎起身，欲问些什么。

女子转过身来，他被一张明艳的面庞所震动，一时忘了要说什么。女子朝他展颜一笑，不作声走出去。

他怔了片刻，低头看，一身干净的衣衫就搁在枕畔。

院子里，挽髻的婆婆坐在井边缝缝补补，绿衫女子却不知去向。

书生走到婆婆身旁，深深一揖："小生吴俊，奉父命进京赶考，只因路上遭遇匪贼落魄至此，多蒙老妈妈相救，吴某不胜感激。"

婆婆仰脸看他，啧啧笑赞："果真是读书人！说话这等斯文。杏姑那日开门，你扑通倒进门来，我们不好生照看你，难道要将你撵出去不成？"

吴生赧然，眼眸朝四下里望："那杏姑……"

"就是每日给你端茶送水的孩子。"婆婆抬眼，一指内屋："你且去用饭，杏姑给你预备好了。"

杏姑倚在内屋门边笑望吴生，吴生心头突突直跳，走近前去，朝她也作了一揖："多谢姑娘这几日费心照料。"

杏姑掩口而笑，依旧不置一词，吴生直起腰来时，她又消失了。

他正讪讪，听婆婆解释道："你别当她无礼，这孩子打生下来就是个哑子，亲爹娘把她抛在路边，恰好叫我这孤老婆子给捡回来就个伴儿。除了不会说话，杏姑可算样样能干，这里里外外一时半会儿都少不了她的。"

吴生心生遗憾，随即又转化成怜惜。

大病初愈，吴生没有立刻告辞，每日里跟着杏姑在村中四处漫步，这仿佛连红尘都飞不到的地方居然是个山清水秀的好去处。他向婆婆请教地名。

"我们这儿也不是那出名的村啊寨啊的，历来就是种田、打鱼，再不然收些时鲜瓜果，也没大宅大户在这儿住着，你没听说那是自然。地名儿倒是有一个，叫作齐眉镇。"

"齐眉镇？莫不是梁鸿、孟光的那个齐眉？"

"我们乡下人哪里懂得，只知道这镇子从无到有，也有些年头了。"

一转眼，吴生在齐眉镇住了一月有余，与杏姑感情日浓，经婆婆许可定下终身，他随即向两人告辞，一则需回去禀报父母择日前来迎娶杏姑，二则科考在即，他无论如何得去一试，或能光宗耀祖，也不枉自己苦读多年。

婆婆听完他的打算，沉默半晌方道："你既存了这想头，我们也不能拦你，你但去无妨，只是这将来的事谁也难说。"

吴生忙发誓此生定然不负杏姑，并立下字书作为联姻凭据。

他离开时，杏姑为他打了个厚重的包袱，装满衣衫和食物。他走了很远，回过身去，杏姑还倚在门边目送他，总是带笑的面颊此刻笼上了一层淡淡的惆怅。

两年后，在通往齐眉镇的路上，金榜题名的吴生满面春风，策马急行。

银杏犹在，那破旧的院落却没了踪影。吴生揉揉双眼，反复核

实，确信记忆不曾出错。

他找村人打听，人人摇头。

"我们在镇子里住了这许多年，何曾听说过有那么户人家，小相公你找错地方了！"

"这里可是齐眉镇不是？"

"正是！"

"那便错不了！"

然而，不管他怎么搜寻，就是不见婆婆和杏姑的下落。

细雨霏霏的银杏前，吴生唏嘘愧悔，自己来迟了。

一片杏叶不知从何处飘来，落在吴生脚边，他拾起，杏叶变成一页纸——他留给杏姑的婚约凭据。

杏姑的脸晃晃悠悠从纸面上浮现出来，吴生不觉伸手去触摸，却是枉然。

两行清泪缓缓从眼眶中滑出。

——《让城遗事》*齐眉

****

从我识字那天起，就忙着在各类书本中寻找有关齐眉镇的典故，这种老学究式的刨根问底来自于外公的遗传，他是镇上有名的知识分子，天资聪颖，又遍览群书，装了一肚子外婆称之为"毫无用处"的学问，以至于我三岁那年拿着本《声律启蒙》在家门口装模作样把玩时，人人都称道是家风使然。

搜寻的结果让我泄气，不但赫赫有名的正史没有只言片语的记载，就连地方志中，除了一个简单的地名外，其余说明文字一概没有。我只在一本民间野史《让城遗事》中找到一段与之略有关联的传说。

我是在外公众多的古文典籍中搜罗到这本《让城遗事》的，如假包换的手抄本，没有年代，也没有作者署名。我问外公，他也迷糊，推测说可能是家族中哪个肚子里有点墨水的酸秀才涂鸦的。

这秀才想必不得志，还喜欢幻想，讲故事从来不交代清楚来龙去脉，有点故弄玄虚，可偏偏对我胃口。无聊的时候，我会猜测婆婆和杏姑究竟去了哪里，吴生后来有没有找到杏姑。归根结底，我也是个爱幻想的人。

外公年轻时就职于一家著名的外资银行，退休后他离开上海回到这座江南小镇。他说这里是过去和未来的连接点，积淀了许多值得回味的时光余韵。

如果我说我完全无法理解他这些话的含义你也能体谅我吧，毕竟我才十五岁。无论我怎么努力感受，镇上的时光对我来说也仅仅像一块块凝结而成的乳酪：甜腻、无聊。

By the way，我叫慕容月见，齐眉中学初三年级准入生。

我和外公、外婆一起生活，妈妈住在离镇子70多公里外的都市，她有一堆事情要忙，不过我觉得保持适当的距离对双方都有好处，至少彼此能过得心平气和一些。至于我父亲，那真是说来话长，不提也罢。

我很爱外公，这一点毋庸置疑，但对外婆，情况略显复杂，她有时像只刺猬，很难接近。举个例子或许你就能明白。

某天放学回家，我看到厨房里一片狼藉——外婆气势如虹地将一砧板冬瓜块都挥落在地。原因是她嫌外公切得不够均匀。

多奇葩的理由。

我当时选择默不作声溜上楼,厨房里的公案还是留给外公处理吧,谁叫他当初娶了外婆呢!

我倒不是怕外婆,但战胜外婆唯一的办法是吼得比她更凶,那需要花费很大体力,所以不到万不得已我不会跟她对垒。

我在镇上已生活了近十五年,你该明白我有多腻歪这地方了吧,但尽管如此,我却从未想过要离开这里。人是感情复杂的动物,处处充满矛盾,就是这样。

镇上没什么好的娱乐消遣,偶尔在中心地带开出一两家新店来,我们也会去凑热闹捧场,但不久就兴味索然了,说到底,内衣店和中老年服装有什么好看的?

最常去的是网吧隔壁的甜品店,在那里,我常能碰到儿时的玩伴萧宾。

萧宾大我三岁,和我一样,从小也是由老人带大的,他父母长年在城里忙着贩卖水果,很少顾得上他。

和我不同的是,萧宾只有一个奶奶。他奶奶大字不识一个,萧宾还很小的时候,她怕耽误孙子的早教(这词儿是她媳妇从城里带回来的),时常把萧宾扔给我外公,和我圈在一处养。

萧宾的父母挣足儿子的学费后就把他转到城里的中学去念书,但没过两年他就逃了回来。

我问起他对城里生活的印象。

"一堆狗屎!"他满不在乎地告诉我。

他离开小镇前从不爆粗口,笑起来脸颊两边各有一个腼腆的酒窝。回来后像长了我一辈,一脸的世故,因此我相信了他对城市的评价。

他父母回来劝过他几回,萧宾不听,依旧我行我素,水果贩子对他彻底失望后就放任不管了。幸好他们还有个小儿子,在城市出生的,从小陪在他们身边,据说又聪慧又乖顺,或许能承载父母多年来想改变命运的期望。

说来好笑,萧宾在镇上的名声不算好,但外婆知道我跟他在一起玩还挺放心,认为我因此就不会被人欺负。

哦,我真该谢谢她。

从小到大,只要谁在游戏中跟我闹矛盾,她肯定冲出来把人家一顿臭骂,直至对方哭着落荒而逃。我在镇上的孤立完全是她一手造成的。

当然,我也不至于真的可怜到连一个女性朋友都没有,韩美筠跟我就挺铁的。

美筠是我家的常客,外婆夸她:"这孩子心宽,不别扭,没那么多小心眼!"

只有我知道,美筠之所以赖在我家不肯走是因为她回家后的日子更难熬。

她父亲的理想和萧宾的父母如出一辙,都爱把过高的期许压在儿女脆弱的肩膀上,好像从前自己没读好书都是子女的过错。

美筠学习很努力,但成绩够呛,尤其是数学。

"我一看见数字就犯晕。"她不止一次向我哭诉。

我不知道该怎么帮她,早先她做应用题常常连题意都不看清就开做,先把最先注意到的两个数字抓在一起乘一乘,老师判错误后,她不假思索又将同样的两个数字搁一块儿除一除。每当此时,她爸就在旁边跺脚。

看她做数学题,就像看杂技演员表演高空走钢丝,时常得捏着

把汗。

我上学没人给我压力，但总体能保持在中上游的水平，运气来了，还能冲一冲前五。一提起我的学习，妈妈和外婆总是笑着秀大方："读书这事儿随她去！急又急不来的。"

不知道如果摊上美筠那样的闺女，她们是不是还能笑得如此轻松。我这么说绝不是看不起美筠，但据说学习是要一点天赋的，可惜不是每个家长都能明白。

得言归正传了，要知道我提笔的初衷是打算写一个故事的，一个发生在我身边，与我有一定关联，且我认为值得讲一讲的故事。

如果讲故事的过程中我跑题了，也请原谅我，一来这是我第一次写故事，没什么经验技巧。二来，我的思维略具发散性——熟悉我的人都这么说。不过请放心，故事我一定会讲完，我是个有始有终的人。

每个故事都有个开头，经过仔细考虑，我决定把这个故事的开头放在暑假的最后一天。

暑假的最后一天，我睡了个长长的午觉，还做了个梦，我梦见了纽约。

醒来时，我发现自己身下压着本《淮南子证闻》，这是从外公的典籍中淘来的，专用于催眠。

我对着天花板发了好一会儿怔，看这种书能梦到纽约还真是奇怪。

不过当我爬起来时，一眼扫到床头柜上扣着的那本《行过死荫之地》就明白过来。

我买全了劳伦斯·布洛克的酒鬼侦探系列，那里面所有的故事都发生在纽约。

外婆对我看这种书很不满:"书名就吓人,又是死亡又是谋杀,你就不能读点儿健康向上的东西?"

梦里发生的事却让我不爽,那感觉就像是一个幽闭恐惧症患者被推进了密不透风的大罐子里。

我决定出去走走。

我下了回旋楼梯来到客厅,外公和外婆正在为一碗冰了好几天的甜品争执。

"放在冰箱里又不会坏的喽!"外婆振振有词,就好像冰箱是保险箱似的。

外公正坐在门边的藤椅里听苏州评弹,他举起双手:"总之别让我吃!我不吃隔夜东西的!"

外公对某事表示抗议的时候最可爱,脸上有股子正义凛然的执拗劲儿,而平时他总是笑呵呵的,弥勒佛一样。

他们同时注意到我在换鞋,外婆犀利的眼锋立刻扫过来:"你上哪儿去?"

"找美筠玩会儿。"我随口扯了个谎。

"去吧。"外公忙说,他喜欢我跟同龄人待在一起,唯恐他们二老把我闷坏了。

外婆没反对,只嘟哝了一句:"这会儿日头毒着呢,当心晒掉你一层皮!"

咒语奏效。

我走到古竹桥边的亭子里时,脑门和后背已经全都是汗。

一只小白狗在河边兴冲冲地赶路,张嘴吐舌散着热气,我学它的样

子，伸出舌头使劲喘息，不一会儿就头昏眼花，人跟动物毕竟不一样，这招不管用。

河水绿油油的，不起一丝波澜，几棵老榆树也被晒得昏昏沉沉，只有知了在卖力地制造噪音。

眼前的一切让我恍惚，不过话说回来，我知道自己的症结在哪儿，自从做了那个梦之后，我就有点呆呼呼的。

我对着在阳光下泛白的河水出了会儿神，很快就联想到我的身世。

很多人对我没有父母照顾这一点表现出浓厚的同情，我自己觉得倒还好，除了外婆凶一点儿外，我吃穿不愁，有看不完的有趣的书，至于朋友，一个两个足矣，多了也够让人烦的。

我的快乐在外人眼里显得有点儿没心没肺，好像我天生就该自哀自怜似的。不过我也从未因此而自卑，或跟哪个同情我的人发生过冲突，我对自己的身世还挺满意的，这或许是因为每个小孩都希望自己有与众不同的一面吧。

但梦里酸楚的感觉很快涌上来，像要把我整个儿吞噬掉，我站起身，压下心头的不悦，继续在阳光下暴走。

我去了甜品店，萧宾不在，服务员小葵告诉我："阿宾跟小老板打了半天游戏了，嫌这里闷，说是出去逛逛——你想来点儿什么，慕容？"

一如往常，我要了杯红豆奶茶。

店堂狭长的待客区里，两三个男孩靠在沙发上沉默地看电视，他们都是在隔壁网吧打游戏打累了过来休息的。

电视里正在放一个很莫名其妙的宫廷故事，一群妃子像泼妇似的在草地上大动干戈，天晓得是为了什么芝麻大点儿的小事。

我喝完奶茶，走出甜品店，并在杨家祠堂附近见到了萧宾和胖头，他俩正蹲在一尊石狮子旁抽烟，触目可及的远处是一片桑树林。

　　胖头就是小葵嘴里的小老板，本名齐威，他爸爸是网吧兼甜品店的老板。胖头今年十九岁，既不读书也不工作，完全靠他爸养，高兴的时候就在网吧待着，美其名曰帮父亲打下手，其实大多数时间都在打游戏。

　　胖头的绰号源自他那颗硕大的脑瓜，小时候他爸逢人就显摆："看我儿子的头大不大？里面装的全是聪明！"

　　直到胖头因为打伤人被请进局子关了一年，之后初中没毕业就辍学，他爸才开始怀疑儿子脑袋里装的或许是智慧以外的别的什么玩意儿。

　　此刻，胖头嘴里正说什么，一副乐不可支的表情，萧宾大概对他的段子有免疫了，只是皮笑肉不笑地敷衍着，眼里是不以为然的神色。

　　胖头一转脸看见我，眼睛立刻眯成一条缝："慕容，嗨！"

　　我跟他打了招呼，又对萧宾叫了声："哥哥。"

　　我俩放在一起养的后果之一是，我在很长一段时间里以为他是我亲哥哥。

　　胖头从烟盒里抽出一支递给我，嬉皮笑脸："你也来一口？"

　　我刚要接，那根烟就被萧宾一掌拍落在地，他白了胖头一眼，又对我皱眉："学什么不好，要学女流氓！"

　　胖头弯腰捡起烟，拍了拍灰又放回盒子里，嘟哝："我从我爸那儿顺来的，三块钱一根呢！"

　　我问："你们不热啊？"

　　萧宾指指身后的弄堂口："弄堂里有风出来，叫穿堂风，比空调还

舒服，不信你试试！"

我学他的样子蹲下来，不一会儿就感觉裸露的肌肤上有风拂过，阵阵清凉。

其实萧宾挺聪明的，但跟学习比，他更爱把聪明花在吃喝玩乐上。

胖头从嘴里吐出一个完美的烟圈，忽然一副茅塞顿开的表情："哎，慕容，明天是不是该开学了？"

"算吧，得去学校报到。"

胖头捅捅萧宾："你去不去？"

萧宾哼一声，没搭理他。

理论上，萧宾跟我是校友，他在齐眉中学的高中部，虽然已年满十八，到了高中毕业的年龄，但学籍还隶属于高二，今年能不能升高三都难说。

他父母最大的愿望是给他搞张高中文凭以便日后就业，但他本人一点都不在乎。

胖头又把脑瓜转向我："你那个叫韩美筠的小姊妹呢，你俩不是形影不离的？"

"她爸爸带她去买参考教材了。你打听她干什么？"

萧宾笑笑："还用问，起贼心了呗！"

我说："那你死心吧，你不适合美筠的。"

"我哪里配不上她了？"胖头笑嘻嘻地反问。

"她要考市里的高中，以后去外面发展，她爸爸说，留在镇上的孩子都没出息。"

胖头颇担忧："你说她那脑子能考得上吗？"

"不用你操心，她爸会给她想办法。"

萧宾说:"甭理他,癞蛤蟆想吃天鹅肉。"

胖头蹙眉:"有韩美筠那么胖的天鹅吗?我跟她是惺惺相惜。"

半个月前胖头曾宣布他失恋了,据说是让一个比他大两岁的宾馆服务员给蹬了,想不到这么快就移情别恋,我觉得他挺没劲的。

正无聊地瞎扯皮,一个瘦猴一样的小子从对面的弄堂里连哭带号窜出来。

胖头立刻来了劲头:"是大钟,又让他老子揍呢!"

大钟在三岔路口迷糊了一下,又迅速朝右边的桑树林逃逸,边跑还边反诘紧追其后的老子:"我干什么了?我都干什么了?"

他爸老钟气急败坏:"嘴巴还硬看我打不服帖你!"

胖头拍着大腿给大钟喊加油,大钟精神抖擞,脚底像添了两只风火轮似的绝尘而去,很快就把老钟甩在后面。

"小猢狲你给我站住!"

我们都笑起来,胖头笑得尤其厉害,浑身上下的肉都在抖,好像有人给他上了笑刑一样。我不是第一次见他笑成这样,学校放学的时候,他喜欢拉萧宾去门口看美女,给每个路过的女生打分,看到养眼的女孩就朝人家吹口哨,别人对他瞪眼时他就爱笑成这德行。

外婆曾拿我们这儿的话骂胖头是"快活畜生",意思是没心没肺,成天就知道瞎乐呵。其实不光是他,我们几个都有点儿这样。你想想,在这么个死水一样平静的小镇上待着,好不容易能挖掘出来一点乐子还不往死里开心啊!

大钟人挺老实的,我们笑得这么欢绝不是因为幸灾乐祸。

等钟家父子在桑树林那头彻底消失后,我才注意到,在离我们七八米远的地方站着一名背包客。

他出现得突然，简直就像是从地里冒出来的，大概我们之前太专注于那对活宝父子了。

他穿着白色的棉T恤和牛仔裤，脚下蹬一双帆布鞋，鞋子边缘的磨损程度表明他走过许多路，至于这人的年纪——这一点我总是看不准——大概三十岁左右，反正比我妈要年轻些（老天保佑这话别让我妈听到，她会恼怒的）。

我之所以这么仔细地观察他是因为他和镇上的一切都格格不入，他百分之百是个外乡人。

此刻，外乡人正站在杨家祠堂门口探头探脑。祠堂的门是虚掩着的，只要一推就能进去，他大概也观察清楚了，伸出手正要去推，胖头在我身边突然发出一声暴喝："你干什么！"

我一听他的口气就知道他又想要人玩了。

背包客缩回手，有点疑惑地往我们这边看过来，我注意到他有张白净瘦削的脸，五官周正。

"我想进祠堂看看。"

"现在不对外开放！"

"可这上面写着参观时间是上午八点到十一点，下午一点到四点。也没有贴通知说不开放。"这人还挺执着。

"我亲戚是管这儿的，他说了不开放就是不开放！"胖头既粗鲁又不耐烦。

"那什么时候开放？"

"不知道，得等通知。"胖头说这话的时候简直得意扬扬。

背包客沉默了一会儿，我想他大概看穿了胖头的把戏，但他没有发怒，淡淡地扫了我们一眼，似乎还略略点了下头，后退两步后，安静地走了。

我盯着他的背影，眼前却浮现出他刚才看我们时的神情，那神情平静到什么情绪都分辨不出来，只能由接收者自行揣摩，我从中揣摩出的不是鄙夷，却是怜悯，这让我极不舒服，说实话，我宁愿他鄙视我们。

我不喜欢这个人，所以我也遏制住了追上去告诉他真相的冲动。

萧宾对胖头无聊的把戏表示厌倦："十句话里有十一句是假的，你不累啊！那人招你惹你了？"

胖头朝地上啐一口唾沫，厚颜无耻地笑："这多好玩，闲着也是闲着！"

老钟押着儿子从桑树林里钻出来，大钟脑门上添了个老大的包，还在滴血，他用手捂着，低眉顺眼地走，嘴里依然反复咀嚼刚才那两句话："我都干什么了？我做错什么了？"却完全没了刚才那股子理直气壮的劲头。

"这小子就得揍！不揍不老实！"老钟瞪着眼睛，得意扬扬地对我们宣布。

大钟抽抽搭搭哭着从我们眼前走过。

"钟伯，你干脆揍死他算了！"胖头起哄。

"揍死？将来谁给我养老送终？我能指望你个小翘辫子吗？"

胖头又开始没命地乐，我却有点笑不出来了，看大钟的伤势挺厉害，心里不太是滋味："这是亲爹吗，下手这么狠？"

萧宾扫了我一眼："他揍起老婆来比这还狠呢！"

太阳落到了桑树林的西面，暑气似乎没刚才那么高了。萧宾和胖头要回去重拾战场，我不想回家，便打算去桑树林那边走走。

走过桑树林就是镇西,和人口密集的镇东相比,镇子西边有点荒凉,这里原先是大片的水稻田,后来镇上的人都往城市里涌,种庄稼的人锐减,许多地都荒下来。

自然也不再有人养蚕。"妇姑相唤浴蚕去"的景象一去不复返了。外婆那一辈大概是最后的养蚕人,他们退下以后,年轻人都没耐心从事这种见效缓慢又辛苦的活儿。

但桑树林还在,一年四季,叶子绿了又黄,黄了又绿。

走过树林尽头,视野一下子开阔,能望出去很远,包括夫山脚下一座在建的遗址博物馆。

除了一栋小楼,镇西几乎没什么值得一提的东西。

小楼是一位国民党军官早年的故宅,算起来有百来年历史了。

老宅几易主人,上一位房东过世后,房子就一直空着,也没人认识宅子的新主人。或许,对新主人来说,这里仅仅是一项资产,而非一个家。

我鬼使神差地走到古宅门前停下,仔细打量这栋漂亮的房子。

灰色砖墙被爬山虎团团围住,门前的石阶两旁爬满葱郁的忍冬。葡萄架上,枸杞和葡萄藤紧锣密鼓地抢夺空间,互相缠绕,不分彼此。一株苍老的庭院树枝干弯曲,主体粗得需要三四个小孩才能抱得过来。

到处都看不出有人迹的样子,一股神秘的气息从房子的窗棂和周遭的植物中散发出来。

这里和热闹的镇东完全是两个世界。

我的目光落在几串晶莹的野葡萄上。绿颜色的葡萄泛着水晶一样甜蜜的光,像来自精灵的诱惑。

我轻易跨过宅子外围低矮的篱笆墙。

走近了才发现葡萄早已熟透，经过一个多月的暴晒，水分被大量蒸发，表皮都皱巴了。

但我还是忍不住摘下一颗，剥了皮送进嘴里。

糖分多过水分，甜到喉咙口发呛。我踮起脚，果断地摘下一串，单手搂在怀里，又去摘另一串。手摸到葡萄串的藤梗，刚要用力折断，小楼正门的窗户忽然被推开，里面露出一张男人的脸。

我吃了一惊，手一松，怀里的葡萄纷纷掉落在地。

晚上，我坐在台灯前，摊开日记本，我有每天记点儿什么的习惯。

一天的经历在我眼前掠过，我在几个事件之间踌躇。

大钟挨揍的事让我觉得压抑，况且跟我也没什么关系，至于遇见的那个背包客，你想必也猜到了，没错，他就是在小楼窗户前吓我一跳的那位。

如果仅仅是受到了惊吓我不会在意，让我耿耿于怀的是我被"捉了现行"后的愚蠢反应。

"我没偷你的葡萄，我只是经过这里。"我说这话时镇定得就像临刑的英雄。

他对我此地无银三百两的告白没发表高见，凝视我片刻后，朝我点了点头，从窗边消失了。

此刻想起这事我还忍不住懊恼地龇牙咧嘴，这种丢人的场面最好尽快忘掉。

最后，我决定把下午那个梦记录下来。

对，那个令我郁闷至今的梦。不是我有自虐倾向，事实上，翻翻前面的日记，同样的场景曾不止一次出现在我的梦中，我猜这其中一定有

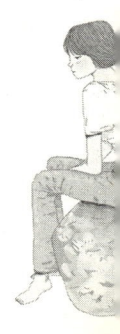

某种寓意。

也许有另一个我，在那个让我不爽的世界里挣扎着生活，我同情她，同时为自己现在的处境感到庆幸。

我会给每篇日记都取个名字，这一篇，我称之为"纽约的秋天"：

意识里，这是秋天。

我坐在街边的一道木栏杆上，萧瑟的秋风正不断灌入我单薄的衣衫。

我感觉到的不是冷，而是清凉，那是所有在酷暑中煎熬过的人都渴望的舒爽。

栏杆有点高，我的双腿够不到地，不得不荡在半空，我必须不断寻找平衡点，以免身体有滑下来的危险。

这游戏实在无聊，但我玩了很久，直到妈妈的声音在耳边响起："……他快不行了，进去看看他吧。"

妈妈说话时嗓音哽咽，仿佛痛不欲生。

我没有回头，尽管意识告诉我这是在纽约，身后则是一所医院，但我依然觉得迷惘——自己为何身处此地，以及，妈妈提到的"他"究竟是谁。

然而，我握在栏杆上的手终于还是轻颤了一下，愤懑和酸楚同时涌入心间，像泛滥的潮水，瞬间要将我淹没。

就这样，我醒了。

Chapter 2
哪里都是你

美筠站在楝树弄弄口等我，这是多年来的习惯，跟我家比起来，她家离学校更近。

她显得愁眉苦脸。

"我爸简直走火入魔了，给我买了一书包的辅导资料，我妈称了一下，足足有十五斤！我爸看什么都觉得好，可我哪里做得完！"

我只能安慰她："有什么好着急的，慢慢做。"

"可是，如果我考不出去，爸爸一定会很失望的。"

"不是还有一年时间吗？"

"慕容，我真羡慕你，不用做题，不用上补习班，也没人逼你一定要名列前茅。"

"外公对我是不错，不过我外婆也很烦的，她是我妈安插在我身边的情报员！"

我这么说其实是有点冤枉我妈的，她并没那个心计，但为了给好友宽心，只能出卖她一次了。

美筠果然笑起来："那她总不至于会来偷看你的日记，还天天都要规定你穿什么衣服，梳什么样的发型吧！"

"那倒是。"我也跟着笑，不好直白地跟她探讨她爸怎么会有这么强的控制欲?

"总之你比我幸运!"她嘟哝着,继续陷入自哀自怜的角色中无法自拔。

学校又分班了,我跟美筠仍旧在一个班,这真是个奇迹,我俩从小学四年级开始同班至今了。

班上一共四十多个学生,有一半都是我们认识的。这不足为奇,镇上的同龄孩子就这么多, 从幼儿园到小学到初中,都是同一拨人在被不断地进行排列组合。

班主任姓杨,面孔很生,长了张娃娃脸,皮肤黝黑,眼睛小小,站起来比大多数人高一个头,一副运动员的好身材。

一个矮墩墩的小胖子由奶奶陪着挤过我们蹭到杨老师面前。

奶奶有双跟我外婆一样的锐眼:"你这老师好年轻!是班主任吗?"

"奶奶您好,我是三班的班主任。"杨老师对她展颜,一口牙整齐得可以去做牙膏广告。

奶奶把胖孙子用力朝老师身边一推:"那您可得给我狠狠管!这皮猴他爸妈都管不住!初三了,性命攸关,可不能再马虎!"

杨老师笑容可掬地扶住浑不在意的小胖子:"放心吧,奶奶,我一定好好管!"

我特别留意了下那胖小子,是真胖,原本挺小巧的一张脸让肥肉给撑得鼓出来两坨肉,立体感十足,眼睛细成一条缝,完全看不出原来是双眼皮还是单眼皮。脸都胖成这样,身材就不必赘言了。

美筠朝我吐吐舌头:"你说老师会凶吗?"

我不太关心:"谁知道!"

开学后我们才得知杨老师来头不小,是学校专门从市里某重点学校挖来的优秀青年教师。

市里的老师跟我们镇上的老师就是不一样,杨老师一来就给我们提倡"快乐学习法则"。

"一班的班主任下了课也不许班上的同学随便出去走动,大家只能坐在教室里看书写考卷。我认为这是极不科学的,每个孩子的青春不应该仅仅埋没在试卷和分数中。除了学习,我们还要强健的体魄,要丰富的文艺细胞。这些和学正课是相互促进而不是相互抵触的。"

犹如拂过室内的一股清风,吹得每个人心头都是一振。

"再者,主动学习比被动学习的效率要高很多,也就是说,学习得靠你们自己努力,而不是靠老师和家长来拼命挤压你们。所以,我把话说在前面,我不会一遍遍来提醒你们什么作业没做,哪门功课需要多花时间,更不会让你们淹没在题海战术里。简而言之,我不想把你们当成一架架学习机器来排列名次,你们想知道自己学得怎么样就跟自己比,跟自己的过去比。至于我这个班主任的责任,除了基础的教课任务外,我会把精力放在体育、文艺这些隐性附加值高的东西上,因为我相信,只有这些方面能同时丰厚起来,你们的人生才不会有所缺失,你们才可能成为完整的人!"

教室里激动得几乎要沸腾了。

"静一静!还有最后一句话:每个人对未来都有憧憬,我希望你们在初三伊始好好想想自己的将来,然后将美好的愿望化作主动学习的动力!"

"哗——"一片汹涌的掌声。

以我的经验来看，老师说的都没错，但他想搞什么快乐学习法实在不切实际，想想看，别人都在拼命做题，我们却在玩，别人把整本书都背出来了，我们却在画画。同样多的时间，同样的考题，我们能取胜才怪。

很多人大概根本没细想后果就为自己也许能少做点儿作业欢欣鼓舞。说白了，大多数学生都是不自觉的，没人压着，谁高兴成天对着枯燥的书本翻来覆去看？

我还真不明白学校怎么敢找这样一位老师来搞试点，初三哎，开什么玩笑？！

美筠那个没脑子的把手掌都拍红了，脸更是红得像番茄："这么多年终于等来了一个好老师！"

我没搭理她，我自己是怎么样都无所谓，但想想美筠的爸爸……往后有她哭的日子呢！

我还真没猜错，开学第二天下午就有人不服从管理了，语文课代表收作文本时苏岳交不出来，苏岳就是那个胖得没形的小子。

"杨老师教导我们，千万不要当学习的机器！"苏岳有张猫咪脸，总是笑嘻嘻的。

语文课代表是个瘦小白皙的女孩，发长齐脖，嗓音悦耳却一点不软弱："同学，你的理解能力不是一般的差，杨老师的意思是要我们劳逸结合。你连劳动都不参加就想歇着属于偷懒！"

"可我写不出来怎么办？"

"那是你的事。限你放学前把作文给我交上来。"

"我要是不写呢？"苏岳还是笑嘻嘻的。

课代表的头发一甩，在空中画了一个优美的弧度，语气斩钉截铁："那你今天就别回家了！"

苏岳愣了一下，忽然大声问："你陪我啊？"

"陪！"

大家哄堂大笑。

我问美筠："这人是谁？"

"他？苏岳啊，不就是昨天让奶奶押着来报到的那位嘛！"

"不是，我是说语文课代表。"

"哦，她呀！她叫徐照，这学期刚从外校转来的。"

难怪我瞧她眼生。

徐照走回座位，刚要坐下，随即又站起来，疾步跑到苏岳课桌前，捡起他文具盒里装游戏币的塑料袋就走。

苏岳这才真急了："嗨！你，你干什么，抢劫啊！"

徐照灵巧地躲过他的"魔掌"，把游戏币藏在裙子口袋里："想要？拿你的作文本来换！"

我朝她的背影打量了好几眼，那么瘦小，真看不出来能量这么足。

一节自修课后，苏岳老老实实把作文本交了上去，徐照也一下子成为我们班风头最劲的女生。

直到此时，我跟徐照还完全不熟，我俩一句话都没说过，我甚至怀疑她是否知道班上还有我这个人。但我有种直觉，我跟她早晚会有交集，而且不会令人愉快。

放学时，我跟美筠一起回家，胖头踩着自行车从我们身旁呼啸而过。车后架上坐着萧宾，两人的口哨声如云雀那样直冲天上。

美筠问我:"他俩怎么老在一起?"

"哥们儿呗!"

其实他俩充其量也就是酒肉朋友,萧宾不见得真把胖头当哥们儿,甚至,说不定他还有点恨胖头,如果不是因为帮胖头,他用不着陪着去坐牢过把瘾。胖头对他倒是佩服得五体投地,虽然他比萧宾还大一岁。

胖头把车停在楝树弄弄口的小卖部门前,他一边买烟一边跟店主套话,萧宾倒坐在车后架上,沉默地望着天空,像个失意的摇滚歌手。

胖头买完烟,扭头看见我们,笑容更热情了些。

"两位妹妹,冰激凌吃不吃?哥哥我请客!"

美筠说:"谢啦!我们赶着回家做功课呢!"

"急什么,聊两句再走嘛!听说你们学校来了个女生,还是市里转来的,有没有?"

我心里一咯噔,不舒服的感觉涌上来。

美筠没心没肺地点头,"有啊!就在我们班,叫徐照。啧啧,传得真快,连你都知道啦?"

"什么样的美女都甭想漏过我这张网。"胖头得意扬扬。

"淫棍。"萧宾评价他。

美筠抿嘴笑,肥嘟嘟的脸蛋憨态可掬,胖头瞥了她一眼,急吼吼地撇清:"阿宾!你别把我形容得像个流氓,我是君子!"

"君子还讲究'非礼勿视,非礼勿听'呢!"

"美筠你学问真好!"胖头由衷称赞。

萧宾看着我:"什么事让你不高兴?"

我做了个鬼脸:"没有啊。"

美筠和胖头也同时扭过头来:"怎么了?"

萧宾说："没怎么，你们都回去吧，跟胖头瞎扯什么，纯属瞎耽误工夫！"

临分开前我问美筠："你觉得徐照长得好看吗？"

"挺好看的啊！"美筠不解，"你觉得她不怎么样？"

我心里别扭，就是不愿意承认这一点，想了半天才道："……太泼。"

好吧，私下里，平心静气地讲，徐照长得是挺不错的，反正符合大众对年轻女孩的那种审美，如果她只是一张表情平和的相片，要我承认她漂亮一点都不费劲。

开学一周后举行了班委选举。

徐照的名字得票最多，我则几乎无人提及，这也情有可原，初二时我当过文娱委员，但也只是仗着成绩不错挂个虚名，没干过几件实事。平时又不太注意团结同学，现在被冷落完全在意料之中。

但美筠不干了："怎么可以这样！"

她替我打抱不平的方式是屡次为我提名，甚至连选举体育委员也踊跃举手，我拦都拦不住。

统计得票时，竞争"体育委员"的六个名额中，我只得了美筠那一票。徐照把"1"字写得特别大，有人偷笑，我则又羞又气，真想立刻从教室里消失。

"韩美筠，你真是蠢透了！"

"我，我只是想帮你嘛！"

美筠永远都搞不清楚"分寸"与"合适"的正确含义。

徐照以最多票数被推举为班长。

不知道你有没有过这样的经历：会跟一个认识不久的人铆上劲儿，对她的一言一行都充满反感和敌意，即使只是这个人的名字在心头蜻蜓点水般掠过也会带来诸多不适。

我以前从没碰到过这种情况，直到遇见徐照。

我不是惊讶，人的感情复杂多变，这一点我很早就明白，但这种情绪让我自己也很难受，又怎么都控制不住，尤其她还老是神气活现在我眼前晃荡，犯了错老师不忍多批评，即使有男生向她挑衅，也不过是想虚张声势惹她注意罢了，想跟她交朋友的女生更是大把抓。

就因为她长得好看，就因为她态度嚣张？凭什么呀！

体育课上举行接力跑比赛，美筠接最后一棒，不慎被递棒给她的徐照带来的冲击力撞翻在地，队友们不分青红皂白地埋怨美筠，她委屈得直掉泪。

我早就看不下去，分开人群挤进去，目光死死锁定徐照："你必须向美筠道歉。"

徐照错愕地看向我："我刚才已经说过了。"

"我没听见。"

她立刻恢复傲然的表情："那是你的事。"

瞧，又来了！什么态度！

我把美筠的伤势指给她看："她膝盖的皮都蹭破了！"

"我不是故意的，而且我已经道过歉了！"徐照抬高嗓门。

"你没有诚意！"

我嗓门比她还高，美筠震惊地看向我，她息事宁人，忍着痛硬拉我走开："算了，慕容！"

我回过头去，冷冷地警告徐照："别以为你是班长就了不起！记住，你欠美筠一个道歉！"

"你神经病！"徐照五官都扭到一块儿去了，一脸凶相。

走出去很远以后，美筠无奈地看着我："慕容，你何必呢，其实她真的道过歉了！"

"我看她不顺眼！"

午后天气闷热，一场雷雨正在酝酿中，空气湿度让地面犯潮，踩上去似乎黏糊糊的。

我在一排杜英树下寻到两只缓慢爬动的蜗牛，左右开弓捻在手中。

美筠一直跟在我身旁，这时候恶心地直往后退："你要这个干吗？"

我嘿嘿一笑："一会儿你就知道了！"

那两只蜗牛很快就爬进了徐照的课桌。

我的目的很简单，我想看徐照出丑，她不是嚣张吗？等她发现课桌里的蜗牛……我想象着她神经质般的尖叫，忍不住低头笑。

是不是觉得我挺坏的？

嗯，我不想否认。

可惜，一只蜗牛率先被去交作业的某男生发现了，他献宝似的捉给徐照看。

"徐照！你课桌里有蜗牛！我帮你扔掉啦！"

"谢谢！"徐照站在讲台上朝他点点头。

不着急，还有一只呢。

放学时，我故意拖拖拉拉，等着听徐照那一声恐怖的尖叫，但徐照却很快收拾完书包，轻轻松松走了。

我纳闷极了，她怎么没发现蜗牛，难道蜗牛乘人不备爬走了？但这

不符合蜗牛的慢性子啊!

等教室里就剩下我跟美筠时,我走到徐照的课桌前,弯腰仔细搜罗。

"她怎么没发现?我明明把蜗牛放在她书包上的。"

"估计蜗牛闷得慌,偷偷溜了。"美筠呵欠连天,"还是抓紧回家吧!"

"不可能!"

"你在找这个?"徐照的声音忽然在我耳边响起,吓了我一跳,她居然又溜回来了。

我赶紧直起腰,多少有点狼狈地望向她,徐照的大拇指和食指间夹着一只灰壳蜗牛,她嘴角泛起讥讽的笑容:"我就猜到是你放的——还给你?"

我迅速恢复坦然,这已经是第二次被捉到现行了。

"不用了。"

我镇定地回到自己的位子上,仰头的一刹那,正好看见徐照一扬手,蜗牛无声无息从二楼的窗户里坠落下去。

我跟美筠沉默地走出教室,她喉咙里几次发出想要说话的呜噜声,又像被卡住了一般,她胆子小,刚才被突然逮住的那一幕够她心惊肉跳几天的,可我感觉到的仅仅是对自己的愤怒——怎么这么没用!笨手笨脚的,居然连一点小事都办不好!

走出校门时,美筠叫了我一声:"慕容!"

她终于整理好思绪了,我知道她要说什么,但我不想听,向右一拐就进了学校旁边那条僻静的朱砂街。从这里走回家有点绕,但我现在渴望走路，也许出掉点儿汗会舒服些。

美筠知道我的脾气，只能在后面委委屈屈地跟着。

朱砂街很窄，两边都是高大的围墙。

走了一段，就看见两三个小青年正围住可怜的大钟讨喝咖啡的钱，他脑门上的包还没消退干净呢。

大钟被压在墙上，一脸被虐惯的苦难表情："大哥，我身上就这么点钱了。"

"大哥"数数手里的角子，很不满意："你够穷的啊！三顿饭够吃吗？要不要我们几个接济接济你？"

小弟的巴掌立刻甩过去，大钟嗷嗷直叫。

美筠拽住我，紧张地央求："我们往回走吧！"

出于对大钟的怜悯，更重要的，我此刻心情浮躁，巴不得来点什么事闹闹才好，我推开她，勇敢地走过去，美筠急得都快哭了。

"放开他！"我恶狠狠地朝那几个流氓喊。

他们同时回头，像一群正拍得入戏的演员忽然被导演喊停那样，脸上露出难以置信的愕然和迷惘。

我趁热打铁，用力搡了压着大钟的那家伙一把："说你呢！放开他！听见没有！"

那人诧异得连脚跟都没站稳就直接跌地上了，我正有些得意，"大哥"先醒过来了。

"这妹子哪儿来的，这么不知死活？"他逼近我，"你是这小子的谁？那他欠我们的钱你还喽？"

"他才不欠你们钱！"

"小子，告诉你女朋友，你是不是欠我们钱？"

大钟都快吓尿了:"她不是我女朋友,慕,慕容,你快走吧,这事跟你没关系!"

地上的小青年爬起来,拍拍手,拿腔拿调:"原来没关系,现在也有关系了!"

他上来要抓我,我这才有点慌张,回头的工夫发现美筠居然溜得连影子都不见了!

接下来就有点乱,我对任何一个敢上来碰我的人都又踢又咬,那三个青年先是诧异,后来居然乐了,"原来是一女疯子!"

我毕竟不是真疯,很快就被他们控制住,大钟想上来救我,可他那小身胚,还有那点悍劲儿还不如我呢。

这些人倒也不乱来,就是求财,把我的书包翻了个底朝天,抄走了我钱包里大部分现金。

"角子我们不要,留给你男朋友喝茶吧。"大哥美不滋儿地说,他还挺挑剔。

对面忽然传来熟悉的嗓音,有点懒懒的:"把钱给我放回去。"

我在渐暗的暮色里看到萧宾正往这儿走,美筠跟在他身后,我松了口气,原来她搬救兵去了。

"你谁啊?"大哥傲慢中带点儿困惑。

萧宾已经走到跟前了,依然不紧不慢:"你管我是谁,叫你放就放呗!"

"我干吗要听你……"

没等他把话说连贯,萧宾便以迅雷般的速度一脚踹过去,大哥的身子在空中划过一个完美的弧度,伴着一声惨叫,他头朝下扑倒在离我们三米远的街边,手里的钱撒了一地。

另外两个小子见状，立刻机敏地行动起来，我以为他们会一齐向萧宾冲上去，孰料他们转个身，开动马力，撒腿就跑。

萧宾一路捡钱到"大哥"跟前，拍拍他的脸颊："嗨，仔细看清那边两个人，以后要再敢碰他们，我报警。"

那家伙醒着，但估计有点晕，哼哼唧唧的，萧宾要他明确承诺，他点头点得都快神经了。

大钟对萧宾感激涕零："宾哥，谢谢！谢谢宾哥！"

他从鞋帮子里掏出一张百元大钞要给萧宾，萧宾嫌恶地推开："你犯便宜啊！还有，别叫我宾哥，我又不是黑社会！"

大钟讪讪地缩回手，一脸敬佩的神色，看着挺可怜的。不过一想到这家伙宁愿挨揍也不肯损失钱财，又觉得有点可气。

美筠帮我整理书包，我谢了她，她说她本来想去找老师的，一跑到校门口就看见萧宾了。

我笑问："哥，你又来看美女啊？"

萧宾有点不自在："少胡说！我又不是胖头……刚好路过这里。"

我直起腰来的时候，忽然看见徐照在不远处的一株榆树下站着，光线虽然昏暗，但她脸上的表情却鲜亮生动。

我回过头去，刚好看见萧宾朝我走来，他把钱塞进我手里："以后别走这条路了，晚上不太平。"

我点点头，再扭过脸来时，徐照已经不见了。

起风了。

雨籁籁地落了几场后，天气一下子转凉。秋天终于来了，而我只能通过肌肤和双眼去感受。

总有做不完的卷子，像绳子一样缚住我们的腿脚——杨老师能够在他自己的课堂上兑现承诺，但抵制不了其他老师对我们进行试卷轰炸。

楼下的香樟树已高至二楼，浓密的枝叶向四边散开，顶成伞状，亭亭如盖。视线放远，便是红绿相见的操场，分明的颜色在阳光下显得极不真实。几只画眉站在操场边的不锈钢栏杆上，警觉地四处张望，叫唤几声，又振翅飞走，瞧得我心里发痒。

真想出去走走啊！

这阵子我心情不错。原因？当然是因为徐照。

我以女孩子特有的敏锐向你保证，徐照对萧宾有感觉。而以我对萧宾的了解，像徐照这种在学校里风头占尽的女生，他根本不屑用正眼去看一下。

我终于在心理上赢得优势，因为只有我明白徐照的软肋，这一点从我们日常的眼神交会中可以明确无误地感知。

她不再像从前那样用盛气凌人的目光看我，那眼神复杂得我都没法用语言描述，但无疑是让我高兴的。

也许有一天，她会主动来找我，求我给她和萧宾牵个线什么的。

我差点笑出声，身旁的美筠正被一道几何题折磨得满头大汗，很不满地白了我一眼。

老师收了考卷出去，杨老师立刻转进来，朝大家挥挥手："别老坐着，都去操场上活动活动，一刻钟后回来。快点儿，都去！"

同学们噼里啪啦跳起来，一哄而散。

我和美筠紧挨着坐在不锈钢栏杆上，呼吸着傍晚清爽的空气，风从我们身体的缝隙里溜过去，又溜回来，像顽皮的孩子。

"真希望初三能赶紧过去啊!"美筠感叹。

"高中的日子更不好过吧?"

"那倒是。慕容,你想好考哪所高中没有?"

我摇头。

"那你总不会不上高中吧?"

"家里的意见很分散。外公希望我能读到大学,外婆觉得读书太多也不是什么好事。"

外婆说过,思想一复杂,干什么都成不了气候。

"那你妈妈的意思呢?"

"她说船到桥头自然直。"我妈一向有点没心没肺的。

"你妈妈说得也对。她好久没回来了吧?"

"是啊!"

从我记事开始,我妈就总奔波在路上,她永远很忙,尽管我不清楚她究竟在忙什么。

小时候我渴望和妈妈待在一起,每次妈妈离开,我都要哭闹好久,妈妈就一直耐心地哄我,哄到我睡着了再偷偷走掉。

后来我大一些了,就由外婆牵着小手送妈妈去车站,我们总是在离站台不远的一个坡下和妈妈分别。

我满眼含泪,看妈妈爬上高坡,渐行渐远,身影终于消失在模糊的视野里,鼻子和心田都酸酸的。

有一次,妈妈刚上坡我就反悔了,一屁股坐在地上,一边大哭一边蹬脚,眼睛死死盯住妈妈。

妈妈果然惊慌失措地跑回来。

那一次,我几乎耗尽了所有力气,以为能借此留住妈妈,可最终她

还是走了。

我不明白，自己为什么不能像别的孩子那样和妈妈生活在一起。

每次妈妈用背影对着我，我都会觉得鼻子发酸，那种酸溜溜的滋味还会缓缓往下溜，一直钻入心底，在那里停留很久。

长大以后，我反而不习惯和妈妈在一起了。妈妈回家，我经常不知道该跟她说些什么，老是要搜肠刮肚找话题也是件令人烦恼的事。

"快瞧那边！"美筠忽然拽住我的袖管尖叫。

我顺着她指点的方向望过去，一个肩上挎包的男孩，犹豫的神色中带点好奇，边走边频频四顾，正由校墙那头朝操场走来。

这一回，我不得不承认美筠没看走眼，那男孩长得的确正点，有白净的肤色和清秀的五官。"秀眉朗目，丰神英爽，明俊蕴藉"，所有我能记住的用来形容美男子的词语放在他身上全都不过分。更特别的是，我从没见过哪个男孩能把紫色的运动装穿得如此好看。

我有点呆，心里仿佛有一粒湿润的种子正急切地破土而出，一抹新绿在眼前晃过。

美筠戏谑的脸忽然出现在我视野中，遮住了男孩的身影。

"你眼睛都看直啦！"

我跟她没什么好掩饰的，一把将她的脑袋拨开："别挡着我！"

我没心思跟她调侃，我更关心这男生是哪儿来的。

美筠肯定地判断："脸这么生，肯定不是咱们学校的。"

"十有八九是来找人的。慕容你猜，他会来找谁？"

"我哪儿知道。"

我眼睁睁地看着心仪的男孩离我越来越近，在他的视线几乎要移到我脸上的时候，我连呼吸都屏住了，心跳的声音响得连自己都害怕。

但他的目光在我周围只轻轻一掠就投向热闹的操场，眼睛似乎亮了亮，脚步也骤然加快。

我心里忽然升起不祥的预感，目不转睛盯住他的身影，渐渐地，那预感越来越强烈——他走到徐照面前，停下了脚步。

下一节是自习课，老师布置完作业就走了，教室里立刻不安分起来，每个角落都充满窸窸窣窣的私语声。

"不要交头接耳！不要对答案！"徐照担负着维持纪律的责任，在讲台上威严地发号施令。

"徐照，刚才是不是你男朋友来找你？"总有坏坏的男生敢于挑衅女神。

徐照脸色变了变："不关你的事！"

"哈！不敢正面回答，肯定就是了啦！"

教室里一阵骚乱，起哄的人多起来。

"班长带头谈恋爱！"

徐照一脸愠怒："谁再胡说，请他到老师办公室去！"

正乱糟糟的，杨老师从后门走进来："都闹什么呢！整层楼面就属你们声音最大！"

大家偷偷笑着，全哑巴了。

杨老师走到讲台前："我跟几个体育老师商量好了，打算在初三年级组织一场篮球赛，现在开始招募队员，我希望咱们班同学能积极参加！"

有人问："杨老师，你会打篮球吗？"

"会啊！我从初中开始就是校队队员，一直打到大学毕业。我现在

还是NBA的球迷。"杨老师有点眉飞色舞。

"哇，难怪身材这么好！"

杨老师笑得有点儿不好意思，这一笑彻底沦为大男孩。

我身旁立刻传来美筠的喃喃低语："老师简直帅呆了！"

男生们却有点泄气："可是杨老师，我们都没玩过篮球！而且从初二开始，体育课就濒临灭绝啦，现在连跑步都气喘！"

"没关系，只要多练就可以赶上来。"杨老师安慰他们，"你们平时只顾学习太缺乏运动，这也是我要组织球赛的一个原因。"

"杨老师，你当教练吗？"

"对，我是其中之一。"

大家雀跃起来。

"杨老师，女生也可以报名吗？"角落里冒出美筠的声音。

"都可以！不管水平怎么样，只要愿意都能参加——徐照，报名的事就由你负责吧，统计好了把名单交给我。"

美筠攥紧手中的直尺，悲壮地宣布："如果没人报名，我就去！"

我正烦闷，冷哼一声："就你一个人报名，跟谁打去？"

美筠眼睛忽闪忽闪的："这样的话，杨老师就可以只教我一个人啦！"

我瞬间被她逗笑，紫衣男生那健朗的身影再一次在眼前晃过。

不知姓名的男孩溜进了我的梦里。他依然穿一身紫色的运动服，肩挎背包，翩然朝我走来，而我还坐在操场不锈钢的栏杆上，心情既激动又紧张，唯恐他再次改变方向离我远去。

幸运的是这一次，他没有，他径直走到我面前，低眸含笑望着我。

我的心再次怦怦直跳，但我不会摆出含羞带怯的表情，而是目光勇敢地直视对方，把他打量得清清楚楚。

忍不住又叹息起来，他长得真好看！

男孩开口了："你好，徐照。"

我的心如失重一般朝下坠去，手一滑，便从栏杆上掉下来。与此同时，我醒了。

才凌晨四点多，天色不太明确，仿佛有点亮了，但细看依旧黑漆漆的。

我连衣服都没换，穿着睡衣，赤脚走出房门。下楼梯时，一点声音都没有发出。

我悄无声息地走出家门，沿着主路往西面走，心里模糊地想着，自己是醒了还是在梦游？

但这不是我关心的事。

我刚刚积攒起来的一点心理优势被攻破了，我沮丧而愤懑，我一心想着徐照带给我的折磨，又是徐照，为什么哪里都有你？

整座小镇安静极了，像空的一样。淡淡的雾气在街巷之间弥漫，路面柔软如云端。

我不快乐，我的心被灰色的挫败感裹缚住了，无论怎么努力摆脱都无济于事，如同黏在蛛网上的一只昆虫。

在桑树林尽头的河边，我略停了停，又往堤岸深处走。

远处，烟草茫茫。我光脚踏在被露珠打湿的青草上，清凉湿润。

我俯身，河水就在伸手可汲处。

我用手轻轻碰了碰水面，揉碎自己的影子。

如果我钻进水里,是否就可以挣脱讨厌的情绪?

我想试试,便缓缓向前伸展双臂,以一个优美的姿势,如蛇一样钻入水中。

之后,我的耳朵也没入水里,我什么都听不见了。

Chapter 3
绝对自由则无法生存

水温柔地包裹着我，我觉得很舒服。

如果人可以选择丢掉感官就好了，这时候，除了视觉，嗅觉、味觉、听觉、触觉统统可以不要，我要以仰面向上的姿势优雅地坠入水底。

我保留下视觉，因为这样或许能在缓慢下沉的过程中欣赏日出。

我想着日出，眼前便出现了一点朦胧的亮光，亮光逐渐放大，成为一个明亮的圆团，我心头的灰色被亮光驱逐，渐渐消融于水中，这正是我渴望的，我欣喜若狂。

我还看到了海面。

半轮太阳已经出生，另外半轮正从海平面下方一点一点挤出，鲜黄的光晕如此温暖，充斥我全部的世界。

我的世界安详、静谧，只有绚烂的色彩，我连呼吸都不敢，小心翼翼维护这分秒间短暂的辉煌。

太阳还在努力生长，橙红色的圆渐渐完整起来，而那最后一点隐藏在水下的部分忽然脱离规则，不由分说纵身一跃，完成了类似分娩的仪式。

正是这重重一跃打破了世界的平衡，封闭的感官之门豁地被推启，世界重新被嘈杂和喧嚣占据。

我猛然感觉到胸口的刺痛，河水正不断灌进嘴巴，眼睛再也无法从容地睁开，我在水中挣扎，手脚可以向四面八方任意伸展，但就是不能让身体保持平衡。

我在无所依傍的困境中居然很讽刺地明白了一个道理——人在绝对自由的空间里是无法生存的。

但那又有什么用！

无论我愿不愿意，我已经走到生命的边缘。

在认清形势后，我居然又安静下来，放弃挣扎，希望尽快超越这段痛苦的过程。

的确很痛苦，身上所有的感官都汹涌地向我汇报着痛楚的滋味，更可怕的是脑海里也被各种凌乱的画面所充斥。

外公曾告诉我，人在临死前会将自己的一生在脑海里演绎一遍。可我的人生如此短暂，我能拿什么来演绎？

混乱。

好多片段一晃而过：妈妈，我在哭，外公眯眼听评弹，萧宾腼腆的表情，还有……杏姑回眸一笑，吴生惆怅的眼神。怎么会？这不是我的记忆。

我惊讶，还来不及向虚空抗议，新的陌生画面又顿涌进来：绾髻女子悲悯的表情，骑马飞奔的男子帽带飘扬，一对夫妻对着一棵银杏跪下去。

我不认识他们！我想呐喊，但发不出声音。我恐惧，这些跟我有什么关系，可又为何我会觉得如此熟悉？

画面还在闪烁：清秀的和尚跪在崖边哭泣。一场厮杀如火如荼……

我听到笑声，爽朗豪放，仿佛有人抓着我的脚，我的头在水中拼命摇晃。

我什么都不明白，也不能思考，我精疲力竭，正无法自控地往河底坠去……

然而，有双手伸过来，托住了陷入迷糊的我，并不断向上顶。

身体蓦地一轻，水从我的两侧落回河里，失去了对我的掌控，我重新倚靠在坚实的泥土上。

那双手并未停下来，把我的身体颠来倒去，而我头晕眼花，只想呕吐。

最后，在手的帮助下，我身体里所有多余的水分都被挤出，软塌塌地仰躺在地上。

我缓缓睁眼，率先映入眼帘的是长有青色胡楂的下巴，之后是挺拔的鼻子，最后才是一双绵羊般柔和的眼睛。

为什么羊总给人无助温和的印象，难道是因为它们的目光中总是充满悲悯和忧郁？

"你怎么样？"他用同样柔和的嗓音问。

看到他，我一点都不意外，仿佛本该如此，天经地义。

"你是鬼吗？"我盯着他问。

他眉宇中的焦虑散开，轻轻笑了笑："不是。你没死，还在人间。"

我清醒过来。

他轻轻扶我坐起："你住哪儿，我送你回去。"

我全身都湿透了，这样回家外婆看见了准会晕倒。

"我能不能去你那里待一会儿？"我祈求，"等衣服干了我就走。"

我看出他在犹豫，又补充了一句："别人怕进那栋房子，但我不

怕。"

"什么？"他神色困惑，显然没听说过关于"闹鬼"的故事。

"没什么。"我不打算吓唬他，本来就是子虚乌有的事。

他最终还是同意了。

你能猜到的对吧，救我的这个人就是背包客。

他去收拾放在河边的三脚架和一个包，我好奇地看着。

"这是什么？"

"我的相机。"

"你是摄影师？"

他点头："本来想在这儿守日出。"

这就是他为什么能够搭救我的原因。

"我影响你工作了吗？"

"没关系，可以改天再拍。"

他一手提着架子和摄影包，一手扶住我朝小楼走。

当我跨入宅子门槛的刹那，有种莫名的战栗席卷全身，让我意识到河水冰凉的威力。

小楼里完全没有阴森的气息，整栋楼分上下两层，楼下是客厅厨房和杂物间，楼上有两个房间以及盥洗室，拾掇得干干净净，除了一些老式家具，别无赘物。

我洗了个澡，换上一身男主人的干净睡衣，柔软的棉布，散发着柠檬清香。他把我所有的衣服都扔进了洗衣机。

我早已忘记先前的敌意，反而对他充满好奇。

"你是这房子的主人？"

"不是，我租了这里。"

不知为何，我竟有些失望："你叫什么？"

他没为我的直接皱眉，笑笑回答："方邃远。"

"方邃远。"我把他的名字放在唇边品味，随后想到我也该向他介绍下我自己。

"我叫慕容月见。"

他也重复了一遍我的名字。

我解释："名字是外公取的，我还没出生的时候，他有次做梦，梦见一棵月见草从地里长出来并迅速开了花，他觉得这像有什么寓意。外公还说月见是一种很漂亮的花。"

"我见过，的确很美。"

"外婆觉得这名字有种孤僻的感觉，好像见不得光似的，但妈妈喜欢。"

"慕容这个姓氏很少见。你爸爸是少数民族？"

"我没有爸爸。"我顿了一下，还是决定说出来，"我很小的时候他就死了。"

"……对不起。"

"没什么，我对他一点印象都没有。我跟我外公姓，大家都叫他老慕容，不过我没听说他是少数民族，你为什么这么说？"

"我随便猜的。很多复姓最初都来源于胡人，慕容最早就是鲜卑族的一支。不过现在很多族谱都不可考了。"

方邃远给我端来一杯热茶，搁在我面前的桌上。

我注意到桌子上的物件摆得整整齐齐，如同陈列一样，由左向右依次是：手表、钱包、钥匙扣、打火机、存储器、两个并排的镜头，以及一摞厚重的书，看样子都跟摄影有关。

除了桌上这些，墙边还有一个木架上也摆满了书。

房间宽敞明亮，我走到窗边，一低首就看见那挂葡萄藤，我仿佛看见自己正仓皇地站在藤下，晶莹的葡萄滚了一地。

我回过头去，方邃远正含笑望着我，似乎洞悉我在想什么。

他算不上英俊，但也绝不难看，足足比我高一个头，也没有我原先以为的那么瘦，至少他白色T恤包裹下的肩膀看起来宽而坚实。

男人到他这个年纪还能保持这么好的体型应该很难得，反正我认识的中年男子个个都有突出的小腹。

他的肤色白得近乎没有血色，这让我有点奇怪，摄影师不是都长年在外的么，怎么会晒不黑？

不过当我的视线与他相对时，所有疑惑就都烟消云散了。

没有哪个成年人会用如此温和、平等且不带一丝偏见的目光注视孩子，哪怕我是他刚刚从水中捞上来的糊涂蛋。

我喜欢他的眼睛，单为这个原因，我愿意放弃一切对他的怀疑。

"你来这儿就为了拍照片？"

他点头："我打算拍一组以小镇为主题的片子，算一个任务。"

"你会在这儿待多久？"

"不确定，得看进展，大概需要三个月到半年。"

我惊异："拍一组照片要这么久吗？"

"不是拍风景那么简单，我是想……"他略顿了顿，"抓到这个小镇的灵魂。"

我喝干了杯中的茶，感觉舒服多了。

"那天在杨家祠堂，"我看着他，"其实你可以进去的，胖头骗了你。"

"我知道。"他不以为意。

"那你为什么不进去?"

他略一挑眉:"我只想随便逛逛,没作好跟人打架的准备。"

我忍不住笑,胖头那家伙,倒真有可能。这人看上去温和,眼光还是挺准的。

窗外的光线逐渐明亮,我的衣服也已经洗净烘干。

这时候外婆大概起床了,得乘她不注意溜回房间才好,不过这对我来说难度不高。

我换好衣服准备离开,忽然意识到自己还欠他一个感谢。

"谢谢你救了我。"

"那种事……"他却显得有些难以启齿,"以后还是不要再尝试了……等你长大后会发现,许多当时觉得很伤心的事其实都不值一提。"

我有点难堪,低了头,用脚尖在地板上画圈。

"我……我是不小心滑下去的。"

他沉默了一会儿,才说:"那以后要小心点儿。"

"我可以经常来找你吗?"

"可以。"温和的声音回答我。

我抬头,看见他同样温和的眼睛。

我晚了一步,到家时外婆已经浇完后院的菜地在厨房忙着煮粥了。

"你怎么从外面进来了?"

"我去晨跑了。"

"又闹什么新花样哦!瞧瞧你,头发都湿了,小心感冒!"

我甩下唠叨的外婆径直上楼。

我累极了，倒在床上就睡着了，又在闹钟还没响起时突然醒过来，脑子里清楚得就像水洗过一遍似的。

在水中挣扎时想不明白的事情现在也全弄懂了，那一个个纷乱得如古装剧的场面以及一张张多姿多彩的脸谱，无一不是出自那本手抄书——《让城遗事》。

唯一不明白的是我濒死时的心情，为何能那样安宁，好像面临的不是一个终结，而仅仅是另一个开始。

还是说，每个人临死前都是这样的状态？可惜这种事也找不到人可以求证。

我爬起来，一边换衣服，一边用崭新的目光重新审视属于我的东西：两头带栏杆的床，彩色条纹的床单，小熊图案的被子，墙上挂着的画和绒毛玩具，书架上成排的书。每一件都因为过于熟悉而在此刻看上去反而有几分陌生。

我摸摸这个，又整整那个，心底涌出奇妙的感觉，我差点就回不来了。

我觉得自己身上有什么不一样了。就好像重生了似的。

离国庆节还有十天。

自习课上，杨老师兴冲冲赶来宣布好消息：学校要举办国庆联欢会，初三年级也可以参加节目表演。

"这是个展示你们才艺的好机会，也可以顺便放松一下。大家好好想想，报几个节目上来，咱们要争取至少有一个节目能得奖！"

有人高兴，有人却小声嘟哝浪费时间。

美筠力挺杨老师："老师说得很对啊！天天埋在考卷里打滚，我觉得我自己都快变成一张纸了!"

"他说什么你都觉得有道理。"我挤对她,"那你去报节目啊!"

美筠眨巴着眼睛:"我得好好想想。"

放学时,天已经暗下来。

我跟美筠走下楼梯,身后传来咚咚咚的脚步声,不一会儿,背着书包的徐照超过我们迅速跑下楼去。

我无动于衷地走着,美筠对我做了个鬼脸:"你是不是终于看她顺眼了?"

"没有啊!我只是完全看不见她了而已。"

美筠打听到徐照在小镇上是跟奶奶住在一起,她奶奶快九十了,还是个哑巴。徐照的私生活因此显得有点神秘。

"难怪说话那么冲,原来是没人教。"现在谈论徐照,没有像以前那样难受了,但我依然对她没好感。

"苏胖在老师那儿偷看过她的档案,说她也挺奇怪的,放着重点中学不上,跑我们这儿的犄角旮旯来,跟避瘟疫。"

我想起穿紫衣的男生,他会是她的"瘟疫"吗?

不能想,不能想,一想还是觉得心烦!

杨老师和几个男生正在操场上练球。他站在三分线上,单手高举篮球,朝球筐轻轻一送,球在空中划过一道优美的弧线,精准地落入筐中。

"老师真棒!"美筠使劲鼓掌。

男生们打得就太臭了,球送出去歪歪扭扭的,没到球筐就落地了。

"别泄气,再来!"杨老师鼓励大家。

几个人围攻老师,却都抢不下他手上的球,那球像长在他身上似

的，灵活地在手臂和肩背各处滑动。

美筠盯着老师矫健的身形出神："慕容，你说杨老师怎么会愿意来我们学校呢？"

我撇撇嘴："我咋知道。"

国庆演出的报名，在班干部的号召下，只报上去几个类似诗朗诵、唱歌那样的平常项目，没什么分量，杨老师拿到统计表后扫了一眼，表情失望。

我问美筠："你怎么不去报？"

"报了名要练的，我爸不让，怕影响功课。"美筠无奈，"咱们班里肯定有文艺尖子的，估计都是怕浪费时间才不肯报——慕容，你跳舞跳得那么好，你去报一个节目吧！求你了求你了！"

美筠把我当作弥补她愧疚的救命稻草，拼命央求我。我耳根子其实也挺软的，最终拗不过她，就去报了一个。

美筠高兴极了，许诺找时间请我去甜品店喝东西。

开了学我们就很少有时间四处乱逛了。不过时间都是挤出来的，比如周末放学后的回家途中。

甜品店还是小葵在主持，夏日常见她穿的一条印满孔雀草的连衣裙如今换成了棉短袖，颜色照旧艳丽。

美筠要了一大杯冰柠檬水，我仍旧是红豆奶茶。

小葵笑我："你好恋旧。"

美筠反驳："才不是！她只是懒得动脑筋！"

"我是恋旧。"我也反驳她，"我的一块橡皮能用好久，不像你，满书包都是橡皮，用起来还找不到。"

门外有人走进来，是胖头，嬉皮笑脸的。

"算算时间你们也该来光顾一下我的茅厕了。"他对小葵打个响指，"两位妹妹的单子记在我账上。"

小葵说："她们都买过了，你早说啊！"

我替胖头说："那就下次吧！"

"对，下次下次！"胖头凑在美筠身边坐下。

美筠说："你这里是茅厕吗？我头一回知道。"

"不，不是茅厕，口误，是茅舍。"胖头表情诚恳，"你每次来我都长知识，就盼你常来。"

小葵朝我挤挤眼睛。

我对胖头说："你得减减肥才好。"

胖头抖抖浑身的肉，用珍惜的口吻说："减什么肥呀，我好不容易才养出这身肉来。小时候我瘦得像只猴，把我爸急坏了，四处给我找能增肥的营养品。"

我笑："听上去像个和你本人无关的传说。"

胖头盯着美筠："自然就是美，你说是不是？"

美筠挑剔地瞟了他一眼："可你看上去一点都不自然。"

胖头几乎要把脸贴到她面颊上去了："我哪里不自然了？"

正说笑，萧宾进来，往高脚凳上一坐，脸色略显疲倦。

胖头转去逗他："阿宾，听说你有跟班了？"

"听谁说的？净乱说。"

"大钟啊！他说他以后就跟你了，那不，刚才还在网吧里转悠，说找你呢！"

萧宾面露烦躁，朝小葵勾勾手指："来杯冰咖，别放糖。"

我问胖头："大钟是不是老被人欺负啊？"

"还用问！你瞧他那副连腰都直不起来的挫样就知道啦！这么软蛋的柿子，又没啥脑子，不捏他捏谁？要不是打量他没几两肉，有时候我都想拿他练练手哩！"

"他没你想得那么笨，还知道要把钱藏在别人找不到的地方。"

我把那天他被人敲竹杠，后来又从鞋帮里掏出钱来谢萧宾的事说了，大家笑得前仰后合的。

"我说什么来着！这叫久炼成钢，抗打击经验丰富啊！哎，美筠——"胖头转过头来，"久炼成钢这个词语我没用错吧？"

"是百炼成钢。"

大钟一脚踏进热闹的甜品店，看见萧宾，眼睛顿时贼亮。

"宾哥！我找你半天了！"

萧宾不耐地皱眉："跟你说别叫我宾哥！"

大钟傻傻地笑，一脸崇拜的表情，见萧宾掏钱付账，忙拦住："我来我来！"

萧宾不肯，两人争了片刻，萧宾猛然一脚把他踹到沙发边上，当场翻脸："谁要你来了？脑子里装的粪啊！"

店堂里顿时寂静无声。

"以后别跟着我！"萧宾青着脸说完，甩头出去了，胖头赶忙追上去。

萧宾那一脚幸亏踹得不重，大钟还能自己从角落里爬出来，虽然有点吃力，脸上挂着小人物陷入尴尬境地时特有的卑微，既像哭又像笑。

我为刚才拿他当娱乐大家的笑料而感到愧疚。

"你没事吧？"

他靠墙站着，闭上眼睛平静下心情。

小葵叹了口气："大钟，我说句实在话，你跟他们混什么劲儿呢？小老板有网吧养着，不愁吃穿。阿宾他父母再不管他，城里那家水果店终归有一半是他的。你有什么？你爸将来还指望靠你吃喝呢！还是安安分分读书吧。拿个高中文凭，出来找份正经事儿干，你爸还能少揍你几顿。"

大钟只是听着，闭眼不语。

我让小葵煮了杯热咖啡。

"给你。我请的。"我没告诉他刚才这里拿他开玩笑的事，但我诚心想跟他道歉。

他摇摇头没接，一言不发地走了。

再卑微的人也会在某个细小的地方为自己保存一点尊严。

"大钟真可怜。"回家的路上，我的心情还是没来由的郁闷。

"唉，没成人以前，每个孩子都是可怜的。"美筠似乎不以为意。

"你说，等我们长大以后，是不是就会事事称心如意了？"

"不知道啊！"她打了个哈欠，"我从不想那么远。"

"你对现在的生活很满意？"

"当然不是了！"她无奈地笑笑，"但是，不管你怎么想将来，现在还是在眼前，总得先把眼前的日子熬过去再说啊！"

熬。说得多凄惨。

美筠的家就在前面不远了，她突然叹了口气，脸彻底垮耷下来，"真不想回家。"

我心里也堵了许多话没说痛快，于是我们在一棵香樟的阴影里又逗

留了一会儿，我想着小葵对大钟说的那些话。

"是不是每个家长都会把压力转嫁到孩子身上？"

美筠老道地点头："不知道。但比如我吧，说句没良心的话，虽然我爸不揍我，可我觉得自己比大钟好不到哪里去。我们一样要听父母的话，如果不按他们的要求做就会被惩罚。爸爸口口声声说都是为了我好，为我好难道不该让我活得开心一点？可事实上我一点都不快乐。"

我呢，我没有美筠那样压抑的生活环境，可我曾经如此渴望妈妈在我身边。我跟她一样愤慨。

"大人凭什么可以随心所欲，而小孩子就只能逆来顺受？"

"因为他们养我们啊！"

"可他们也是从小孩子过来的，应该知道小孩子喜欢什么样的生活。"

美筠眨巴着眼睛："也许他们成为大人太久了，久到把过去都忘掉了吧。反正我知道自己在独立之前什么也做不了，就这么熬着吧。"

有时候，我不得不承认，胆小的美筠比我有更强韧的忍耐力，这或许也是环境造就的。

"真羡慕你能这么想得开。"

"慕容，你知道我们为什么会这么难过吗？"

我望着她。

"因为我们总认为父母都应该是完美的，但其实不是，他们一点都不完美。"

我震动，没想到美筠会这么深刻。

"他们知道自己不完美，但又不想去改变——关于这一点，他们当然会有很多沧桑的理由——于是他们希望我们代替他们变得完美，这样似乎他们也能借着我们的完美而完美起来。如果我们抵抗,他们会用爱的名义来胁迫我们,让我们只有唯一一条路可走,不过事后他们会说:这是你自己的选择。这就是'大人永远正确'论。"

晚上,我在桌前写完日记,习惯性地从抽屉里取出《让城遗事》来读。这书年代久了,有点破破烂烂的,凡是虫吃鼠咬过的地方都用胶纸重新补过。

补书的活儿是我干的,外公对这本书完全持不屑的态度:"言之无物。"

他搞不明白我为什么会如此珍爱这本书,其实我自己也不明白为什么对书里的故事如此着迷?

以前的书,版面都是竖排的,读起来有点吃力,但我并未受影响,毕竟,这已经是我第N遍读这本书了。

其实,在坠河后脑子里究竟掠过些什么,现在想起来已经很模糊了,唯一记得的是这本书里许多情节曾在我即将离开这个世界前挤进我的意识,就像一种无声的语言在召唤我,我不知道这意味着什么。

或许重读一遍会对我有所帮助。

****

——《让城遗事》*三叹荡

像烹茶这种事,平日里有下人做,素兰是绝不会亲自动手的,但今天来的是位贵客,她便屏退婢女,亲力亲为招待。

素月与她并非亲生姐妹，只因彼此名字里都有个"素"字，年纪又相仿，做姑娘时两人就无话不谈。

素月嫁进他们老家一个磨豆腐的人家，不像素兰，虽然嫁得风光，但夫家离得远，出阁后就没回过娘家，两人今日一见，自然有说不完的话。

一阵风过，庭院里的疏竹沙沙作响，素兰正将新沏的茶水徐徐注入素月面前的瓷杯中。

"这茶是三叹荡这里特有的，叫作三叹雪茶，前年开始上供京城皇家。不过此茶须得用本地雪岩山上的山泉来沏才品得出它绝妙的滋味来。你尝尝，是不是比咱们当年在渝园采的要高明？"

素月端起杯子啜上一口，果然芳香四溢，清爽扑鼻，不是寻常茶叶可比的。

"三叹雪茶，茶好，名字也妙，只是我倒一直奇怪，三叹荡这地方，是怎么个来历。"

素兰笑了笑："说是与西施有关。"

"哦？有趣，你讲与我听听。"

"当年越国灭吴，范蠡怕勾践对自己下手，便带了西施逃往吴地。可吴民恨西施误国，待其不善，西施自觉愧对江东父老，便在与范蠡前往姑苏的路上投水自尽。她寻死的地方便是我们这里的一方小湖。范蠡将她打捞上来后，曾抚尸三叹，这便是三叹荡的来历。"

素月笑道："可怜西施那等美女，竟落得这样结局，还不如姐姐你，嫁与江南数一数二的茶商，安安闲闲过上一辈子富足日子好呢!"

　　素兰也微笑起来,心中涌起淡淡的幸福。她嫁入周家,虽不能说事事都顺乎心意,但也算一帆风顺,女人能有这样的好归宿,提起来谁不羡慕三分。

　　"不知姐姐还记不记得梁王府里的三公子?"

　　见素兰一脸怔忡,素月抿了抿唇,又低声提醒:"就是公子小光。"

　　素兰头低得越发下了,隔了片刻,才笑道:"咱们那儿第一博学多才的公子,岂有不记得的?"

　　岂止记得。

　　她初识小光不过七八岁,跟着奶娘去了王府,奶娘的姐妹在府里帮佣,两人见了面说个没完,素兰不耐烦,乘人不注意溜出了房门,在府里信步走。

　　王府比她家大多了,曲径幽深,亭台楼阁更是多得不计其数,她转迷了路,急得蹲在一座假山下哭。哭声引来一位十三四岁的公子,白衣胜雪,清爽得很。

　　公子问她缘故,她说不出奶娘的名字,越发哭得昏天黑地。公子便将她带到一处室内,给她糖吃,又亲自倒了壶里的茶喂她。

　　这地方又大又干净,桌上摆着笔墨纸砚和一些装饰品,还有一摞书,整整齐齐,像排队一样。

　　桌子正中摊开一方宣纸,砚池里的墨也刚刚磨好,为了哄她开心,公子在纸上画了个小女孩,脑瓜上顶着两个乌黑油亮的髻,不正是素兰么?

素兰高兴，问他讨过笔来，在女孩旁边又画上一位少年。

公子问："这是我么？"

素兰对着那画看了半天，摇头。她其实想画他来着，可惜没有画功，少年被她画得难看极了。

公子盯着她不说话，嘴角含笑。

奶娘和老姐妹慌慌张张寻来，见了公子便扑通一声跪在地上，身子抖得如筛糠，说了好多求饶的话。

公子挽了她的手过去，将她交还奶娘，也说了几句关于规矩的话，声音有点冷淡，奶娘一个劲儿磕头。

素兰跟着奶娘走，心里疑疑惑惑的，她问奶娘，奶娘先要她闭嘴，隔一会儿，又忍不住庆幸：幸亏今天碰见的是三公子，好说话。又叮嘱素兰不要往外乱讲，免得给她姐妹惹麻烦，还说以后不带她出来了，就知道乱跑。

素兰嘟着嘴，心里不高兴。

可没过多久，奶娘又带她出门了，还是去的王府，她又和三公子见面了。素兰真开心，奶娘的表情却怪怪的，还有些惶恐，依然叮嘱她谁也不准告诉，否则以后都不带她去王府了。

为了能见三公子，素兰答应了。

三公子待她很好，辅导她临帖、画画，还教她弹琴，她跟着公子断断续续学了半年的琴，会奏《汉宫秋月》了。三公子赞她聪慧，还许诺要教她《高山流水》，他给素兰讲伯牙和子期的故事，说他们是知音。

素兰不懂知音是什么，但她希望自己能早点儿学会《高山流水》，她喜欢听三公子的称赞，还喜欢看他清亮的眼眸温柔地注视自己。

但她没能如愿，父亲受同党牵连被革了职，举家迁至乡下避祸，一躲就是六年，等她重返故里，已是十四岁的亭亭少女。

回忆如风，转瞬便在脑海中掠过。

素兰笑问："怎么无端端提起他来？"

素月叹一口气："他呀，唉！说来话长。"

说来话长。

素兰眼前一恍惚，仿佛又回到往昔的茶园，她正和素月一起在山坡上采茶。初春的阳光照在厚棉衣上，身子暖融融的。

素月忽然碰碰她："姐姐你瞧！"

她顺着素月的指点望过去，只见远处平滑的坡路上走着一队车马，为首的青年骑一匹白马，从容雅致，风度翩翩。

素兰认出那正是三公子小光。

"他们，这是上哪儿去？"

"不清楚。可能是梁王派人送三公子进京面上吧。"素月道听途说地猜测，又赞叹，"王府里的公子就是跟咱们不一样！简直像从天上下凡来的。"

车队走近他们时，三公子不期然转眸朝她们望过来，素兰迅即低下头，一颗心跳得飞快，慌乱得连手脚都不知道该怎么放了。等她再次抬起头来时，车马早已远去，公子的身影也消失在青山绿水之间，她惆怅地轻叹，公子怎么可能还认得自己。

但素兰不再是不谙世事的黄毛丫头，从此，她有了心事。

心事像揣在怀里的一只野兔，不听话地乱拱。这是个说不得的秘密，她只能把希望寄托在缥缈的佛祖身上。

她独自去庙里烧香，将心事化作愿望，虔诚地祈祷。

等她起立，转身——仿佛是佛祖的赏赐——殿堂门口静立一人，默然无语，凝望着她。

她低眉顺目走过去："公子。"脸色艳若桃李。

小光微微一笑："果然是你，素兰。"

她正要跨过门槛，闻言身子一晃，差点跌倒，多亏小光及时出手相扶，两人近在咫尺，几乎要脸贴着脸了。

"都长这么大了，走路还是不小心。"他在她耳边低语，仿佛责备，却充满暧昧，热气拂过她耳畔，一颗心顿时慌作一团。

原来他还记得她。喜悦如吹面而来的细雨，湿润温暖。

那以后，他们见面的机会多了起来，在茶园，在书院，在王府后面的街市里。不管距离相隔多远，她总能感觉到他的存在，知道他在某一处悄然注视自己，让她欣悦而安心。

偶尔，他们也有机会说话，他会问她这几年的际遇，她不愿多谈，便跟他讲伯牙和子期的故事，他便笑："你居然还记得。"

她当然记得，比起那些辛酸艰苦的往事，她更愿意记住的是他曾带给她的温暖。

渐渐地，她听到不少有关他的传闻，知道他深受当今圣上的赏识，甚至被赞为第一才子，冠盖满京华。也知道有无数名门望族渴望与他联姻。

在一次"偶然"的邂逅中，素兰鼓起勇气问他，为什么还未与任何贵族小姐订亲。

这话问得唐突冒失，小光盯着她看了半晌，正当她为自己的鲁莽窘得恨不能立时逃开，他忽然开口了。

"我在等一个人。"

她愣住，当目光触及他水一样柔和的眼眸时，她觉得自己明白他的意思了。

她一整天都晕乎乎的，如同踏在云里。原来他眼里的不是水，是酒。

素兰转眼就十六了，虽然家道中落，但父亲早年声名在外，她自己模样生得又好，来提亲的人家前赴后继，可她总不答应。

小光应召去了京城，临走前，他们又悄悄见过一面，他似乎有很多话要对她说，但末了，仅仅抛给她一句："等我回来。"

她答应过他，会等他回来，她怎能食言？

走廊里忽然传来小儿追逐嬉戏的笑闹声，儿子永麒和永麟转瞬就到眼前，围着素兰转圈跑，也不理母亲的呵斥，只顾一味胡闹。

素月笑道："这两个孩子真可爱，你该带去给奶娘瞅瞅的，她年纪大了，可还老惦记你呢！你这些年也不回去瞧瞧她。"

素兰眼眸暗了暗，随即也笑起来："你知道我家里的，母亲过世早，父亲在我出阁不久也不在了。奶娘再好，终归不是自家人，况且，这一路回去也得跋山涉水，孩子还小，怕他们吃不了路上的苦。"

其实不过是借口罢了。

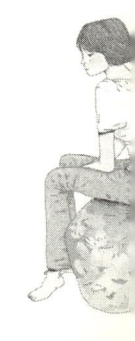

当年，奶娘逼她嫁人时说的那些狠话她都还记着，句句如同刀子扎在她心上，虽然怪不得奶娘，因为她说得在理。

她左等右等，总不见小光从京城回来，提亲的人却快把门槛给踏破了。

有天晚上，奶娘进了她房间，直笃笃问她为什么不嫁，她闷声不语。

"我知道姑娘的心思，"奶娘一针见血，"你心里想着三公子是不是？可我明白告诉你，你想也是白想。咱家今时不比往日，就算你进得了王府的门，也不过给人做个侧室，你的脾气我知道，从小娇生惯养，哪肯给人做小？你也别嫌那些人家小门小户，你进了门，人家拿你当佛一样供着，说什么也比去府里伺候人强啊！"

可不管奶娘怎么劝，她就是不松口，奶娘一时恨起来，摔门出去："那你等着吧！看王府里会不会八抬大轿把你迎进门！"

几天后，京城传来喜讯，圣上给小光钦定了一门婚事，女家是深受宠信的皇族陈家。

奶娘的预言成了真，素兰一颗心顿时凉透。

仔细回想，小光却连一句实在话都不曾给过她。

他说他在等一个人，难道就不能是哪家名门闺秀，偏偏就是自己了？他让自己等他回来，又没明说何意，怎么她就能理解为要来自己家里提亲？

可笑她自不量力又自作多情，竟将他随口一句玩笑当了真。

真真无地自容，偏偏还有奶娘知晓。

素兰想一死了之，却还是让奶娘给救下，又是一番醒世良言，这回她无可奈何，为了父亲的颜面，只能听了。

心灰意冷之际，她挑了最远的一户提亲者答应下来，心里想着，这辈子再也不会回来了。

老父亲起先嫌远不同意，但素兰说，如果不是去江南周家，她索性就不嫁了，剃了头做姑子去。父亲这才准了。

直到她办完仪式，跟着周家来到江南，小光都没从京城回来，恍惚间听人说是在京城忙着操办婚事。

她转头就把他给抛在脑后。

唯有那句话抛不掉，时不时还要跳出来作弄她一下："等我回来。"

她想冷笑，鼻子里却酸酸的，有泪要涌出来，但她使劲吸气，憋住了。

素月从桌上捻了块绿豆糕递给永麟，那孩子也不说声谢谢，吧唧一口吃掉，又追哥哥去了。

庭院里又安静下来，素月说："三公子可是大不好呢！"

"怎么？"素兰淡淡地问。

后来的事她多少也知道一点，毕竟周家的生意如今已做到京城。

小光没能和陈家顺利联姻，传言是陈家早年和梁王有过嫌隙，但联姻是圣上的意思，僵持了近一年才算了结，但这样一来，陈梁两家的矛盾就更深了。

联姻失败后，小光也像销声匿迹似的，不再有消息传出，这也正合素兰的心意。

素月道："你可知道当年陈家为什么找皇上退婚？"

素兰摇头，她也不关心，都过去了。

"当时大家都以为那是陈家的意思，可天下没有不透风的墙，后来才听说……是三公子不肯。"

素兰心头突地一跳，勉强笑了笑："这是什么原因？陈家小姐哪一点配不上他了？"

"可不是这么说！"素月深以为然，"大家猜他是看不惯陈家的嚣张跋扈，不肯同流合污。皇上为此很恼火，要不他那么出众的人，怎么从此就悄无声息了？唉，说来说去，还是太心高气傲。"

素兰起身给素月添茶，一只手颤得厉害，茶水都抖到杯子外面了，幸亏素月没发现。

"他……后来婚娶了不曾？"

"不曾。"素月摇头，"连圣上做媒他都敢推，谁还愿意上门去讨没趣。这几年更是闭门简出，很少有人见得着他。"

素兰又有些恍惚："你刚才说他……不大好？"

"那是去年年底的事了。京城忽然来了调令，要公子随军出征边塞打仗……"

"他，他一介文人……"

"这是圣上的意思，在陈将军帐下做幕僚，府上也没人敢违旨。说起来，自打梁王过世，府上在京城势单力薄，再加上陈家那么风光，墙倒众人推，对府上排挤得厉害，本来还指望三公子可以……唉，总之他还是去了。"

"后来……怎样？"

素月一声叹息:"不久前听到的消息,公子在战场不慎受了重伤,就这么……连人都没能回来……陈将军只托人捎回他的几件遗物。"

素兰还强撑着坐在椅子里,魂魄却早已散了。

"听说那几件遗物中有一样最奇怪,竟是张人物画像,画了个梳双髻的小姑娘和一个妖怪一样的男孩,三公子画功了得,绝计不可能是他的画作,只不知为何会混在一堆,有人说是陈将军怀恨他当年退婚,故意开此玩笑,但似乎也无此必要,人都不在了……想想真是可惜……"

素兰起身,一阵头晕目眩,身子摇摇欲坠,素月忙扶住她,"姐姐你怎么了?"

"忽然有点头晕。"素兰摆摆手,"没,没事了……你且坐坐,我去厨房看看点心有没有好了。"

她失魂落魄朝前走,苦涩和剧痛像泛滥的河水,在心底肆意蔓延。

"我要怎么还他?怎么还?"

一阵风吹来,她觉得自己清醒了些,耳边依稀听到永麒和永麟的笑闹声,那声音把她拉回现实,让她稍觉安心。

于是,她努力安慰自己:没事了,都过去了。

但她清楚,自己身体里的大部分已经随小光一起,永久地死去了。

Chapter 4

满月 VS 心情

家里静悄悄的，厨房灶台上，外婆用开水泡了一碗香菇干，想必晚上又有香菇炖蛋吃。我用手指逐个捏泡软的香菇，水中传来吱吱的尖叫声，像耗子发出的抗议。

我忽然顿住手，回过神来：妈妈最爱吃香菇炖蛋，外婆只有在妈妈回家时才会做这道菜。

耳朵里听到踏踏的脚步声，我扭头，看见妈妈的身影出现在楼梯上。

"小月——"妈妈正一脸喜悦，张开双臂向我冲过来。

每年除了节假日，妈妈会趁工作淡季，格外抽一个月左右的时间搬回家来住，业务上的事当然还得管，结果就得两头跑，有点自讨苦吃的意思。

我猜她这么做是想跟家人维系感情，尤其是我这个女儿。不过在我看来，这主意多少有点糟糕。

妈妈回来的头两天，家里洋溢着过节一样的气氛，每个人脸上都喜气洋洋，妈妈更是时刻把笑容挂在脸上，亲热地管我叫"小宝贝"，外婆则变着花样做各种好吃的来取悦妈妈。

外公有时会偷偷埋怨外婆浪费，这和她平时的节俭是相矛盾的。

"你女儿一年到头在外面忙啊忙的，好容易回来吃两口我做的菜，你就闭嘴吧！"外婆嘟嘟哝哝的，还很伤感地抹了抹眼角。

妈妈给每个人都带了礼物，不过她更喜欢换上自己的新行头展示给全家人看。

"好看吗好看吗？"她笑嘻嘻地连声问。

"好看好看！"外婆连连点头，笑得合不拢嘴。

看着妈妈在父母面前撒娇的样子，我恍惚像穿越回了妈妈的少女时代，而我不过是个隐身人、旁观者。

不过外公不会忘记我。

"你跟小月越来越像姐妹啰！"外公慈爱的眼神一会儿投向妈妈，一会儿又投向我。

妈妈长得像书卷气十足的外公，是个美人。

但我总是无法客观地看待妈妈，她的穿着尤其让我别扭，我见过美筠的妈妈，一个十分朴素平凡的中年妇女，还有萧宾的妈妈，因为常年做生意而显得有些苍老，她们都和子女有明显的相貌上的距离感，不像我妈这样爱追逐时尚，打扮得看不出实际年龄。

妈妈很喜欢被人误会和我是姐妹，哪怕那只是善意的玩笑。她的脾气也像个小女孩，高兴时爱你爱得要命，不高兴起来恨不得你立刻消失。

和谐的关系顶多维持到第四天，妈妈就会开始出现烦躁的症状，看什么都不顺眼。每当这时，我就会掰着手指头算她什么时候会离开。

晚饭时，她把一碗肉末炖蛋整个儿倒进了垃圾桶，说肉末是馊的。

你能看出来吧，这脾气和外婆简直一模一样。

外公外婆面面相觑，默不作声吃自己的饭，一点声音都不发出。

妈妈很快吃完饭，阴着脸上了楼。

我想缓和下气氛，笑笑说："也许今晚是满月。"

"什么？"外公困惑。

"满月时人的情绪会不稳定，这是马修·斯卡德说的。"

外婆皱眉："马什么？他是谁？"

"小说里的人物，一个美国侦探。"

"什么乱七八糟的！"

我耸耸肩，好吧，没人听得懂。

我放下碗筷的同时，外婆双眸盯牢我："上楼去看看你妈。"仿佛安慰妈妈完全是我的责任。

我再耸耸肩，顺从地上了楼。

妈妈就像这个家的客人，且因为她那和外婆一样火爆的脾气，在我们长达十五年的母女关系中，多数时候都是我让着她。

小声说一句，我觉得她从来就没长大过。

妈妈每次回来都跟我睡一个房间，小时候倒没什么，现在就不太习惯了，我很想提醒她我已经不是小孩子了，但不知为什么总开不了口。

我敲门（瞧，进自己的房间还得敲门！），然后推门进去，妈妈正坐在床边努力把自己塞进一条紧身牛仔裤里。

"你要出去啊？"

"随便走走。"

其实她调剂心情的办法不是散步，而是换上她认为漂亮的衣装，反正她有一副好身材和数不清的时尚服装。

穿戴整齐后，妈妈又开始对着镜子化妆。

沉默让我尴尬，且有种窒息的错觉。我搜肠刮肚想找点话题来聊聊，但发觉处处都有触礁的可能。于是，我再次把可怜的大钟拿出来当谈资，不过别误会，这次我是抱着同情的态度讲述的。

妈妈一边描眉一边听，等我喘息的工夫，她发出简洁的警告："别人的闲事你少管。"

等她出了门，我也决定出去逛逛。

我不否认，我多少有点郁闷，这郁闷倒不完全来自与妈妈失败的交流。

从小到大，我似乎很难跟成年人敞开心扉聊天，即使是外公，我们之间也有很多难以沟通的地带，这不能怪他——他内心世界的中心永远停留在三十年前。但我会由此产生挫败感，就像遭到这世界部分的排挤，还是挺重要的一部分。

月光皎洁，小楼门前树影婆娑。

我跨过矮篱笆，走上台阶，开始很重地拍门，一半是为了让楼上的方邃远听见（尽管我还不确定他到底是不是在家），另一半还因为我心头无法排遣的莫名怒气。

过了好一会儿门才开，里面露出方邃远讶异的脸。

"没想到这么晚你还会来。"

看到他这副表情，我的怒气忽然跑掉大半。

"我来试试运气。"我笑得挺开心，"看来我运气不坏。"

他领我上楼，楼内没开灯，但有月光透过窗户照进来，已经足够明亮。

我走在他身后，格外注意了一下他的穿着。

今晚，他穿了件雪白的衬衫，在月光下格外挺拔。也许因为他救过

我的缘故,当我这样偷偷注视他时,一种很难描述的亲密感便从心底油然而生。

房间里亮着灯,桌上有台电脑正在运作中。

方邃远忙着给我沏茶,语气半开玩笑:"这么深更半夜的,你就一点不怕我是坏人?"

"哈!你吓不倒我!"我在房间里愉快地转了个圈,"如果你想害我,打算怎么处理尸体?"

他被打败,仰头看看天花板:"现在的孩子说话都已经这么凶残了?"

"Oh,no!我的神经比一般的孩子粗大,因为我是侦探小说迷!"

我看见他在笑,这让我得意起来,我的口才也不是那么糟糕的。

他倒出两杯茶,放在窗前的桌上,清幽的月色下能看见茶杯口缥缈的水汽。

"你在工作?"

"对,有一些照片要处理。"

"我能看看吗?"

"可以。"他拉开电脑前的椅子让我坐下。

我逐一翻阅照片,都是小镇的风景,但被做了各种切割,蒙上或者滤去了各种色彩,我得花一点时间才能辨认出哪儿是哪儿。

"这就算成品了?"

"算吧,交出去前会再审核一遍,个别也许还得调整一下。"

"这么说,你在镇上的拍摄任务即将完成了?"

"还早着呢,这些只是应付杂志社专栏用的,我自己的那份活儿还没正式开始。"

"这幅很漂亮！"我指着一棵树后藏着的一轮硕大的圆月，"不过我一直以为摄影师是拍到什么算什么的，没想到你们还会做这样的嫁接。"

他笑了笑："很多老摄影师的确反对后期处理，他们对新技术抱有敌意，不过我无所谓，只要能达到我要的效果我都会用，哪怕是合成。你没法说合成的东西就不是作品。艺术的重点在创意。"

他解释的时候，我认出那株粗壮有型的树是龙祠庵外的老银杏。

我盯着那轮月亮："满月。"

方邃远慢悠悠地说："吸血鬼之夜。"

我惊诧而笑："原来你也知道！但……世上真的有吸血鬼吗？"

他挑挑眉："人编的奇幻故事而已。"

"可我喜欢德库拉伯爵。"我想了想，又问，"那你认为满月真的会影响到人的情绪吗？"

他啜了口清茶，认真的神态让我有点感动。

"有一种说法，月球引力会导致地球上海水的周期性涨落，称为潮汐。人体内80%是液体，月球引力对此同样起作用，就类似于海水的潮汐，从而引起人情绪上的变化，满月时人更容易冲动紧张。不过这是西方人的观点，他们喜欢把人类的一切行为都归因到物质世界中，包括人的各种罪孽。"

"这也没错，人本来就是由物质组成的——难道你真的相信人有灵魂？"

"任何物体都有灵魂，包括这座小镇。"他回答得很肯定。

"我记得，你说你想抓到小镇的魂，具体是指什么？"

"可以是任何东西，只要能全面地代表小镇。"

"你找到没有？"

他摇头，淡淡一笑："还在找。"

他手里拿着一本画册，若有所思地翻看，仿佛在寻找灵感。

跟他交谈很有趣，我背对屏幕凝视他，思索他究竟是个怎样的人。

电脑屏保突然开启，响起一阵激烈的交响乐，我被吓了一跳。

"恐怖！简直像一群乌鸦从头顶上飞过。"

他抬头笑："从来没人敢这么评价贝多芬。"

"我不是故意的，我跟他没仇。"我嬉皮笑脸起来。

后来，我坐在他身旁看他处理相片，时不时指手画脚一番，他很耐心地给我解释，时间飞快地流过而我浑然未觉。

在这栋幽静的小楼里，我觉得自己像换了一个人，有强烈的倾诉欲，对什么都好奇，都想问个究竟。

"你一直就是个摄影师？"

我趴在他的椅子背上，与他只有不到一尺的距离，我甚至能嗅到他身上散发出来的好闻的气息，如夏夜树林里松针的味道，清新悠远。他应该不抽烟。

"曾经当过几年战地记者。"

我有点兴奋："是不是每天都面临枪林弹雨，一定很刺激吧？"

这回他没笑，想了想说："那种生活没法用语言来形容。每天都有血腥的事发生，我只能祈祷自己不会变成第二天的头条新闻被印在报纸上。"

"那你为什么还要去？"

"为了……寻找我自己。"

"好深奥。"

我觉得自己有点跟不上他的思路了。他也不解释，继续忙处理。我利用这短暂的时间努力思考。

"我明白了。"过了好一会儿我才又开口,"你曾经的生活一定过得像我现在一样没有分量,所以你想去冒险,找到你生命的分量。但每天都可能终结生命的日子不是人人都承受得了的,所以你又逃了回来。That's all!"

"你英文真好。"他笑着转过身来。

"谢谢——问题在于,你找到你活着的价值了吗?"

他不回答,反问我:"你觉得你活着没有分量?"

他水一样的目光明亮清澈,仿佛能洞悉我所有心思,我不得不避开,思忖他一定想到了那天我潜入水中的事。

"你还没回答我的问题。"我忽略他的问题,有点强硬地重复。

他沉吟着说:"我以前有过很宏伟的愿望,但到今天全消失了。对现在的我而言,过好眼前的每一天就是活着最大的价值。佛经上说:过去不可追,未来不可知,只有眼下是你能掌控的。你把每一天过好了,过去也就得到了完美的积累,你对未来也同样会怀有信心。"

我忍不住反驳:"那是因为你已经是大人了,你能掌控你的生活,你想怎么过就可以怎么过。可我什么都没有,只能走唯一的一条路。"

他的神情告诉我,他完全明白我的心情。

"我给你讲个故事吧。"他说,"有个患忧郁症的病人去找医生,'医生啊,我天天吃不好睡不好,我都快崩溃了!'于是医生给他开了个药方,让他去当一名驯兽师,每天的工作就是把自己的脑袋塞到狮子嘴巴里。三个月之后,忧郁症治愈了,他重回原来的生活。"

我有点懂了:"你是说我在无病呻吟?"

"不是,我是想说,生活存在无限可能,但你不可能同时走几条

路，也不是每条路都适合你走。"

"不试怎么知道！"

"说得没错。"他笑了，朝我伸出手，但很快又缩了回去，"那么，你希望走一条什么样的路？"

"我也不知道。"我有点迷茫，"有时候，我特别想逃离小镇，就像很多人那样，但更多的时候，我会觉得逃出去的生活可能比现在更可怕。"

他用平和的眼神看着我，没再说什么，我心里居然涌起悲伤，没来由的，这感觉让我失去了继续聊下去的兴致。

月亮升上中天时，我离开了小楼。

"不管怎么说，和你聊天我很开心。"我站在门口由衷地说。

"我也是。"他站在门内目送我离开。

我踩着月光的清辉往家走，忧郁的情绪渐渐淡去，我告诉了他一些我从未对别人提起过的忧虑，我对他充满信任，我相信那不会给我造成任何隐患。而我很难解释刚才那刹那而来的悲伤是因为什么，那样没有前因后果。

我有太多无法弄懂的事情，但好在我还有很长的时间可以去琢磨，对此我满怀期望。

抬起头，墨色的夜空中正挂着一轮满月，清晰得如同从方邃远的照片里摘下后直接粘贴上去的。

星期六早上，妈妈带我去镇上唯一的商场购物，但这里的服装和化妆品基本没有入得了她眼睛的。我本来看上了一条褐色呢子大衣，但见她一脸不屑的神色也就放弃了。

妈妈拿城市和小镇比，数落小镇上的种种乱象：汽车横冲直撞；老农妇把成熟的稻子晒在马路上或在路边击打黄豆秸秆，扬尘纷纷；还有人随地吐痰。

我承认她说得都对，但当她这样尖起嗓子指责小镇上的一切时我依然觉得不舒服，况且，城里的人遵守交通规则并不等于就能高人一等吧，顶多说明人是一种容易被驯服的物种。

我没敢把这些反驳的话说出来，我妈的反应猜都猜得到："慕容月见，你怎么这么狭隘?!"

何必去碰一鼻子灰。

她问我想不想和她一起去城里逛逛，我一如既往地摇头，与其在城里跟人摩肩擦踵，我更愿意缩在家里看书。妈妈对我不喜热闹的性子既失望又轻松，陪我吃过一顿饭后，她独自去了城里，据说工作上出了点紧急的事。

我在回家的路上遇见萧宾，我俩同时停下脚步。

"又有心烦的事啊，怎么愁眉苦脸的？"他只瞥了我一眼就问。

我做了几下面部运动，整出一张笑脸来："没有啊！"

"听说你妈回来了。"

"嗯，回来快一星期了。"

他笑道："看来最近不能跟你见面了。"

"没这回事。"我有些尴尬，"再说她也不常在家。"

我也不明白妈妈为什么这样讨厌萧宾。小时候，她并不反对我俩在一起玩，她好像是最近两年突然对萧宾起了防备心理的，一听到我提他名字就紧张，好像他会吃了我似的，还几次三番叮嘱外婆别让我跟萧宾走得太近。当然，外婆只是嘴上答应，她从不管我跟谁在一起玩，我的

朋友本来就少得可怜。而且，在外婆眼里，萧宾始终是那个十岁左右很听话的小男孩，哪怕他因为打架骁勇而蜚声镇子内外。

他笑了笑，没说什么。

我们很长时间没见面了，上次见面还是在甜品店，他踹了大钟，饮料也没喝就气鼓鼓走了。

"大钟最近还找你吗？"我问。

"没有。"

"你那天干吗对他那么凶啊！"

他表情又不自在起来："谁让他脑子进水了。如果老跟着我，他老子知道了更有理由揍他了，不学好。"说到后面，他声音低下去，有点冷冷的，同时别开了目光。

听他这么一说，我心里舒服了点儿，原来他对大钟并没有恶意。

我又想起小葵后来对大钟说的那些话。

"哥，你将来会去帮你爸经营水果店吗？"

他被我这么没头没脑地一问，明显愣了一下，随即斩钉截铁："不会！我……不会离开镇上。"

很明显，他对这样的话题感到局促，不容我多问就走开了。

我们彼此往相反的方向走，相距越来越远。

但我还是忍不住回头望了一眼，看见他已经走上了古竹桥，瘦长的背影让我感到一阵陌生，尽管我很快就意识到那是我曾经最亲密的哥哥。

不论他做错过什么，他从来没对我凶恶过，我不会因为妈妈莫名其妙的情绪而疏远他，毕竟，在童年那些重要的时刻，当我感到孤独的时候，陪在我身边的总是萧宾，不是妈妈。

而且，他总是能察觉到我内心微妙的变化，这一点，别说妈妈，就连天天和我生活在一起的外公外婆都做不到。

是的，他猜得没错，我的确觉得很烦。

我不开心的原因是，我参加的舞蹈组，领舞人是徐照。

杨老师说，徐照有跳芭蕾舞的功底，为了印证老师的话，徐照在练功房里当众跳了一段天鹅湖。

她纤细的身姿在地板上不断旋转，老师和同学们在边上屏息凝神地观看，他们开始叫徐照"小天鹅"。

从那时候起，我就后悔报名了。每个女孩都希望自己成为一个事件中的主角，而不是映衬红花的绿叶。

可我开不了退出舞蹈组的口，我怕当绿叶，但更怕被人发现我内心的虚弱。而这种事我没法跟任何人说，只能闷在肚子里。

又一个因为练舞而晚归的日子，我独自披星戴月回家。

月光下的小镇比白天要美上数倍。雾气从河流的西面缓缓飘过来，朦胧而梦幻。我站在河边看得出神，这算小镇的魂吗？魂魄就是这样轻柔缥缈的东西吧？

这想法增加了我内心的空虚和无聊，真想对着河面大声喊叫"啊！啊！啊！"

日子总是在重复，我被浸润在这些烦闷的琐事里，为什么就不能发生一些让人激动的、振奋人心的事情呢？

有轻盈的脚步声由远及近。

"你好。"一个男孩陌生而略带羞涩的声音。

我吃了一惊，有些狼狈地转过头去，眼前骤然掠过一道光晕。

男孩依然穿着紫色的T恤，月光过滤掉了他脸上可能的瑕疵，使他俊美得虚无缥缈，我几乎想抬起手背来仔细揉揉眼睛，看这到底是梦境还是现实。

他被我打量得有点不好意思，回眸望向河面。

"你是徐照的同学吧？"

"……是。"我有点晕晕乎乎的，但开始意识到这并非是梦。

"我能不能请你帮个忙？"

"你说。"我嗓音难掩颤抖，但愿他没听出来。

他打开书包，从里面掏出一个用礼品纸包好的包裹递给我。

"麻烦你转交给徐照，可以吗？"

懊恼像一阵乌鸦嘎嘎叫着从心头飞过，我居然忘了他跟徐照之间的关系。

"你为什么不亲自交给她呢？"我略带生硬地反问。

他黯然垂眸："她不肯见我。"

那样无奈而可爱的表情，瞬间融化了我的酸意，我压下不舒服的感觉，重重点了点头。

"好吧，我帮你给她。"

"谢谢！"他感激地对我笑，灿若宸星，"我叫宋亮，你呢？"

"慕容月见。"

"这名字真好听！"他神色轻松起来，"你和徐照是朋友吧？我看见你们在一起跳舞。"

如果我否认，他会不会把包裹要回去？

"对，我们是朋友。"

我发现在他面前承认和徐照是朋友一点都不难。

"可不可以问你个问题？"

"当然。"

"你是徐照的男朋友吗？"

他一愣，然后笑了，笑得好开心的样子："不是，她是我妹妹。"

原来如此！

好事终于来了，像一阵清凉舒爽的风吹过，把我心头那些疙疙瘩瘩的皱痕尽数抹平。

宋亮托我转交的是个扁平的四方盒子，用礼品纸精心包装过了，他没告诉我里面装的是什么，我把盒子凑在耳边摇了摇，里面的东西跳跃着，沙沙作响。

盒子太大，书包里根本放不下，我找来一只手提袋，把礼物放进去，搁在书包旁边。

临睡前，我趴在床上仔细打量那份礼物，想象徐照拆开包装时的喜悦心情，不免仍有些妒意。

但也许这样的情形不会出现。

"她不肯见我。"宋亮黯然神伤的样子浮现在眼前。

他们不是兄妹么，到底发生过什么事情？

谜团难解，我来不及推理就沉沉睡着了。

早晨醒来，妈妈还在床的另一边酣睡，昨夜她回来得很晚。

我蹑手蹑脚进盥洗室梳洗完毕，背上书包，拎起手提袋准备下楼。

走到楼梯口忽然感觉有些异样，我张开手提袋往里面扫了一眼，包装纸被拆开了，露出巧克力盒子的一角。

我气急败坏地冲回房间。

"妈，你干吗乱动我东西？"

妈妈翻身起来，睡眼惺忪，一脸不高兴："你嚷什么？"

"这是别人的东西，你怎么给拆了？！"我跺脚。

"我又不知道！"妈妈不以为然，"以为是你的，就随便看看。如果弄坏了，我赔就是。钱包在抽屉里，自己拿吧！"

"不是有钱就行了！这是人家的东西，不能随便拆的！"

妈妈忽然不耐烦起来："我拆都拆了，你到底想怎么样？"说完复又睡下。

我哑然，僵持了一会儿只能闷闷地下楼。

花了十多分钟修补外观，外公想帮我去买新的包装纸，但算算时间来不及了。

"你妈妈从小就粗枝大叶的。"外公代他女儿表示歉意。

外婆则一边洗碗一边数落我："既然是别人的东西，你拿回来干什么！如果不想让家里人碰，你就写个标签贴上嘛！"

我被她奇葩的理论气得都不屑跟她争论了，临走才对外公说："我现在明白了，妈妈那些怪脾气都是被谁培养出来的。"

"她是说我吗？"外婆明知故问，"老头子，你外孙女是在说我吧？"

我预感在我走后外婆会把气撒在谁身上——我不慎又让外公做了替罪羊，可还是那句话，他当年挑老婆，怎么就不能谨慎一点啊？！

我走出家门的一瞬想起还在楼上生闷气的妈妈，老天保佑，我可以一天不用看她脸色。

外婆喜欢唠叨，妈妈却会忽然间发火，外婆让人心烦，妈妈有时让我害怕。

我把礼物转交给徐照，还郑重地附上对包裹损坏的解释。凡是与宋亮有关的事，我都希望能做到完美，哪怕需要面对我最不喜欢的人。

徐照瞪我一眼，接过手提袋，转身就跑出教室。

我在阳台上眼睁睁看着她把手提袋连同礼物一起投进垃圾桶——我这一早上全白忙活了。

徐照奔跑回来的样子依然像只轻盈欲飞的天鹅，但显得气势汹汹。

我感到愤怒，同时替那盒精致的巧克力难过，还有宋亮。

那天傍晚练舞时，我怎么也没办法勉强自己听从徐照的指挥，脑海中反复浮现徐照扔巧克力的情景。

她怎么能那样轻视别人的心意？

排练到六点半结束，徐照放其他人走了，单拦住了我。

"慕容月见，你还需要再练两遍才能走。"

"我今天没心情。"

"我还没心情教你呢！"她瞪我一眼，把练功房的门砰地关上，房间里只剩下我们两人。

我其实挺有涵养的，直到此刻——两人单独相对时才质问她："你为什么把礼物扔了？"

"不用你管！"

她蛮不讲理，虎着脸在我面前示范动作，我一动不动。

"他不是你哥哥吗？你为什么对他那样凶？"

"都说了不用你管——收腹！"

她照着我的肚子狠狠拍了一下，我大为光火。

"你弄痛我了！"

"你姿势不对！"

"那你也没权利打我!"

"我没有!"

我们像两只斗红了眼的公鸡,用力瞪着对方,像马上要进入决战似的。

杨老师推开门,只探个头进来:"你们还没走?"

徐照脸色缓和了些:"慕容不熟练,我让她再练一会儿。"

杨老师满意地点头:"早点回家,路上注意安全。"

门重新关上,我鄙夷地哼了一声:"虚伪!"拽起自己的书包就走。

"不准走!"

徐照冲上来抓住我的书包带子往后拖,我敏捷地回身朝她扑去,我们瞬间撕扯到一处,直至把彼此的头发和衣衫都扯得凌乱不堪,相对跌坐在地板上。

我们谁都没哭,呼哧呼哧喘着粗气怒视对方。

"慕容月见,你为什么总是这么讨厌?"她冲我嚷。

"你也一样!"

徐照整了整衣衫爬起来。

"我管不了你,下周二就演出了,你要出丑随便你!"

我们一前一后走出学校。

我时不时抬眸瞥一眼走在前面的徐照,她身形孤独,显得好小。我的心情复杂起来,刚才还愤怒得恨不得咬下她一块肉呢,这时候又觉得她有点可怜。

可她为什么这么倔强呢?我在她眼里是不是也同样的不可理喻?

怒气逐渐消散,我觉得自己实在没有足够的理由这么讨厌她的,我们之间没什么大不了的仇恨。

我有点想跟她搭讪,可又不知道该怎么开口。就倔强这一点来说,我或许不输给她。

宋亮的身影从校门外小卖店的壁影里走出来,徐照条件反射地停住脚步。

"徐照,生日快乐!"

徐照认出他以后一声不吭,低着头迅速往前跑,宋亮站在原地怅然望向她的背影。

我走近他。

"今天是她生日,"他轻声说,"谢谢你帮我转交礼物,她收了吗?"

我心里矛盾了片刻,点点头,他的神色略显欣慰。

他身上好像有种魔力,让我舍不得就此离开,我陪他沿着一条路漫无目的地走下去,我决定不再假装清高,我对他们之间的问题充满好奇。

"你跟徐照的关系为什么这样紧张?"

"我……不知道该怎么说。"

"你们是亲兄妹吗?"

"对。"他停顿了一下,才说,"我爸妈前不久刚刚离婚。"

"那她应该恨你们的父母才对。"

"不是这么回事。"他俊朗的侧脸蒙上一层阴影,"他们很早以前就想离婚了,这一点我跟徐照从小就知道。她恨我是因为……爸爸妈妈离婚时都希望我能跟他们走。"

"那徐照呢?"

宋亮低下头:"他们没提。"

真过分。

"她是你父母亲生的吗？"

宋亮点点头："不过妈妈说，生徐照是个意外，她跟爸爸本来不想要的，那时他们的感情已经不太好了。是奶奶要求他们生下来，徐照出生后也一直待在奶奶身边，直到上小学才被接回来。"

"你爸妈为什么不自己照顾徐照？"

"他们太忙了，有各自的生意要做。"

"可你不是一直和他们生活在一起吗？"

宋亮显得有些难过："这就是徐照现在这么恨我的原因。"

我忽然对徐照充满同情，如果换作我，大概也会痛恨抢走父母之爱的哥哥。我仰起头，看见街灯下宋亮清秀的面庞。

但这也不是他的错。

我们很快把一盏路灯抛在身后。

"其实徐照随妈妈姓，离婚后跟着妈妈是顺理成章的，但妈妈不喜欢徐照，徐照的性子像奶奶，刚烈、不懂回头，妈妈没什么耐心，两人老是吵。妈妈说奶奶把徐照带坏了。"

"是不会说话的那个奶奶吗？"美筠曾告诉我，徐照和一个哑巴老人住在一起。

"不是，"宋亮瞟了我一眼，"奶奶过世两年了，这里的哑奶奶是奶奶的一个姊妹。"

我想了想，又问："徐照最后还是跟了妈妈吧？"

"法院是这么判的。"

"你妈妈……不要她，所以让她来这儿？"

宋亮摇头。

"是徐照自己要来的。她小时候跟奶奶来这里住过,她说她喜欢这儿,妈妈就帮她办了转学手续。可我觉得这不是个正确的选择,会影响她将来升学。我跟她说过好几次,但她根本不想听。"他看上去有些忧愁。

我当然是明白的,小镇上那么多人想飞出去,却几乎无人想要来这儿,徐照是个异数。

"那你为什么还总是来找她?"

宋亮笑笑:"我终归是她哥哥。"

我霎时又有点羡慕起徐照来。

走到尽头,我才发现这是前往车站的那条路。

"我得回去了。"宋亮站定,面向我,"谢谢你陪我,我本来不该说这些的。不知道为什么……"

他低首看我时,明亮的眸子里居然有点依依不舍的神情,我的心重又急跳起来。

"我可以叫你月见吗?"

"当然。"

"月见,你能再帮我个忙吗?"

哦,只要他开口,我可以为他做任何事。

宋亮翻出记事簿,用笔快速写了点儿什么,撕下那张纸递给我。

"这是我的手机号码,如果徐照有什么麻烦,请你一定打电话告诉我。"

我接过来,叹息:"你真是个好哥哥。"

他却有些无奈似的:"我只希望我的家人都能平安快乐,虽然这有点难。"

最后一班往市区的车子来了，我们道过别，宋亮转身跳上去。

我在站台使劲朝他挥手，直到车子消失在尘土里。

我觉得胸口异乎寻常的温暖，有股崭新的热量在体内回旋，让我想唱歌，想大声叫唤，但最终，我只是咧嘴笑了笑。

他是第一个叫我"月见"的人。

他要我在徐照有麻烦的时候给他打电话，因为他并不知道徐照现在最大的麻烦，其实是我。

****

——《让城遗事》*大圆满觉

走着走着，眼前呼地一亮，豁然开朗，绵延的山坡高高低低在脚下伸展，一座轮廓圆柔的山丘在触目可及之处，山上层峦叠嶂，绿意盎然。空气也仿佛清新了许多。

卫成仰起脸，狠狠呼吸，与暗夜和荆棘为伴太久，他几乎要忘记阳光有多么灿烂了。

真想就在这荒郊野岭里永久地定居下来。

但也只是想想而已，自从出了宫，他就像一只在海上飞翔的鸟，哪里都找不到落脚的地方，只能不停地展翅，直到累死。

又行了一段，龙祠庵的轮廓已清晰可辨，而他累得再也撑不住，就着一棵银杏背靠树干坐下，歇一歇总可以吧。

正是一年里最温暖的时节，阳光照在身上仿佛催眠，他闭上眼睛，不一会儿就进入了梦乡。

他做了个奇怪的梦。

梦里，他穿戴着和他这个时代截然不同的衣衫，走在一片广袤无垠的草原上，忧伤像长在心上的一块肿瘤，沉甸甸的，尽管不知道为什么，但他能清楚地感知，它就在那里。

身后，有人在大叫，似乎想喊他回去，他回眸瞥了一眼，看见军帐前站着一排人，大将军一脸阴郁，一言不发盯着他，仿佛目有深意。

他忽然对那地方和那些人充满抗拒之心，即使死也不回去。

他对瞬间涌入脑海的这个念头感到不齿，人怎能轻言生死？可他控制不了梦中的自己。他眼看自己一步步在草原上走着，所到之处，鲜花一朵朵寂灭，充满了悲伤的喻义。

随后，他顿住脚，有长久的停顿，他不知道自己怎么了，梦中是没有感觉的。

他低头，明白发生了什么——一支箭在他胸口穿膛而过，它竟然是从后面飞来的！

但他已无力回望，两腿一软，跪倒在地，怀中珍藏之物纷纷跌落出来。

他看到一张泛黄的宣纸被风吹开，纸上有个双髻女孩，眼眸比星星还明亮，嘴角含嗔带笑。

意识中，各种画面飞快掠过，他有点明白自己的忧伤从何而来了。

但已经晚了，他无力深思，脑子里越来越模糊，他只能眼睁睁看着自己栽倒在地，心里是清楚的，但再也无法组织出任何一句

言语。

　　这一刻，他忽然明白，原来即使没有言语，人也是能明白很多事的。

　　但那又有什么用？他已经死了。

　　醒来时，各种影像如风吹云散，瞬间消失得干干净净，唯一值得庆幸的是，他从梦中的死亡命运里逃遁了出来。

　　不远处传来争吵，他大约是被这声音闹醒的。

　　吵架的居然是一位姑娘和一个光头和尚，两人都穿着朴素的灰布衣衫，那姑娘身上唯一的亮色是发髻上簪着的一朵粉梅。他俩都站在出入寺院必经的一条窄径上。

　　姑娘手握挑水用的竹竿，气势汹汹，说出的话却让卫成忍俊不禁。

　　"此路是我开，此树是我栽，要想从此过，留下买路财！"

　　在和尚庙门口这等撒野，真真不是一般的嚣张。偏偏那眉目清秀的小和尚一脸无奈。

　　"红帘，别在这顽皮了，一会儿方丈看见又得说你胡闹！"

　　叫红帘的姑娘杏目圆睁："谁和你胡闹了？你要下山是吧？把钱交来，我便让道与你！"

　　和尚见好言无用，发狠硬闯，红帘也不示弱，手里的竹竿唰唰飞舞，显然也是练过的，两人就这么交起手来，棍棒拳脚四处横飞，看得卫成眼花缭乱。

　　末了，到底和尚力大占优势，一脚扫堂腿过去，红帘便被掀翻在地。大约摔疼了,在地上哼哼唧唧半天不起来。

和尚犹豫了一下,似乎想上前去扶,但还是忍住,双掌合十,轻诵一声:"阿弥陀佛。"

顿一顿,又说:"了悟奉劝姑娘一句:红尘滚滚,苦海无边,执念不破则不见彼岸。愿姑娘好自为之。"

和尚说毕,嘴里念着经文转身匆匆下了山。

或许是流泪了,红帘正抬起衣袖使劲擦脸,那一副气不恁的表情有点可笑,实在又很可怜,她冲已经走远的了悟大声叫嚷:"了悟了悟!你果真就了悟了吗?!"

红帘坐在地上迟迟不走,卫成肚子里却唱起了空城计,不得已,他只能从树的阴影里现身出来,走到姑娘面前,朝她摊开手,掌心里是他仅剩的财物:一枚玉佩。

"姑娘,我身上无钱,唯有这个,不知可否将这道路让我一让?"

红帘一骨碌爬起,猜到刚才那幕被人瞧见了,脸上竟现出少女的娇羞。

"公子别误会,我,我不收钱的……公子是想去龙祠庵?"

"正是。"

红帘倒爽快:"我认识方丈,不如我带你去吧。"

卫成对她顿生好感,忍不住问:"姑娘刚才为何为难那和尚,莫非他果真欠你钱?"

红帘叹一口气:"他欠我的何止是钱,他欠我一辈子呢!"

进了寺庙,红帘径直领他去见方丈。

卫成早就编好借口,世外方人对红尘中事本不欲多加追究,当

下安置他于寺内住下。禅房内一床一蒲团，墙上挂一幅方丈题的字，此外别无一物，倒也清爽。

红帘很快为他张罗来饭菜，卫成谢过，又执意要将玉佩赠她，红帘哪里肯收，连连摆着手跑了。

龙祠庵地处蛮荒，香客稀少，平素里宁静清幽，寺内十来个僧人，靠寺院外几亩薄田和两处茶园维持，也算能自给自足。

除了方丈是读书人外，其他和尚多是各处经年逃荒而来的百姓，因此他知音难觅，未免寂寞。如今遇到卫成，却也是个饱读诗书的，欢喜之下，两人每日里不是下棋写字，便是切磋禅语僧偈。

红帘是龙祠庵的常客，每天都会过来帮寺里干一些精细活儿，碰上卫成，也会跟他聊上几句。

或许身处这红尘之外的天地，红帘身上有着平常女孩少见的豪爽气概，但她的慷慨唯独不展现给了悟，每次遇到了悟，便像见了仇人，总要想法子给他找点儿不痛快。

方丈是宽宏慈善之人，但一提到红帘跟了悟也是一脑门疙瘩，头疼不已。他给卫成讲了这对小冤家的恩怨。

十年前，两人随家人自河北逃荒至此不过七八岁的小孩儿，后来，各自的父母均染病过世，只剩下这两个十岁未满的孩子，方丈见他们可怜便暂作收留，一晃六年过去。一对小儿女每日里相亲相爱，感情弥笃。方丈虽不管世间俗事，但这二人等于他亲自养大，若能看着两人结为秦晋之好，他也算对得起九泉下那两对夫妻了。

可世事难料，一天夜里，了悟受佛祖感召，萌生削发为僧的念头，方丈苦劝无效，只能成全。等红帘察觉，闯入寺内，了悟已受足具戒，成了世外之人，今生再与她无缘。

"各人有命，无法逆转，只是可惜了红帘……唉！"

老和尚一声叹息，卫成眼前现出红帘泪眼婆娑的模样。

卫成暗中观察，了悟是众僧中做功课最为精进的一个，每天除了分内事务外，其余时间便在精舍中打坐参禅，其向佛之心最是虔诚。

初夏转眼即至，一年中最好的时节来了，军嶂山上绿意葱茏。

卫成逍遥数日，渐渐忘记自己的困境，站在寺院外的平地上环览四面时，心旷神怡之感顿生，忍不住吟诗来赞："便觉眼前生意满，东风吹水绿参差。"

红帘担水欲入，闻言便在他身边驻足暂歇，用手背擦擦额上的汗，笑道："卫先生好学问，出口成章，难怪方丈每天与你聊得兴高采烈。"

卫成转眸而笑："这是宋代张拭的诗，我借来用用而已。"

"那也得记得住才行。"红帘眼里闪烁着敬佩，"红帘不止一次听见方丈夸先生博闻多识，才学深邃了。"

卫成并不骄矜，只淡淡一笑："方丈谬赞了。"

"红帘心中总有一惑不解，说与先生，不知先生可否为我开解一二？"

"但说无妨。"

"红帘自小命苦，先丧家乡，后又没了父母，本以为只要跟他在一起就能苦尽甘来，哪知这最后一愿也终究成空，落得如今孤家寡

人，浑浑噩噩苟活于世……若是碰上个负心汉或也死心了，偏偏他痴迷的是佛祖，这笔账，却教我找谁算去？"

红帘言毕，眼圈一红，低下头去。

这真是道无解题，卫成也不知该如何劝慰，但又不能不劝，沉吟片刻，道："姑娘，世间路有千千万万条，并非只这一条路可走……何不就此放下执念下山，另觅一片新天地？"

红帘偏转脸去，半晌方说："红帘懂得，只是……偏偏做不到。"一低头，重新担水匆匆离去。

她语声凄凉，字字滴泪，卫成一时呆立原地，痛楚莫名地从心底深处涌出，仿佛负她的人不是了悟，竟是自己。

这日下午，方丈备下笔墨纸砚，欲求卫成墨宝。

"先生前日里抄录的那段心经老衲实在喜欢，今日一早，忽然想起这大殿之上还空空落落，便想请先生不辞烦劳，给题个匾额如何？"

卫成欣然领命。

方丈道："就写'大圆满觉'四字吧。老衲字拙，不然早就自题了挂上去了。"言毕一阵朗笑。

卫成握笔，饱蘸浓墨，凝神运气，慨然挥就"大圆满"，正待落笔成"觉"，忽闻寺外风声鹤唳，漫天呼声竟是直奔寺内而来。

卫成长久悬起的一颗心呼地坠落下去——他们到底还是追来了。

他心知大势已去，将笔一丢，脱口而叹："朕命休矣！"

方丈闻言大惊失色，再联想卫成此前种种举止，心下了悟，当即双膝跪下，连连叩拜："万岁，小僧失礼！小僧失礼！"

红帘自外闯入，惊惶失色："方丈，他们要找的人是……"一见室内情形，立时明白过来，双目望向卫成，却是震惊无语。

喊声震天，越来越近。

方丈急忙吩咐红帘："快！你带先生从后门出去，到山上避一避！"

事不宜迟，红帘拉起卫成就走。方丈则火速清理室内与卫成有关的东西。

追兵进入寺庙，方丈正慢条斯理书写"大园满"后面那个"觉"字。

"老和尚！最近可曾有不明身份之人来投宿寺院？"

方丈抬头，一脸懵懂："不曾。"

为首的将领一双鹰鸷般的眼睛在他面庞上来回打转，明显不信，但看他气定神闲，字也显然写了不是一时半会儿了，抓不出什么破绽来，遂大手一挥："走，到后面瞧瞧去！"

红帘带着卫成并未走远，只来得及潜伏在寺院后面不远的一处山凹里。寺内追兵的动静这里听得一清二楚。

卫成面色惨白，有点遗恨自己被此处清幽所诱而未能及时上路，但转念一想，这短短时日却是他逃亡以来最为悠闲愉悦的光景，似乎没什么可遗憾的。

无论如何，结局已经摆在那里，不管愿意与否，都得接受。

这么一想，卫成才又镇定下来。一转眸，发现红帘正目不转睛注视自己。

"你，你真是当今万岁？"

卫成苦笑："不再是了。"

红帘还待问些什么，但搜索之声朝这里逼近，两人只能噤声。

"给我好好搜查每一寸地方！就是耗子洞也得留神多看两眼！燕王说了，甭管死活，只要抓到，必定重赏！能不能加官晋爵就看你们自己了！"

兵士们呼声顿时空前高涨。

眼下的形势，被发现只是时间早晚问题，卫成思量着，与其被当场活捉，不如自己主动出去或找个什么法子就地了断，或许更能存些尊严。

正踌躇，袖子被红帘扯了一扯。

"先生的玉佩还在身上吗？"

"在。"

那是祖父留给他的遗物，价值连城。只可惜救不了他的命，倒是能成印证他身份的凭据，多讽刺。

红帘一咬唇，像下定了决心："给我。"

"你要做什么？"

"我想出个法子，或可脱围。"红帘漂亮的眼眸里闪烁着聪慧的光芒。

卫成眼前一亮，忙从身上翻出玉佩递过去，红帘探手来接，目光无意中扫过他手腕内侧，一点深褐色的胎记赫然在目。两人来不及多说，红帘已猫起腰准备溜开，临行还剥去卫成的一只鞋。

追兵的身影已在视野范围内晃动，卫成忽觉不祥，一把拽住红帘的手:"你要怎样?"

"先生曾开解红帘,世间路有千千万万条,只是先时红帘想不通,今日却忽然明白过来,红帘要另辟一径,救先生于水火,这或许便是红帘存活于世的意义。先生好生在这里藏着,红帘去了。"

她最后朝他笑笑,这一笑竟有惊心动魄之美,卫成犹豫之间,红帘已消失在藤蔓荆棘之中。

卫成满脑子想的都是红帘最后那一番话及那回眸一笑,如此熟悉,如此摄人心魄,竟仿佛在哪里见过,可不管他怎么努力,却总也想不起来。

红帘藏头缩脑地在灌木中穿梭,动静却极大,如受惊后乱窜的羚羊。灰旧布衫更是使人无法辨清身份,一队士兵很快察觉,气势汹汹向她逼过去。

卫成眼前危急的形势忽然之间如潮水般退了,他闭眼待在原地,暗自祈祷红帘能顺利脱身。

待到山谷里恢复了往日的清幽,鸟鸣啾啾,方丈步履匆忙赶来,见了卫成,先是错愕,随即松一口气。

"那带头的说您已经,已经……摔下悬崖,粉身碎骨了。他们拿了万岁遗留在崖边的一块玉佩和一只鞋子,说是要回去领赏……"

卫成心里凉凉的,一把揪住方丈:"红帘呢?"

"小僧也未曾见她。"

红帘失踪了。

众僧在灰蒙蒙的暮色中焦急寻找,天即将暗时,有人发现深崖下似乎躺着一人,一动不动,显然是死了。但悬崖陡峭,无人能下

去确认。

  了悟推开众人，跪在崖边仔细察看，最后颤声道："是红帘。"

  卫成这才明白红帘临走时对自己说的那番话的确切含义，顿觉心如刀绞。

  了悟趴在崖边不肯起来，有人去搀，他纹丝不动，十指深深抠入长满青草的泥土里。

  卫成想起红帘对他的叫嚷："你果真了悟了吗？"

  不到最后一刻，没人能明白自己内心究竟装了些什么。

  红帘心满意足地走了，而卫成，却欠下她一世情义。

  等方丈与众僧唏嘘完回头，卫成却不见了踪迹。

  此去经年，他也没再出现过，就好像他从来没来过军嶂山，又好像，他果真摔下悬崖，死了。

  燕王后来又派兵前来作尸体确认，大队人马费了九牛二虎之力爬下悬崖，却发现那里没有尸体，也没有任何可疑残骸。

  什么也没有。

Chapter 5

与妒忌和解

胖子苏岳也加入了篮球队，下课时，我们常能看见他拖着显著的身躯在球场上吃力地奔跑。

杨老师鼓励他坚持，说运动对像他这样胖的孩子很有好处。

"你不见得非减肥不可，但即使是胖子，也得做个健康的胖子。"

杨老师经常会说些让人耳目一新的话，在班里拥有众多粉丝。

"如果我有这样一个哥哥就好了。"美筠托着腮帮子，不无遗憾地感叹。

或许每个女孩都会做有个"好哥哥"的美梦，除了徐照，她大概不需要任何人。

但并非所有人都喜欢杨老师。

英语老师石老师把苏岳的妈妈请到学校来，就在我们班门口痛斥苏岳只知道打球不知道读书。

"杨老师就是太年轻，纵得这些孩子眼里除了他没别人！都是初三的人了，如果还不知道抓紧，整天光死淘，天王老子也帮不了你！"

"作业是我自己忘做了，跟打球没关系……"苏岳还想争辩几句，被他妈妈猛地一拍脑瓜给镇压下去。

石老师依旧气势汹汹："我是负责任，还来跟你们多这个嘴，你换个老师试试！你考好考砸也不影响我们工资，我跟你费那劲儿干吗！"

这种在家门口挑衅的行径触怒了班里绝大多数同学。

美筠气愤地嘟哝:"瞧她那趾高气扬的样儿,好像真的多有水平似的!英语作业没做,关杨老师什么事!"

我对石老师也有些反感,不过并非因为她对杨老师含沙射影的指责——以我的分析,石老师敢公然表达对杨老师的不满,说明老师群体中反对杨老师教育模式的人不少——而是痛恨老师当着孩子的面向家长告状,就好像孩子只是一个摆设,毫无自尊可言。

苏岳的母亲走后,他蔫不拉叽回到教室,同桌老赵立刻跳起来要为他和杨老师复仇。

"同学们静一静!听我说!"他往讲台上一站还颇有领袖风姿,连徐照都一反常态没有出来阻止他。

"石老师这样攻击杨老师用心险恶啊!同学们!"老赵痛心疾首,"大家说要不要给她点儿教训?"

"要!"响应的几乎都是男生,但女生们脸上也都挂着没有异议的表情。

老赵摩拳擦掌出主意:"一会儿上英语课,不管石老师跟谁搭讪,都别给她好脸色!我们得让她知道,咱三班的人心都是向着杨老师的!"

又是一阵响亮的叫好声。

幼稚。

美筠手握一杆尺,就像端着一挺机枪,眼睛发亮,神情恍惚,我猜她正在心里模拟被石老师提问时该做的反应。

我低头写我的作业,对一切富于煽动性的言论都不必予以回应,这是外公总结出来的经验。

英语课一开始,石老师就把上堂课做的试卷发下来,我的英语成绩一直不错，但这次考得不太理想。

"慕容，你的成绩怎么退下来这么多？"石老师在我身边站定，嗔责似的嘟哝了一句。

我正打算查验错题，忽然感觉大腿被拧了一把，美筠虎视眈眈盯着我，我忽然回过神来。

好吧，哪壶不开提哪壶，石老师第一个搭讪的人居然是我。

如果石老师这会儿离开我身旁，我或许还能低着头装傻蒙混过去，但她笨得像头挨宰的驴，迟迟停留在原地，存心要等我给她个答复。

教室里安静得连墙上时钟走针移动的声音都能听得一清二楚。我没有回头，却能感觉所有人的目光都投向了我——一个不愿意表态站队却不得不做出抉择的人。这种绑架式的威逼着实让人无奈。

为什么是我呢？

我的脸热辣辣的，意念里，同学们等待的目光渐渐模糊消退，只留下徐照那对闪亮的眼眸。我确信她一定在等着看我的好戏。如果我站在石老师这边，她会不会觉得我是个软骨头？

美筠又偷偷挠了挠我的腿，看来这家伙是不打算放过我了。

石老师等不到我的回答，以为我愧疚，便打算给我几分面子，抬脚准备走了。

教室里刚才剑拔弩张的气氛顿时缓和下来，窸窸窣窣的碎音再次充斥耳膜。我听到一声冷冷的哼唧，不知从谁嘴里发出，这声音刺激了我，我赫然抬起头。

"老师，我上课一直很认真，怎么成绩会退下来呢？"

教室里瞬间又鸦雀无声。

石老师收住脚，转身，有点愣："就是要问你呀！"

我闭了下眼睛，已经没有退路了。

"我想过了，既然不是我的原因，那只可能是老师的原因了。老师，您最近教得不太认真哦！"

全班爆发出一阵预料中的哄笑，角落里稀稀落落还藏着几声鼓掌，我知道我赢得了全班同学的认同，不过也算彻底把石老师得罪了。

石老师气得脸煞白："都安静！慕容月见，你给我站起来！"

我在笑声中起立，用无辜的眼神望着正前方的黑板。

"去我办公室！其他人把练习册拿出来！"

我站得累了，又没人招呼我——进进出出的老师在最初扫了我一眼后就都拿我当成了空气——便径自往石老师椅子里一坐。

在自习课开始时，杨老师刚巧经过英语组办公室，他随意往里面扫了一眼，就看到我大咧咧坐在老师的椅子上。

他推门进来，我也赶紧起身。

"你怎么在这儿？"

"石老师说要找我谈话，让我在这儿等她，可她到现在都没来。"

杨老师目含深意地打量我，但他没说什么，看了看手表。

"她去开会了，一时半会儿回不来。你先回去吧，我看见徐照她们已经在练功房排练了，演出就在后天，这两天抓紧点儿。"

我得了赦令，神清气爽地走出办公室。

徐照却把我拦在练功房门外。

"你迟到了！我已经重新排好队伍，你不必来了，以后也可以不用来。"

我感到被羞辱的气愤："你没权利踢掉我！再说我不是故意要迟到的，是石老师让我去她办公室的！"

"去老师办公室很光荣吗?"徐照勾起嘴角,一副尖酸刻薄相,"迟到就是迟到!不管你有什么理由!告诉你,我们已经不需要你了,没有你,我们跳得更好!"

一个女孩怎么能这样尖锐呢?每句话都像刀子一样扎得人疼。

我感觉自己的嘴唇都哆嗦了,半晌才开得了口。

"徐照,我知道你脾气为什么这么古怪,因为你从小跟你奶奶住,你爸爸妈妈就是离婚了也没人要你。"

我要把她扔给我的刀子都丢还给她。

徐照的眼神仿佛暗了一暗,用难以捉摸的目光死死盯住我:"你滚!"

不用练舞,我终于又能和美筠一起回家了。

"慕容,你不该当着那么多人揭她伤疤,今天这事,我觉得你做得不对。"美筠显得客观公正。

"是她逼我的。"我没精打采地解释。

其实话一出口我也觉得自己过火了,心里灰灰的,我做了连自己都讨厌的事。

"唉,徐照真可怜。"

经过甜品店时,里面热闹得一塌糊涂,我没心情掺和,缩脚想溜,但胖头窜出来叫唤我们。

"慕容!美筠!跑什么,进来坐会儿呀!"

胖头践行诺言,请我们喝饮料,他照例紧靠着美筠坐。

"妹妹,有阵子没见,你好像瘦了!"胖头很心疼的口气。

"真的吗?"美筠双眸明亮起来。

"你还是胖点儿好看。"胖头的目光肆无忌惮往美筠身上扫。

"你要小心他哦!"小葵把饮料端过来,警告美筠,"小老板最喜欢俏你了!"

"俏"是我们这儿的方言,有逗弄的意思。

美筠离胖头坐得远一点,委婉地说:"我喜欢成熟一点的男生。"

萧宾嗤地笑出声:"胖头熟得都快烂了!"

胖头张牙舞爪佯装要扑过去。

萧宾边象征性地躲闪,却忽然对我说了句,"慕容,今天在学校被剋了吧?蔫不拉叽的!"

我闷闷地不想说话,用力喝了一大口奶茶。

美筠代我解释:"慕容遇到克星了。"

萧宾问:"怎么了?"

胖头收回爪子也扭过头来八卦:"被谁追呢?"

我扑哧笑出声来。

"是个女孩!"美筠白了他一眼。

"哇!"

我有点忍无可忍:"胖头,你脑子里装的都是什么呀?"

"颜料呗,全是黄色的!"萧宾今天心情似乎不错。

胖头横他一眼,半真半假地笑:"就你清白!"

美筠把我跟徐照的过节大致介绍了一下,末了还是坚持自己的意见:"不过今天的事我觉得慕容也有错。"

胖头完全忽视美筠的意见,给我出馊主意:"这还不简单!你把她哄出来交给我们,我们吓唬她一通就老实了!什么大事儿呀!"

萧宾狠狠推了把他的脑袋:"就数你能耐,一听小姑娘的事就来劲儿是吧?"

"我这不是帮你妹妹呢嘛!"

"有你这么帮的吗?满脑子流氓手段。"

"那你说怎么办?"

萧宾想了会儿说:"别理她不就完了。"

萧宾的想法总是这么简单直接,但挺有道理的。

我们喝完东西即将离开时,胖头又爆了段八卦出来。

"大钟又被他爸揍!"

我问:"又是为什么?"

"那谁知道,他们爷儿俩谁没一肚子道理呀!不过大钟这次比较惨,从楼梯上摔下来,断了两根肋骨,在医院躺着呢!"

我又觉得胸闷了:"他爸爸太不是东西了,这算虐待吧?应该可以报警啊!"

萧宾本来没吭声,听闻嗤之以鼻,"报警?你警匪片看多了?"

"哼,所有拿孩子出气的爸爸都应该枪毙!"

今天一天都倒霉透顶,大钟的事给了我发泄的机会,当然,也只是痛快痛快嘴巴。

"哇喔!"胖头吹出一声响亮的口哨,"慕容妹妹,你比我们都绝!我服气你!"

晚饭后,妈妈和外婆津津有味地吃着水蜜桃,这是她俩今天出门最主要的收获。外公不吃水果,他喝茶。

"好吃吧?人人都以为八月份是水蜜桃最好吃的季节,其实才不是呢!"外婆显得很得意,"晚熟的桃子只有甜,还记不记得你小时候咱家

门前那棵桃树，也是这会儿才熟。你是吃得最多的！"

"是吗？"妈妈的心思全在桃子上，"我觉得还是现摘的好吃，城里水果铺上卖的样子好看，吃上去有股陈旧的味道，一点都不新鲜。"

"你喜欢吃，我明儿给你弄一箱带走。哦，对了，这两天梨子也该上市了！"

妈妈更嗲了："有水晶梨吗？我最爱吃那个！"

"有！怎么没有！"

我迅速啃完手上的桃子，趁妈妈和外婆聊得高兴，偷偷溜上楼，钻进自己房间，从里面把门反锁上。

然后，我拨通了宋亮的手机号。

这不是我第一次和宋亮通话，为了能经常听到他的声音，我把自己伪装成徐照最好的朋友，目前为止，我还没被揭发。

"徐照今天跟人吵架了。"

我一边说，一边暗想，自己这算不算恶人先告状，但徐照横眉立目的表情在我眼前浮现，我觉得我描述精准。

宋亮的声音顿时有些紧张："发生了什么事？"

"她和我们舞蹈组的一个女孩吵架，人家因为有事晚到了一会儿，她居然就把人家踢出了舞蹈组。说实话，大家都很意外，觉得她这样做很过分。"

关于我揭了徐照老底的事，当然绝口不提。

"她的脾气，有时候是这样的。"宋亮显得很抱歉，"那现在怎么样？她还好吗？"

"我劝过她了，不过她不准备改变主意。宋亮，你说她为什么要这么做？"

"这个，也许她不怎么喜欢那个女孩吧，她……一直不太会跟人交往，也不懂掩饰自己的情绪。月见，如果可以，你能帮忙开导开导她吗？"

"我有点担心她听不进去。她有过懊悔的时候吗？"

"会有吧。"宋亮忧心忡忡地思索着，"她有几次为失去朋友烦恼，全都是因为她说话太冲得罪了人，她其实不是那种喜欢挑弄是非的女孩，但也许是受我奶奶的影响，她们在待人处事上都不懂转弯，又非常要强。"

"我会找机会劝劝她的，不过这种性格上的问题也不是一次两次就能解决的。"

"我明白。"宋亮语含感激，"谢谢你，月见。"

我仿佛听到楼梯上传来脚步声，不得不结束与宋亮的交谈，搁下听筒，轻跑去打开门锁。

结果是我听错了，没人上楼来。

我躺在床上，回想刚才和宋亮的对话，不禁对自己产生鄙夷，但不得不承认，这样一来，我感觉舒服多了。

杨老师把我叫进他办公室，里面空无一人。

"石老师说你昨天的英语回家作业没交上来。"他语气平和，"是忘了还是别的什么原因？"

"我讨厌石老师。"

原本昨天向石老师挑战是出于无奈，但在她把我晾在办公室一节课之后，我对她的不满已经从被动转为主动。

杨老师大概没想到我这样直接，搓着手，一边措辞一边说："你和

石老师的事我了解了一下，唔，我认为，作为学生，跟老师顶嘴并不合适……"

"我不会道歉。"我打断他，同样地心平气和。

他眼眸里闪过一丝烦恼，或许因为刚发现我没想象的那么好说话。

"慕容，我听说过你家里的情况，"他低头看自己的手，好像手上有他要的答案，"也知道你家不缺钱，就算你一辈子不干活，家里也不会让你短衣缩食。但你有没有考虑过自己的未来？你打算怎么过这一辈子？"

我仔细打量他年轻的脸，那张脸已经不再像刚来时那样兴致饱满，想来他遭遇到了不小的阻力。

美筠总认为他与众不同，可你听听他现在的说辞，和别的老师、家长有什么两样？

我没作声，我对这类问题一向反感，将来的事留待将来再操心好了。

见我迟迟不说话，他笑了笑。

"如果是我，"他略作停顿，"我不会因为不喜欢某个老师就放弃那门功课。相反，我会把那门课学得很出色，不给对方任何羞辱我的机会。"

我内心动了一下，不觉抬头看他。

他接住我的目光："至于你和徐照的问题。"

我的眼睛飞快地眨巴了一下。

"我不想作什么评价，但我认为你欠徐照一个道歉。"他的语气和刚开始一样平静，"我不会逼你。你自己好好想想，想通了，我相信你知道该怎么做。"

国庆汇演，我们班的舞蹈节目赢得了第一名。徐照以优美的舞姿征服了全校，她现在是整个齐眉中学人尽皆知的"小天鹅"了。

我坐在台下观看了表演，我能感受到同学们正用艳羡的目光盯着台上光彩照人的徐照。

我想催眠自己那是假象，却无法成功，我看着飞扬跋扈的徐照不断旋转的身姿，心里的不舒服感越来越浓重。

美筠显然注意到了我别扭的心理，她劝我别再跟徐照较劲了。

"慕容，你是不是因为她抢了你的风头所以不喜欢她？你以前不是这么小气的人，这次是怎么了？"

我被她一语道破，但又觉得不是那么回事，比如，如果此刻是美筠站在舞台上迎接雷鸣般的掌声，我非但不会生气，还会竭尽全力为她喝彩。

为什么是徐照？我不断盘问自己，为什么我这样讨厌她？

我说不清楚。

杨老师说我还欠徐照一个道歉，恐怕我得一直这么欠下去了，我不可能怀着此刻般恶劣的心情去做这件事，尽管理智在显眼的位置嘲弄着我脆弱卑微的自尊。

我好像挣扎在两个世界，自己的气场很微弱。

我问自己：我是在妒忌徐照吗？

答案是肯定的。

"你曾经讨厌过谁吗？"我问方邃远。

此刻，我正坐在他房间的地板上，面前散乱地放着几本书，都是我

从书架上翻出来的。方邃远仍然在电脑前处理照片。

"应该有过吧,很久以前的事了,都不记得了。"

"那还记不记得是什么原因?"

"原因?挺简单的,每个人都有控制欲,一旦你觉得控制不了对方又不得不跟对方相处,这个人在你眼里自然就变得讨厌起来了。"

我暗暗对照了下自己的情况:"可我不觉得我有控制欲。"

方邃远从屏幕前转过身来:"你为什么喜欢看破案小说?"

"够刺激。"

他摇了摇头:"那是因为你喜欢对全局有掌控的感觉——如果你看的某个故事到最后也没告诉你凶手是谁,你还会喜欢吗?"

"啊!肯定很难受。"

他轻轻笑起来:"这就是推理小说受欢迎的原因,每本推理小说最终都会给你结果,这和现实刚好形成一个对比,现实里,可不会每个悬念都有个令你满意的答案等着你。"

"我们在聊讨厌的问题。"我提醒他,"你会持续地讨厌一个人吗?哪怕你已经不打算跟她产生任何关系了。"

"你被这个麻烦困扰了?"

我眼神闪烁:"不是我,是……我的一个朋友,不过我对这个也很好奇。"

他目含笑意盯着我,但没有戳穿我:"你描绘的这种情形,如果不是控制欲失效的话,也有可能是因为妒忌。"

唉,又是"妒忌"。

每次提起它,我的心脏都会骤然收缩,像被逮住的乌贼无处遁逃。我讨厌这个词。

我冲口而出反驳的理由:"可她有什么值得我妒忌的?"

"有时,人会有那么一种很莫名的情绪,想要爱一个人或者恨一个人,无论谁都可以。这时候如果有个人刚好出现又被你界定了,你会把这种情绪粘贴在他身上,其实跟他本人的好坏关系不大,而是你有这样的需要。"

"我需要……妒忌一个人?"

"不是你,"他的笑忽然显得坏坏的,"是你朋友。"

我的脸立刻红了。

他没死盯着我,继续说:"这种情绪很执着,那个人一旦被你贴上标签,就会成为你情绪的发泄口,你会越来越讨厌他,不论他做什么都让你觉得刺眼。"

"是啊!就是这样的。"

他分析得如此恰当,我几乎要明目张胆地暴露自己了。

"难道就没有解决的办法吗?"

我不想老是这样讨厌别人,继而讨厌自己。

"有。"

"是什么?"

"和解。"

"和解?"

"跟自己的情绪和解。"

他的电脑又锁屏了,雄壮的交响乐奔涌出来,他移动鼠标,消灭了那音乐,转过头来又说:"不管是恨还是妒忌,都源于一种挫败感,你无法容忍这种挫败感,而你憎恨的那个人又恰恰在你失败的方面比你强。"

他温和的目光带着一种洞穿的力量："想要解决这个心结，得先坦然接受自己的缺陷——放自己一马。"

我怔怔地出神，消化他给出的方案。他已经重又面对电脑，调整起相片来。

"如果做不到怎么办？"

我这么问并不是因为消极，任何时候，都得给自己留条后路，对不对？

他背对着我说："说明时间还没到。激烈的情绪和生一场病没什么两样，都要经历感染、发炎、肿胀、结痂到最终脱落的过程。你不可能在它正肿胀的时候就想剥离它，那只会伤到你自己——也就是说，别着急。"

他转过脸来瞥了我一眼："暂时待在这种情绪中有助于你认清自己。"

如此善解人意的想法。

我感到内心的某处似乎有点松动了。

"说实话，我讨厌自己的性格，"我忍不住向他进行自我剖析，"我觉得我太敏感了，所以经常会有受伤的感觉。如果能换个性格就好了。"

"性格无所谓好坏。人格从一出生就是个整体，很难改变，也没必要否定自己，你要做的是在固有的人格基础上，最大限度发展它的多样性、连贯性和和谐性，避免让它破裂，成为相互冲突的系统——哦，这不是我说的，是荣格说的。"

我从地板上那堆书里抽出荣格的性格哲学。

"是这本吧？为什么你总能这么心平气和的，是因为读过这些书？"我都有点妒忌他了。

他笑得明朗："情况刚好相反，是因为我心平气和，才会读得进这些书。"

我喜欢他的背影，坐在椅子里时微微有一点驼，但不明显，显得有点漫不经心。

我还喜欢躲在他背后看他工作，听电脑嘶嘶运作的声音，有种踏实安逸且可以永远这样下去的错觉。

"这是哪里？"我指指他正在调整色彩的那张相片，景物和齐眉镇类似，但绝不是我们镇的任何一处。

"金娥墩。"他一边告诉我，一边把湛蓝的天空调成了暗色。

我鼓起勇气约徐照午饭后在操场旁的樟树林里见面，她不置可否。

"我会在那儿等你，直到你来。"我丢下这句话，不等她回复就走回了座位。

这是我第一次主动处理人际关系，遗憾的是，对方是个比我更不谙世事的家伙。

午休时间，我坐在树荫下的石凳上等徐照。

九月底的阳光依旧刺眼，光线直射在操场的红色跑道上，明亮得让眼睛受不了，我的目光落在围墙花圃中的一排紫薇身上。

紫薇的花瓣木耳一般卷曲，它们能从七月一直开到九月末，真执着。

一只虫子鲁莽地照着我的眼睛飞过来，我躲避的同时拿手去抓，虫子跌落在我蓝色的校服上。定睛看，却是一团细微的棉絮。

也有可能是虫子变的。我总是喜欢胡思乱想。

徐照纤细的身影冷不丁杵在我面前，我抬起头，尽量绽出一丝友好

的微笑。

"你不坐下来？"

她口气冷冷的："有什么话你就直说吧。"

"我……想跟你说声对不起。"一开口，才发现低头这事真不容易。

徐照没什么反应。

我尴尬地清了清嗓子："前阵子我对你态度不怎么样，还说了，咳，伤害你的话，我很抱歉。"

她依然没什么表情，但锐利的目光从我脸上划过，那里面是显而易见的厌恶。

讨厌一个人时，就连和对方对视都要不遗余力地流露出厌恶，以免被误会成别的意思。

不用她开口，我都明白她的意思了，但她还是口齿清晰地加以说明："我从来不接受道歉。"

说完，她很干脆地走了。

我久久盯着紫薇艳丽的颜色，心中像在不断分泌出某种黏稠的液体，要帮助自己消化徐照那句坚硬到难以下咽的拒绝。

美筠在楼上的走廊里朝这边探头探脑，见徐照离开，她急忙跑下来。

"怎么样？你们和解了没有？"

我的心情已经平静多了："我说了对不起，她说她不接受。"

"啊？"美筠不知所措，她以为这会是个喜剧的开端，但徐照却硬是演成了悲剧的结局。

我朝她耸耸肩，忽然感到轻松。我觉得自己应该为此而高兴。

该做的我都做了。现在我不欠徐照任何东西，而是徐照欠了我的。

换句话说，我现在比徐照完美了。

杨老师在班会课上颁奖给徐照时，她在同学们热烈的掌声中走上讲台。

我在台下微笑着观赏，心中充满胜利的旋律。

徐照并不完美，我知道她的弱点在哪里。

美筠数学作业没完成被留堂了，我独自回家，一路沉默，一路胡思乱想。

经过甜品店时，小葵在门口向我招手。

"萧宾受伤了。"

我一惊："严重吗？"

"皮外伤。"小葵指指自己的胳膊，"被人拿刀拉的，不深，但挺长，下午上诊所包扎完就回去了。"

"他又跟人打架了？"我有些担忧。

萧宾是打架王，但打架不可能总赢，总是会碰到比你更强的人。而且，或许是受外公的影响，我喜欢动脑的人远胜过动手的人。

动脑讲个理字，动手就有点以强欺软的意味，这也是我跟萧宾渐行渐远的原因之一。只是我习惯了关心他，就像关心自己的亲人那样。

小葵撇撇嘴："你也知道，网吧里什么人都有嘛！有时候你不惹人家，人家还惹你呢！"

听她描述网吧里那场恶战，很有几分惊心动魄的意思，虽然时间已经不早，我还是决定去看看萧宾。

我很少去萧宾家，因为他奶奶疯疯癫癫的，说话容易伤人。很多人说她脑子出毛病了，但也从没见他家里人带奶奶上过医院，她就这样疯

癫了好多年，他们家除了自己人，很少有人踏上门。

自从萧宾的父母去城里打工后，这个家就更清冷了。

我在一排平房前驻足。

正是木槿花开的时候，萧宾家门前也种了几株，枝条从低矮的围墙内探出头来，有微风来时轻轻摇摆。

篱笆门关着，但我还是看见了萧宾，他在隔壁那家人的院子里，正用打火机点燃煤球炉的火引子。

火光清晰映照出他的五官，以往显得挺冷漠的脸上此刻居然带了一丝单纯的笑意，这是一张我久违的面容，因而也显得有些陌生。

我的目光转向蹲在萧宾身旁，与他一起盯着炉子发出同样微笑的女孩。这就是我迟迟没能动弹的原因。

是徐照。

美筠曾经告诉过我，徐照和哑奶奶一起住，直到这时候我才想起来，萧宾家隔壁的确住着一位孤寡老人，也是个哑巴。

萧宾从冰箱里拿出来两罐可乐，递了一罐给我。

"喝吗？我家只有这个。"

我接过来后并没打开，放在手中把玩，萧宾兀自开了自己的那一罐，猛喝一口，抹抹嘴。

我盯着他的伤处，没有小葵形容得那么恐怖。

"你的胳膊，没什么问题吧？"

"没事。"

"你奶奶呢？"

"早睡了。"

我努努嘴，有点找不到话来说。萧宾又喝了一大口可乐，他连在自己家里都不太自在似的。

"刚才那个女孩……"这话我早晚会提，但没等我想好怎么开口，嘴巴里已经自动说了出来。

萧宾眼神闪烁了一下，似乎有点不解。

我想了想问："你知道她是谁吗？"

"住我家隔壁的，来了没多久。"

"我的意思是，你知道她叫什么吗？"

他摇头："没问，她也从没提过。"

这种事发生在萧宾身上还真不意外。

我只能笑笑："我还以为……你们好像挺熟的样子。"

"她找我帮过两次忙，平时见到会打声招呼，没什么特别的。"

"她叫徐照。"我告诉她。

"哦。"他反应钝钝的，"名字有点耳熟。"

"是我的同班同学。"

他这才有点明白了似的："就是……惹你不高兴的那位？"

"曾经。"我强调。

他一脸了然，像轻松了不少，一口气喝光可乐："你不喜欢，以后我不理她就得了。"

他的话让我别扭，好像我是蛮不讲理的人。

"我不是这个意思！"

他继续盯着我。

"我就是觉得意外，没想到你跟她会认识。"

"你为什么讨厌她？"

"说不上来，反正现在对她也没什么想法了。"

"你们没事了？"

"也不是。"我挺了挺腰杆，"不过我主动找她聊过，她不打算跟我和解。"

萧宾笑："看不出来，她这么倔。"

我有点兴味索然，其实还不如不说呢，我们早就不是小时候那样团结的二人组了。

"我该走了。"我把可乐还给他，"还是不喝了，回家吃不下饭，妈妈又该说我了。"

他接过可乐罐搁在桌上，陪我一起走出门。

到了门口，他突然说："你有多少年没来过我家了？"

"好多年了，以前也总是你去我家。"我转身，"我家你也很久没去了，外婆还经常提到你呢！"

他笑了笑，眼里有温柔的神色划过。

他送我到院子外。

我走出去一段后回头，萧宾还站在院子里目送我。我又往隔壁的院落扫了一眼，刚好看到一个仓皇的身影从门内闪过。

Chapter 6

恶念起时

终于放假了,妈妈打算带全家人出去旅行。

对于旅行,我的看法和外公一样,宁愿破万卷书,不喜欢行万里路。而这正是外公担忧的。

"小月你跟我不一样,我是老人了,懒得动,你还年轻,该随你妈妈多出去走走,看看外面的世界。"

"那你去吗?"

"咳,咳,我就不去了,出去给你们添麻烦。"

"你不去,我也不去。"

"嗨,你这孩子……"

我借口功课紧张,怂恿妈妈和外婆一起去,没想到这主意触怒了妈妈,旅行因此也泡了汤。

妈妈其实是借题发挥——我那天晚上去看萧宾的事后来让她知道了,老大不高兴。

"不是跟你说别跟他来往了吗?怎么就不肯听呢?"妈妈训完我又转头瞪外婆:"妈!小月现在正是最容易出事的年纪,您如果不看紧点儿,她一辈子可就毁啦!"

"我知道,我知道!"外婆嘟哝着,"可阿宾再不老实,咱小月的主意他还是不敢打的。"

"人心隔肚皮！谁能保证他没动过坏念头！"

"不会的！你放心好了！"外婆哄着妈妈。

天哪！瞧她们都在说些什么，好像萧宾是个十恶不赦的罪犯！

"妈妈，萧宾一没偷二没抢，您为什么总拿他当恐怖分子看？再说，我都十五岁了，难道我就不能自己选择跟谁做朋友吗？"

"哦？你已经十五啦！谢谢你告诉我！"妈妈气恼地大声嚷，"如果你真懂怎么挑朋友，就不会喜欢跟一个流氓小子打交道了！"

"哥哥不是流氓！"我努力维护萧宾的形象，仿佛唯其如此，小时候那些美好的时光才能免遭亵渎。

"好了好了！这样争来争去有什么意思？"外婆过来劝架，拉着妈妈往楼上走，"小月知道分寸的，你紧张过头了。"

"妈，我是怕……"妈妈的嗓音仿佛有些哽咽。

唉，妈妈真是越来越脆弱了。

假期第一天我起得特别晚。妈妈在院子里一边讲电话一边帮外婆绕毛线，外公照例守在收音机旁。

我喝着米粥，琢磨这一天该怎么打发。

洗碗时，美筠抱着作业来找我，她不想在家复习，好容易征得她爸的同意来跟我就伴儿，还捎来一篮自家种的橘子，妈妈吃着香甜的橘子，对美筠顿时很热情。

"美筠，你爸爸给你定下哪所高中没有？"

"算定了吧，他同学认识二中的教导主任，不过爸爸说能不能考上还得靠我自己。"

"你爸爸对你期望真高,就盼你能成龙成凤呢!"

"阿姨,您让慕容也考二中吧,这样我们以后还有可能在一起。"

妈妈笑望着我:"这个得她自己拿主意,我不勉强。她愿意我没问题。"

美筠对妈妈的大方大为羡慕:"要是我爸爸也像阿姨这么开明就好了。"

外婆剥了一碗荔枝递给我们,对美筠说:"你爸爸就是想得太多,以为什么都能算出来,人这一辈子,哪儿那么容易算哦,都是命!"

外婆很迷信,明明自己走路不小心摔了一跤,非要理解成是哪只小鬼故意伸腿绊了她一下。

美筠期待地看着我:"你到底怎么想的?"

"可以啊,如果能考上的话。"我心不在焉。

妈妈倒认真起来:"你说真的?"

我一见她眼眸贼亮立刻就有点怯:"还没想好呢!"

妈妈热情退下去一些,又显出无所谓的神色。

"我是不会逼你的,不过你什么时候拿定主意了最好早点告诉我。"

"哦。"

瞧,多通情达理的老妈,尤其在外人面前。

吃过外婆包的银鱼馄饨,我跟美筠去了楼上的房间。

才懒得做作业!

我们用塑料吸管叠星星,叠好的星星放进一只玻璃罐。玻璃罐里已堆积了三分之一多的成品,五颜六色的,好看极了。

玻璃罐和塑料管都是美筠带来的。

"我外婆大字不识几个,"我一边忙活一边告诉美筠,"我妈妈也

是，高中没毕业就跑出去挣钱，现在自己当老板。她好多同学都还在给别人打工。所以她俩不相信读书只相信钱。"

"你妈妈算咱们镇上的成功人士了！"

"谁知道呢！"我一点都不得意，"有钱也不见得就算成功啊。"

至少妈妈的成功没给我带来过任何自豪感。

"不过你外公不是这样的。他读的书比咱们学校的老师都多吧？"

"那倒是。可我们家都是外婆说了算，外公就像个仆人。"

"我觉得你像你外公多一点儿。"

我听得挺舒心的，谁要像蛮横的外婆呀！

楼下传来豆浆机粗鲁的吼声，外公正遵照外婆的吩咐做豆浆。妈妈在家闲不住，拉着外婆逛街去了。

豆浆机是妈妈在城里买了快递过来的。

妈妈经常给家里寄东西，一开始通过邮局，外婆得拿着单子去邮局领，邮局的老头笑眯眯地问一声外婆："女儿又给你寄东西啦？"

"是啊！就爱乱花钱。"外婆笑眯眯的，笑容里有点得意。

现在大家都喜欢网络购物，快递也开始频繁出入我们小镇了。

一次，妈妈寄回来一个大包裹，我和外公就坐在一边看外婆费劲地拆包装，那包装打得太严实，但外婆不允许其他人动手。

那天我好像也很高兴，话特别多。

"你们知道大家为什么喜欢在网上买东西吗？"

"为了省钱？"总是外公先附和我。

"不是。"我摇头，"因为大家都喜欢收礼物拆包装的感觉，像过节一样高兴。"

"有点道理。"外公赞许地点头。

外婆则置若罔闻,铁面无私般地吩咐外公:"去给我拿把剪刀来。"

喝过豆浆后,美筠带来的吸管都叠完了。作业才只开了个头,但我们谁也不想去动它。

美筠站在我房间的书架前翻翻这本,看看那本,没一本她感兴趣的。

"好无聊啊!"她大声喊。

我提议出去玩会儿。

"不行!"美筠苦着脸,"我爸爸在家呢,如果让他看见我在外面,回去准得啰啰唆唆说我,很烦的!"

在家待了一天我也快闷死了。

"要不你回去吧,我想出去走走。"

美筠磨磨叽叽地收拾了东西,我俩一起下楼。

妈妈和外婆还没回来,外公在厨房里忙碌。

"外公,我出去走走。"

"好,别走太远,你妈妈就要回来的。"

"知道了!"

美筠在厨房门口嘻嘻笑:"阿公,你穿这条围裙真好看!"

"我外公一直都这么帅!"

外公六十多了,身上有股淡然的超脱气质,一头雪白的银丝整齐地梳向脑后。此刻,他穿着外婆的蓝格子围裙,右手还拿了把菜铲,一脸笑意:"两个小家伙!"

我们笑着跑出门,我问美筠:"明天你还来吗?"

"不一定。明天我妈也在家,我爸可能要带我们去走亲戚。你呢?"

我耸耸肩:"做作业吧,唉,作业总得做完。"

和美筠分开后,我漫无目的在街巷间走来走去。

夕阳在树梢间时隐时现,像个新鲜的大蛋黄,我停下脚步看了一会儿,好像头一次注意到这么漂亮的景色。

过了三让桥就是香梅弄,是镇上最老的一条巷子。有几家人家在门前支着桌子吃晚饭,这是镇上以前常见的习俗,被老弄堂里的人保留了下来。

大钟家门口也摆着小方桌,他爸爸正坐在方桌前自斟自饮,两个碟子里分别是咸菜豆子和炸小鱼,他一脸满足的表情。

我想起了大钟,他应该从医院回来了吧,不知道伤完全好了没有。

我仔细打量老钟。

大钟的命运就掌握在这个男人手里,他看上去不是那么不可理喻,我依稀记得小时候他还抱过我。

我想起大钟闭着眼睛靠在墙上,逆来顺受中含着悲苦的神色,以及他对我摇头,拒绝我那一杯饮料的"施舍"。

从那时起,我就盼望有一天能为他做点儿什么。

我的脑子有点热,一个念头窜入心田后就再也不肯走,我鼓起勇气朝老钟的小方桌挪步过去。

还没走到他跟前,他就看见了我,神色诧异,但很快就对我微笑起来。

"这不是小慕容吗!怎么跑这儿来啦!"

他热情地拉过一把椅子请我坐。

我寻思站着跟他谈话有点居高临下,给人感觉不好,就顺从地坐下。椅子有点矮,我坐在里面身体被团成一团,有种伸展不开的拘谨感。

"钟伯，我能跟您说句话吗？"

他更惊讶了："说，说。"

"您以后，能对大钟好一点儿吗？"

他一脸懵懂，顿了一下才反问："好什么？"

我还是站了起来，坐在小椅子里连说话都没有分量。

"我的意思是，请你以后不要再打大钟了。"

够清楚明了吧？

但老钟半张着嘴，视线随我的起身自下而上，"哦——"还是不太明白似的。

大钟妈端了一碗汤从屋里出来，我觉得自己的意思也表达清楚了，老钟就算脑子迟钝，琢磨一会儿自然也就懂了，我不想打扰他们吃晚饭，朝他们点点头准备走了。

老钟放下筷子站起来，我以为他要送我，还挺不好意思的，刚想阻止他，话没来得及说出口，他一个转身，拳头已砸到大钟妈的脸上。

我没反应过来，一时愣在那里。

大钟妈"哎哟"了一声向后跌去，汤碗落在地上，碎成好几瓣，汤水淌得到处都是。

她丈夫随即勇猛地扑上去，将她按在门槛上玩命似的揍。

"臭娘儿们！要你多嘴！"

我明白过来，冲上去想拉架，但无从下手，只能笨拙地嚷："住手！别打她！你别打她！"

老钟像打了鸡血似的亢奋，拳头一下一下没轻没重往自己老婆身上砸，好像她不是一个人，而是一堆棉花。

我整个人都因为怒气沸腾，放弃了跟他们产生身体接触的顾忌，拽住老钟的一条胳膊就往外拉。

"你走开！"他将我往边上一拨，轻而易举摆脱了我，继续对付他老婆。

"嘴欠揍是吧！明天给你嘴上安个喇叭，让你到处广播去！"

周围看热闹的人越来越多，我逐渐被挤到人群最外围。我耳鸣得厉害，老钟骂骂咧咧的声音和大钟妈时不时的呻吟像幽魂一样围绕在我耳畔。

我浑身发颤，但脚还能跑，我朝网吧的方向飞奔过去。

萧宾和胖头都在网吧角落里猫着，胖头刚讲完一个笑话，自己先笑得上气不接下气，旁边几个男孩也跟着笑，萧宾则拿鄙夷的眼神瞥了胖头一眼，他胳膊上的绷带还没拆，衬衫袖子里鼓起一圈，有点臃肿。

我直奔萧宾冲过去。

"哥哥！快！跟我走！"我语无伦次，"大钟他爸，他发疯了！"

萧宾打量我狼狈的模样，面露讶异，但挺沉得住气："你别急，好好说。"

我定定神，把事情经过大致讲了讲，讲述的过程中，我发现自己扮演了蠢货的角色，对面那几个听众显然也这么认为，个个不以为然。

萧宾坐着没动："你怎么管起他们家的事来了？"

"就是！他们家的事谁都烦碰！"胖头笑道。

可大钟妈哼哼唧唧的声音还在我耳边转悠，让我受不了。

我上前拉萧宾："会出人命的！你帮我去劝劝他吧！"

"没用，他爸是个浑蛋！只认酒不认理！慕容你别费劲了！"胖头插嘴,"你也别内疚,这对男女掐架是常有的事儿,没你掺和他也能找着揍老婆的由头!手痒啊,随时需要找地方蹭蹭!"

我又急又怒,死盯住萧宾:"你到底去不去?"

他还是不动:"现在去也晚了,估计都打完收工了。"

旁边的人笑起来。

我一跺脚,反身就走,听到胖头在背后劝萧宾:"你省省吧,去了也是跟老贼打一架,你那胳膊还没好利索呢!"

我还没跨出网吧的门,萧宾就追上了我。

"我跟你一起去。"

大钟家门口的人比刚才少了一半,剑拔弩张的气氛也没了。大钟妈低眉顺眼,正拿扫帚和簸箕收拾地上的残瓷碎片,一张脸胖出来一大圈。

老钟重新端坐在方桌前,像个得胜归来的将领,脸已经喝得通红,手时不时在空中挥舞几下,极其神经质。

"女人跟孩子一样,就得靠收拾才会服帖!"他喝一口酒,"别惯着他们,瞅瞅我就是个好例子!就这么天天收拾骨头还给我往外捅事儿呢!"

有人笑着附和他,存心引他闹下去,老钟更来劲了。

我远远望着这一幕,之前的怒气和惧怕渐渐沉下去,但它们没有消失,而是凝结成一块漆黑的物质压在心头,硬冷阴森,伴随着某种无力感。

"走吧。"萧宾扯扯我的衣袖。

他抓住我的手,拉着我一声不吭往回走。

我手心滚烫，像发烧，身体却觉得冷，我踉跄着跟上萧宾的步子，他用力紧握我的手，如同儿时那样，但他已经安慰不了我了。

"真是丢死人！居然去管那种人家里的事！"

妈妈气得连晚饭都没吃，坐在饭厅的硬木沙发里一个劲儿数落我，搞得餐桌上每个人都没胃口。

"可不是！"外婆神色凛然地附和，"那种女人，我平时路上碰到也当看不见，神经兮兮的。这下不得了，搞不好还要来胡搅蛮缠，敲咱们竹杠！"

"真不知道你脑子里装的什么！"妈妈怒气冲冲。

我低头扒饭，现在的心情平静多了，想到下午发生的那些事，也觉得不可思议，像做梦一样，但我并未感到羞耻。

"好了，你们都不要打击小月。她也是出于好心嘛！"外公忍不住为我说话，"我觉得小月没错，很勇敢，不是谁都有勇气这么做的。"

"你还夸她！"外婆抢在妈妈前面对外公瞪眼，"都是你平时把她给教坏了，净动些不切实际的脑筋！"

外公很成功地让两个女人把矛头都指向了自己，我想替外公辩解几句，却被他一个狡黠的眼色制止。我了然，飞快回了他一个感激的笑脸。有人支持自己，哪怕不占优势也能让我振奋起来。

妈妈眼见外公跟她们打太极，我的胃口却越来越好，更觉挫败，丢下我们咚咚咚上了楼。

外婆不满地叹了口气，当然是对我："小月，你就不能让着点儿你妈吗？她在家待不了几天的，你讨个饶哄哄她有那么难吗？"

我没吭声，很快把饭吃完。

"外公，我出去走走。"

"又要出去？去哪儿？都这么晚了！"外婆警惕起来。

我实在不想跟她说话，自顾自拿毛巾擦了擦嘴，换鞋出去，听见外公劝外婆的声音。

"让她去散散心也好，小月是大人了。"

唉，如果我真是大人就好了。

平心静气回想下午的事，我对自己贸然找老钟谈话已经不觉得懊悔（就算懊悔也没用了），困扰我的是刹那而生的恶念。

当时，我那样强烈地希望能看到他在我面前死掉。

我把这个疑惑抛给方邃远。

"如果我希望一个人死去，会不会太邪恶了？"

好吧，我又去找他了，我总是在不痛快的时候才想到他，反正他是个过客，跟我生活中的人没有任何交集，我想跟他说什么都可以。除了他，我还能找谁畅所欲言去？美筠没时间听我废话。找萧宾，要么被他笑话，要么也可能他被我蛊惑，直接提榔头给老钟脑瓜上来一下也未可知。

方邃远努嘴想了想，我喜欢他思考问题时的表情，一丝不苟的认真，总让我感动。

"以暴制暴不见得是个好办法。"

"我真的没想干什么。"我忙澄清。

他看看我："为什么希望他死，你很恨他？"

"不完全是，其实他跟我没什么关系，如果不刻意去想，我根本不会在意他。"

我脑子里出现老钟神气活现的脸,叹了口气:"想让他死掉的念头是突然之间生出来的,让我觉得害怕。"

"怕什么?"他啜着茗茶淡淡地问。

"怕我自己……也许我心里装满了很多坏念头,而我还自以为挺善良的。"

那种感觉,该怎么形容呢?就像站在高层楼房的阳台上,明明知道自己是安全的,但往下看时还是会害怕,不是害怕有可能不慎掉下去,而是怕为了验证那危险自己主动纵身一跃。

他朝我微笑:"你这么在意自己是不是善良?"

"谁都希望自己能成为好人啊,你不是吗?"

"你等我一下。"他忽然想起了什么,起身快步走出去。

我听到他下楼的脚步声,我耐心等着。

他很快又回来,手上的托盘中装了两只洗干净的柿子,红艳欲滴。

"你吃这个吗?"

我点头,不客气地抓了一只就咬:"好甜!"

方邃远拿起另一只,慢慢地剥着皮。

"今天去杨梅坞取景,一个大伯给我的,他家门前有两棵柿子树。"

他慢条斯理地剥,仿佛在雕刻一件艺术品,而我已经三下两下吃完了。

"你真有耐心。"我发自肺腑地表示羡慕。

他温和地笑笑,腾出一只干净的手把音乐播放器点开,清冷的钢琴声如水一般涓涓流出。

好听极了。

"这是谁的作品?"我问。

"肖邦的《夜曲》。"

"确实适合晚上听呢。"

听着那流水般的琴声,我仿佛触摸到了雨,情不自禁把脸转向窗外。一轮明月挂在半空,纹丝不动,天是墨色的,隐约透出一点蓝。

方邃远说:"我给你讲个故事吧。"

我振作起来。

"我有个姐姐……"

这个开场白让我惊喜:"你要讲自己的故事?"

我一直希望能多了解他一些,但以往我们见面,总是我在说,他在听。偶尔在白天想起他来,我会产生一种错觉,好像他只是一个隐身在夜色中的影子,不那么真实。

"算吧,不过只是一部分。"他把柿子换了一面,继续剥,"每个人都是由很多部分组成的,有好的一面,也有不好的。"

"你会给我讲你不好的一面?"

他依旧只是笑笑,每当不知道该怎么回答我时,他就会这样笑。

"我六岁时才知道自己有个姐姐,她不跟我们生活在一起,她身体有残疾,下半身瘫痪,顶多只能坐着,生下来就是这样。"

我不再插嘴,安静听着。

"曾经有人建议我父母把她扔了,但我母亲没忍心,她把姐姐送到乡下一个亲戚那里养,就这样过了好多年。我知道自己有个姐姐后,就缠着母亲带我去见她,那年夏天,我如愿了。"

我朝窗外瞟了一眼,月亮正悄悄移向窗棂的右上角。肖邦的《夜曲》淡而远,却充斥着整个房间。

方邃远手里的柿子已经完工,晶莹剔透,没有一点瑕疵,他把它盛

在白瓷碟里，递给我。

"姐姐大我六岁，长得很清秀，脾气也好。也许是血缘的关系，第一次看见她我就很喜欢她。以后，每年学校放假我都会去看姐姐，看见我，她也很高兴。我开始依恋姐姐，希望能一直看到她，我求母亲带她回家一起生活，但母亲没答应，因为姐姐不知道她是母亲的女儿，也不知道我是她弟弟，她一直把我们当成助人为乐的好心人。母亲怕姐姐知道了真相会受不了。"

"那为什么她不一开始就把你姐姐留在身边？"我忍不住问。

"因为姐姐刚生下来医生就断言她活不了多久，母亲不想亲眼看着她死。"

"她现在还……活着吗？"我问得小心翼翼。

方邃远轻轻摇了摇头。

唉，总是这样。

"是因为病重？"

他还是摇头："不，是意外。"

我不再多嘴了。

"她到十八岁身体状况都是不错的，母亲总是按时给她寄药材和各种调理身体的保健品。不过她十九岁那年的夏天，我去看她时，发现她瘦了很多，而且情绪低落，她不肯告诉我们是怎么回事。"

"我母亲在乡下待了两天后就回去上班了，我像以前那样留下和姐姐一起过暑假。有天下午我从外面钓完龙虾回来，听到姐姐房间里有奇怪的声音，我偷偷跑到门边去看，然后，我什么都明白了。"

"是什么？"我望着他的脸色，有些不安。

"有人一直在欺负她。"他垂下眼眸，端着骨瓷杯的手仿佛有点抖，

"是村里的一个流氓。我推开门,把手上的钓鱼篓子扣在那流氓的头上,他落荒而逃……第二天,姐姐就死了。"

我的心揪在了一起:"她……怎么会……"

"在河里溺水死的。"方邃远转开目光,视线落在昏暗的某个角落,"别人都以为她是不小心,可我觉得不是。那件事让她难堪,吃饭的时候,她一直不敢看我的眼睛。"

"可这不是她的错啊!"

他久久不语。

"那你呢,你后来怎么办?"

他的视线还停留在角落里,我听见他淡淡地说:"我要让那个给姐姐带来不幸的人去死。"

我震愕,仿佛迎头与内心深处那个阴暗的自己撞上,我盯着方邃远的脸,那张脸和往日一样白皙,同时还有点冷。

"你杀了他?"我不太敢相信。

他没有正面回答,继续说:"有一天,我在一块菜地旁找到他,他站在化粪池边小便,我大声叫他的名字,他回过头看见我,吓了一跳,脚下一滑就跌进去。我远远看着他在里面挣扎,直到再也没动静了才走开。"

我屏住呼吸:"他死了?"

他没有吭声。

我们顿时陷入沉默,像在为谁默哀,唯有钢琴声在空气中游来游去。

"你朝他喊的时候,知道他会掉下去吗?"我不明白自己为什么要这么问,好像临时起意比预谋杀人能够挽回一些什么似的。

"不太记得了,我当时只有一个念头,希望他能立刻消失。"他瞥了我一眼,"也就是你所谓的恶念。"

可他比我走得更远,我只是在意念里诅咒老钟,而他让希望变成了现实。这种感觉,有点毛骨悚然。如果可以,我真不希望这件事发生在他身上。

"回家后,我生了一场重病,"他接着往下说,"我希望把和姐姐有关的事都忘掉。我的病断断续续,过了一个月才恢复,再回想那些事时,果然淡得只剩一点影子了。我没敢问父母乡下有没有发生什么事,他们也绝口不提。我以为这件事就算过去了,我可以继续我的生活,而实际上这根本不可能。"

"他们后来发现了你?"

"这倒没有。问题在我自己身上——我不断地梦到那个人,他掉进池子里,嘴里吞吐着那些污秽的东西,眼睛里满是惊恐,盯着我说不出话来。"

"噩梦。"我缩了缩脖子。

"噩梦。"方邃远点点头,"为了摆脱他,我不断改变自己,从一个地方飘零到另一个地方,但他依然尾随着我,他始终知道我在哪里。"

我听得身子发冷,甚至开始同情他。

"这是心魔吗?可你并没有推他下去,是他自己掉下去的,你只是没有救他。"

"曾经我也这么以为。"他用手摩挲着杯子圆滑的手柄,"但每个人心里都有一个标准,它是客观存在的,不会被自己的狡辩迷惑,它会替你作出判断和裁决,让你意识到自己的行为是对还是错。即使没人知道,你自己心里总归是清楚的——我们都难逃良心的谴责。"

如果老钟这时候突发意外死了，我会不会也被自己的良心折磨？

"那不关我的事！"我无声抗议，心终究还是有点虚的——说不定他就是被我诅咒死的？

我想得心乱。瞧瞧，人一软弱，就会疑神疑鬼了。

方邃远往我们彼此的茶杯里添了点水，袅袅的水汽将我的思绪越拖越远，但他还没讲完。

"我离家越来越远，渐渐习惯了以四海为家。"

我把注意力拉回我们的谈话："你就是这样成为一个摄影师的？"

"可以这么说吧。我的目的是逃离，但我逃不开生活，摄影可以帮我养活自己。有时候我觉得自己天生就是个摄影师，还有些时候我会想，如果没有姐姐那件事，我现在说不定和很多人一样，结婚生子，过着很寻常的生活。"

"摄影师很适合你。"我安慰他。

他低头笑笑。

我注视着他，心里还有个疑问："你现在……还被那个人困扰吗？"

他答非所问："有一年，大概是在我二十七岁的时候吧……"

这让我想到要打听一下他确切的年纪。

"你现在多大？"我打断他。

"三十六。"

我掰了会儿手指头，比我大二十一岁，比我妈小三岁，和我之前的估计差不离。

他又回到他二十七岁那一年。

"我去乡下采风，那地方离姐姐住过的村子很近。到那儿的第一天，我就坐立不安——我离我的噩梦只有一步之遥。"

如果是我，也会失魂落魄，虽说那桩惨案已经淡化成遥远的梦境。

"你回去了吗？"

他点点头："我决定去那里看看。"

我有点紧张，好像即将要回那村子的人是自己。

"既然逃避没什么用，我为什么不去直面一次呢？我就是抱着这样的想法，时隔十五年后重回那村子。"

"你家的那门亲戚还在？"我故意扯些无关紧要的东西来想要淡化下紧张的气氛。

"在。他们带我去祭拜了姐姐。回来的路上，我很想问问关于那个人的消息，但话到嘴边总是难以吐出来，就好像要去打开一座封起来十多年的坟墓看看那里有什么一样，让人恐惧。"

"那的确需要勇气。"我赞同。

"可就在回亲戚家的路上，我忽然看见了那个人，他正从自己家里走出来，他老了许多，但我还是一眼就认出了他。"

我目瞪口呆："你遇见鬼了？"

"不是，事实上，他还活着。"方邃远慢慢地说，"我立刻向亲戚打听当年他掉入化粪池的事，他们告诉我，那件事的确是有的，不过他命大，自己从里面爬出来了。"

我承认我有点糊涂了。

他顿了一下又道："他们觉得奇怪，为什么我还记得这件事，因为他出那桩事的时候我已经不在村里了，姐姐一过世，母亲立刻就把我接回了家。"

我咽了口唾沫。

"你不是亲眼看着他掉下去的吗？难道……难道之前发生的一切都

是你的幻想?"

我没猜错。

"我说过,我回家后就生了场病,持续发烧,还说胡话。也许就在那个时候,我无意中听到母亲把他出事的消息告诉了父亲,而我实在太希望他死了。你说得没错,关于他的死,的确都是出自我的幻想。"

我松了一口气,好像从某个险境中挣扎了出来,如果不是他一脸肃穆的表情,我几乎要以为他是在跟我开玩笑了。

"他还活着,你有没有觉得遗憾?"

"不,正好相反,我觉得很轻松,不是一下子,而是一点一点的,那是个缓慢解脱的过程。"

换作是我,大概也会这样。

"不管这件事有没有真的发生过,它还是影响了我,我的一生差不多都被这个幻觉给改写了。"

"你觉得是好事还是坏事?"

"无所谓好坏。你来到这个世界上,总得找一条路来走,我觉得自己目前走的路也不算太坏,至少看到了比别人多很多的风景。"

他看上去够自信,不知道我到他这岁数,无论曾经历过什么,脸上是否还能有如此风平浪静的神色?

"你瞧,"他总结说,"每个人心里都会有黑暗的东西,偶尔还会被自己的恶念吓到,但那不是罪不可赦的东西,也不见得能消除干净。有时候,我们不得不跟自己的恶念共处,但你用不着为此害怕,每个人都有管理好自己的潜能,你该对自己有信心。"

我不知道自己能有多少信心,但至少我现在平静多了,甚至能清晰地感觉到投入心湖的石子已坠沉湖底,水面上的一圈圈涟漪也在逐渐消散。

Chapter 7

梦中的生日

我推开房门,妈妈正斜靠在床上翻一本杂志。

我默不作声走过去,掀开自己那一头的被子钻了进去,晚饭时的冷战还没有结束。

房间里很安静,但这种安静是压抑的,带着能让人窒息的分量,我们俩谁都无法长期承受。

妈妈重重地把杂志撂在一边,啪地关掉台灯,宣布一天的告终。

我睡不着,但没敢多动,因此妈妈翻身的动静显得格外刺耳,好像在提醒我,我是女儿,得主动向她求和。

我之前提到过吧,这些年总是我在让着她,而她除了供我吃穿外,干得做多的活儿就是指责我,这也不对,那也不对,让我在很长一段时间内无所适从,后来我干脆不再盼望她回来。

她等了许久,终于不耐烦,一个翻身坐起来,却没开任何灯。

我以为她又会发火,谁知听到她幽幽一声叹息。

"我真怀念你刚出生时的样子。你才有小猫那么大,我把你抱到胸前,和我面对面躺着。你使劲想往上看,大概想看看妈妈长什么样,但你的小脑瓜根本动不了。"

我轻轻把手掌枕在脸颊下面,无从想象自己只有小猫那么点大的情形。

"你看起来那么弱小，那时候我想，不管后面的路有多困难，我都要好好把你养大……现在你都这么大了，好像变了个人一样，有时候看着你会觉得很陌生……真希望你还是那样小小的，我可以一直把你抱在怀里。"

她说话的声音越来越低，直至哽咽。

我心底的某处软化下来，尽管有点不太情愿，这样的情形——我是指至亲之间情感流露的场面，总是令人尴尬局促。

但，这个人是我的妈妈。

我掀掉被子，张开双臂紧紧搂住妈妈，她立刻回抱住我，我忽然发现自己已经能将她搂在我怀里了，而不是像小时候那样，只能抱住她的双腿，央求她时还得仰着头。在我怀里，她变得弱小而无助。

"小月……"她泣不成声。

我更用力地搂着她，心里也酸酸的。我们彼此脸靠着脸，妈妈面颊上又热又湿，全是泪水。

假期还剩一半，为了缓和跟妈妈的关系，我决定和她一起去旅行。

但行李还没收拾好，妈妈公司里出了点问题，她不得不撂下旅行的事，匆忙赶回城里。

"真对不起，小月。"她苦着脸向我道歉。

我却暗暗松了口气。这样的结果其实比出去一趟要好，至少可以避免我们因为走得太近而再次为什么鸡毛蒜皮的事吵翻脸。

外婆有时候急了也会抱怨我们，母女不像母女，倒像一对爱吵嘴的姐妹。

她一早起来给妈妈做了糖醋熏鱼和酱排骨，客厅一角还堆了许多时鲜瓜果，我怀疑不等妈妈吃完，这些水果就该烂掉了。

我一边帮妈妈收拾行李（从衣服到零零碎碎的化妆品），一边想象她在城市里的生活。

妈妈迟迟不上来，大概又跟外婆在厨房里私语。

我关上行李箱盖子，仅穿着袜子走下楼梯，我喜欢只隔着一层棉布蹭擦在木楼梯上的感觉，而且这样走路不会发出一点声音。

我在楼梯转弯的窗台边坐下，厨房里的交谈声可以听得清清楚楚。

"那你几时才能回来？"这是外婆在说话。

"不一定。得看情况严不严重。"一谈起工作，妈妈就像换了个人，再也不是喜怒无常的孩子了，"妈，小月大了，你们得看紧点儿，别让她去外面野。"

外公说："小月是大了，我觉得你最好能把她带在身边，她这个年纪，我们已经很难弄明白她心里在想什么。你是她妈妈，有些心思她或许愿意跟你说说。"

唉，外公真会一厢情愿。

其实这个问题我不止一次听他们跟妈妈提起，妈妈每次都含含糊糊的，我明白她不习惯稳定的生活里多冒出个人来，哪怕是她自己的女儿，其实我也一样。

"爸，我有我的安排。"妈妈显得有点烦心。

"她也忙，再加个孩子，怎么顾得过来？"外婆说。

"事业重要，孩子也重要啊！"外公有点无奈。

我没再听下去，默默地走上楼。

妈妈一走，我得以收回失地——我的房间，绷紧的神经松弛下来，这让我心情松爽了很多。我觉得该利用余下的假期干点儿什么。

我几次拿起电话，想拨宋亮的号码，但找不到由头。整个假期都没有他和徐照的消息，他们兄妹俩应该和父母团聚着吧？

也许徐照已经拆穿了我，宋亮现在该明白我跟她根本不是好朋友了。

我想象宋亮的表情，希望自己不那么在乎，但还是感到一丝心虚。

最后我打给美筠。

"我不能陪你玩啊！"美筠很苦恼，"我爸要带我去见一个二中的数学老师，今天下午就走，说不定还得在城里住几天，给我补补课。"

我很同情她，并积极给她出主意："你如果实在不想去，就装肚子痛，你以前不是试过吗？很有效的，到时我去你家慰问你。"

"算了。"美筠无精打采的，"这件事还是听他们的比较好，万一考不上，我都不敢想象我爸的脸色——慕容，你找老钟的事我听说了。"

"我是不是挺傻的？"

"没有啊！"美筠的声音活泼了一些，"我觉得你很了不起呢！换了我，就是心里有想法也不敢说出来。"

我忍不住笑，觉得暖暖的。

找不到玩伴，只能自己跟自己玩喽。

妈妈刚走，她的叮嘱还没在这间屋子里消散，外婆热心地撺掇："小月，让外公陪你一起去吧！"

"不用！"

我和外公同时抗议。外公好静，走路又慢，我想去的地方他都不感兴趣。

甜品店的门关着，隔壁的网吧假期不歇业，客人进出频繁，几个有文身的年轻男子站在门口吞云吐雾。

我决定还是不进去了。刚缩回脚，就看见萧宾骑着车从远处过来。

看见我，他也不从车上下来，单脚往马路牙子上一撑。

"你找我？"

"不是，刚巧路过。你假期也天天来上班？"

他把玩着刹车把手，笑笑说："我无所谓假期不假期的，在家待得无聊了就出来散散心。"

我们互相看着对方，同时说："那天的事……"

然后一起笑起来。

"你先说。"

我做了个鬼脸，有点尴尬，"我也不知道要说什么，反正今天感觉好多了。还有就是……我那天不该对你发脾气，你没义务非陪我去不可……对不起。"

他盯着我，沉默了一会儿说："慕容，你长大了。"

"为什么这么说？"我一歪头，"我以前从来没跟你道过歉？"

他咧嘴笑，露出和小时候一样单纯的表情："你没事就好。你妈妈走了？"

"嗯。"

"今天下午我们去胖头舅舅家摘梨，你要不要一起去？"

肯定又是常混网吧里的那一拨人，我跟他们都说不上话，便摇头："不去了，还有作业要做。"

他也不勉强我，撑在路沿上的脚轻轻一蹬，车子经过短促的晃动后再次平衡，他继续朝前滑去。

我看着他的背影，有点怀念小时候那个总牵着我的手走来走去的哥哥。

那时候，他跟着我家里人叫我"小月"，现在，他跟着别人叫我"慕容"。

忘了提一句，祠堂群一带最近新开了家书店，里面有桌椅，供应奶茶等饮料，可以边看书边喝东西。

我一直没进去过，我平时想看的书基本都是在网上买。

但今天我决定去那里逛逛。

书店门口就地摆着两块黑板，一块上写了各种推荐书籍，另一块写着大大的四个字——丝袜奶茶。

丝袜奶茶是什么奶茶，用丝袜做的，抑或表示口感像丝袜一样滑爽？

我跨进门，店内两面的墙边竖满了书架，店中央也摆着两架书，往里走是个露天院落，种了些诸如凌霄、紫茉莉那样的植物，零星开着花。再往里又是一间店堂，书的种类和外间略有不同。

一对高中生坐在小院的围廊下窃窃私语，偶尔发出一点笑声，此外没什么客人。镇上读闲书的人本就不多吧，这家书店的主人想必也是个理想主义者，错把齐眉镇当作丽江。

我很想挑一本中意的书，但正如萧宾评价的那样，在华丽的包装下，大多数时尚书籍都有无病呻吟之嫌。

在靠墙的书架上，我翻到一本英国作家珍妮特温特森的小说《橘子不是唯一的水果》，我喜欢作者叙述故事的语句，顺畅有趣，要知道，

现在能找到一本好的翻译小说并不容易。

而且，我也喜欢那个书名——橘子不是唯一的水果。

这句话完全在理。

我在拉上窗帘前扫了一眼今晚的夜色。淡月疏星，和人一样，月亮也不是每个晚上都神采奕奕的。

只有我一个人的房间里寂静清冷，秋的寒凉从阴暗中游出，慢慢往人身上裹。

我靠在床头，开始阅读那本书。

兰开夏也是个小镇，但它在英国，和我隔着比想象中还要遥远的距离，而比时空更难以逾越的是文化上的差异。

晚饭后我带了几只橘子进房间，此刻就放在床头。我挑了一只剥开，橘子的清香立刻在鼻息间弥漫。

我吃着橘子，看珍妮特讲她自己的故事。

夜悄无声息地加重，沉甸甸地压在我眼皮上。

手里的书握不住，仰面跌进被子的缝隙。橘子的芳香在意识的边缘打了几个圈，随即逃逸得无影无踪。

梦就在眼皮底下，双眸一阖就找上门来。

妈妈的影像仿佛出现在相机未曾对好焦的视镜中，恍惚而模糊，一只看不见的手在暗处调了几下，妈妈一下子变清晰了。

她转过身来，向我招手。

妈妈带我走进一间豪华的酒店，触目所及尽是绚烂而奢侈的流光溢彩，让我目不暇接，来不及思索自己究竟是怎么来到这里的。

然后，我们进了一个超大的包房，里面已经有很多人，服务员在身边擦来擦去地穿梭。

我紧跟住妈妈，热闹的气氛总是让我紧张，无所适从。

我们在一个相对安静的位置坐下。妈妈给我倒了杯茶，没有人过来招待我们，妈妈似乎一点儿也不生气，她端起茶杯，邀我一起喝茶。

我被对面的喧哗所吸引，转过脸去好奇地打量。

围在一张超大桌边笑闹的似乎是一家人，桌上摆着一只刚点上蜡烛的生日蛋糕，蛋糕后面露出一个女孩的脸，头上戴一顶滑稽的圣诞帽。

女孩身边的中年男子站起来宣布："大家不要吵，时间到，该吹蜡烛啦！"

"许愿！许愿！"旁边的人齐刷刷地喊。

女孩闭上眼睛，双掌合十，一脸幸福的笑容，她看上去有点面熟。

我收回困惑的目光，问妈妈："那是谁？"

妈妈也望向那边，嘴角带着莫测的笑，"小月，那是你爸爸。"

我震住，猝然扭头去看，那边的女孩已经吹灭了蜡烛，笑意如涟漪般在脸上泛滥。

中年男子拍着手高声说："小月生日快乐！"

我急切地仔细去辨认女孩的脸，恍惚间，那女孩果然变成了我。

"小月，生日快乐！"妈妈也在说话，但她的视线停留在对面。

我惶急地去拉妈妈的手："妈妈，我在这儿呢！"

妈妈却忽然站起来，朝对面走去。

"妈妈！妈妈！"我大声喊着，但妈妈恍若没有听见。

"妈妈——"喊声冲破喉咙，把我从梦中带回了现实。

我醒来，后背湿乎乎的，在梦里出了一身汗。

弗洛伊德说，梦是可以解析的，每个细节都能在现实中找到蛛丝马

迹。梦的内容可以涵盖一生中各个时间所发生过的事件的印象。

而我宁愿相信,梦只是人胡思乱想的产物,是思维的零碎片段胡乱拼凑出来的,它位于虚空中,且和现实毫无联系。

床头柜上的小钟,时针指向凌晨三点。

十月五日,正是我十五周岁的生日。

萧宾一早就给我捎来了生日礼物,一篮子水晶梨和一大包我爱吃的零嘴儿。他把东西送到我家就走了,那时我还没起床。

"你没白认这个哥哥。"外婆笑呵呵地夸萧宾,"阿宾真有心,我一直说他是个懂事的孩子,你妈还总不爱听。"

吃早点的时候妈妈打来电话,祝我生日快乐。她准备的礼物临离开前就交给外婆收着了,是条印满紫色花的长裙,波希米亚风格,艳丽野性。

"像紫菀。"外公分辨着裙子上的花向我推断。他有很多关于花草的书。

我将裙子在半空中抖了抖:"会不会太花了?"

妈妈希望我做个淑女,却常常给我买色泽明亮的衣服,像蝴蝶的翅膀一样花哨。

外婆努努嘴:"买了你就穿吧。"

裙子质地略厚,正适合现在的季节,我心里还是极喜欢的。

中午吃过外婆精心准备的长寿面,我换上妈妈送的长裙,又从储藏室里把单车推出来。

我已经为下午找到一个不错的计划。

外婆一边洗碗一边和外公讨论妈妈生意上的问题,外公显然兴趣不大。

"你又弄不懂，我看就别瞎操心了，她自己能处理好的。"

我在院子里跨上单车，朝里面吼一声："外公外婆我出去啦！"随即一蹬踏脚溜了出去。

有时候我会觉得自己还是蛮幸福的，至少跟美筠比是如此。

瞧，我想骑车出门立刻就能出去，美筠行吗？她这会儿大概正眨巴着眼睛在听哪个老师分析几何呢吧？

可怜的美筠。

车子像水一样在街巷中流过。

一路上，我看到成排的杜英和栾树，紫竹梅和鸭跖草都开着花，美人蕉永远在墙角占据一席之地，大片的马兰花和打碗花纠缠在一起。

清凉的风轻柔地拂过我的面庞、胳膊和脚踝。骑车的感觉真好啊！

我把车停在小楼前的银杏旁，葡萄藤已经干枯得看不到踪迹了，二楼的窗户敞开着。

我将双手拢在嘴巴上，大声喊："嗨——"

直到这时，我才意识到自己还从来没有正式称呼过方邃远。

他从窗户里探出头来，这情景和我第一次见到他时一模一样，不过此刻我可一点都不难堪，相反，我满心充满欣悦。

"今天我生日！"我仰着头告诉他。

他笑起来："生日快乐！"

"你愿意跟我一起去逛逛吗？我想带你去个地方。"

这就是我的计划。

我不能总在自己需要他的时候来找他，我想起他的拍摄任务，或许我能帮他，毕竟我在这个小镇已经生活了十五年。

他欣然同意:"等我五分钟。"

我要带他去的那个地方在小镇边上,骑车大概需要半小时。我本来想先领他去镇上的车行租辆自行车的,但他出来时手上已经推着一辆了,把手下弯,车身轻盈漂亮,像专业赛车一样。

"这是山地车吗?为什么轮子那么细?"

"不是山地车,是公路车。"

他跨上去,高矮调得正合适,我注意到他换上了一身灰绿色的户外装,那只背包也重新出现在他肩背上。

我夸他:"看上去年轻多了,像高中生!"

"别笑话我!"但他眼角都带着笑,显然这奉承很到点子上。

他按按车铃,铃声喑哑:"走吧!"

"哟呵!"我双脚用力一踩,一个箭步就超过他,领先在前。

不过我没得意多久,方邃远很快追上来,而我要追上他,得使出吃奶的劲儿踩踏脚才行。他不得不故意放慢速度,以便我不会落后太远。

我拼命踩车,保持跟他并排,这样方便我们交流。

"你说你想找小镇的魂,我就想到了这个地方,说不定那里有你要的东西。"

"但愿。"

"相机没忘了带吧?"

"在包里呢!"

我带他在小镇的巷子里穿梭。

叶子逐渐变黄的桑树林一眼望不到头,忍冬花开在曲折的河岸上。一群鹅认为我们侵犯了它们的领地,扑打着翅膀气势汹汹追上来。

方邃远有点懵懂地扭头,不明白它们为什么这样不友善。

我大喊:"快跑啊!"

我们飞快地踩车,很快把鹅兵甩在身后,它们对这结果满意,朝我们的背影叫了几声,鸣金收兵。

如果没有点缀在巷坊间的那些密集的工厂,小镇还是很美的。

我们经过一条工厂鳞次栉比的巷子,栾树的小黄花落了满径,往右拐向另一条路,依然是成群结队的厂区,蝉鸣和工厂机器轰鸣的噪音混为一体。

方邃远的公路车轮子比我的小破车大出来三四圈,他踩一下,我要连蹬好几下,低头使劲时,瞥见裙子上的紫菀在风中抽风似的摇摆,唉,妈妈的淑女梦。

方邃远回头问我:"累不累?"

我大声喊:"苟延残喘中!"

他笑:"加油!"

我奋力追上去。

"这些工厂是不是很讨厌?"

"江南的经济有很大一部分都靠这样的工厂在支撑。"

"但它们破坏了小镇的生态。"我是个环保主义者。

他不像我这么忿激,心平气和地说:"它们使这里的人富裕了起来。对生活艰辛的人来说,绿色、生态这些概念太抽象。"

我撇嘴:"早晚会后悔的。"

"后悔也是发展的动力。"

"哈!你真豁达。"

"没有什么是绝对完美的,你得承认自己不完美,也要允许别人不完美。但总的来说,事情是会向好的方面发展的。"

"真的吗？"

"你得有信心。"

我们小心地穿过广场前面一排大理石球路障，昭嗣堂就在前面，一株修长的月桂点缀在圆形拱门前。

"真累！"我一屁股坐在月桂树下的花圃沿上。

方邃远从包里取出两瓶水，递给我一瓶，他环顾四周。

"这就是香楠厅？"

"对。"我给他介绍，"是为了纪念明朝嘉靖皇帝一位姓曹的妃子。皇帝很宠她，所以她遭到皇后的妒忌，宫变时，皇后乘着皇帝脑子不清楚把她给杀了。"

宫变即"壬寅宫变"，十几名受不了嘉靖虐待的宫女准备联合起来把皇帝勒毙，行事过程中因为慌乱而失败。皇后乘嘉靖昏迷未醒借口曹氏端妃谋反有份将她处死，当然她后来也遭到了嘉靖的报复。

端妃的父亲曹察用金丝楠木打造了这座楠木厅来寄托痛失爱女的哀思。

我喝饱了水，用手背擦擦湿漉漉的嘴角。

"你要进去看看吗？站在正厅，如果你仔细闻，会有一股淡淡的木香。外公这么说的，但心要很静才闻得到哦！"我看看他，"当然啦，你没问题的。"

"我去试试。"他从包里取出相机，"你呢？"

我摇摇头："我不进去了，就在外面等你。"

天真好。阳光灿烂，天碧蓝碧蓝的，让人不忍卒视。

花坛对面的柿子树下有一株结了果实的蒲公英，我走过去，蹲下身子使劲一吹，小伞兵们慌慌张张地四散逃开。

这里除了我们，一个人影都看不见。

真安静啊！静得连远处隐约的诵经声都依稀可闻。我侧耳细听，那声音时隐时现，仿佛在哪里听过，浮在半空中，明朗纯净，宛如天籁。

我想起来这附近的确有座寺庙，名字我忘了。

方邃远出来时，我正仰躺在草地上，用一片柿子叶遮住眼睛，嘴里无聊地嚼着一根青草梗儿。

他在我身旁坐下。我摘掉柿子叶，眯起眼睛来对付强烈的光线。

"里面香不香？"

"唔，不是很明显。不过……在右首的那条走廊里，我听到一个声音。"他神色显得格外凝重。

我一骨碌坐起来："是什么？"

"一个女人的声音，在哭，好像还在说话。"他思索着，模仿那声音说，"不是我！不是我杀他的！"

我想我的脸色一定白了。

"我很小的时候跟外公来过这里，"大白天的，我身体却有点哆嗦，"还不小心跟他走散了，我跑进一条黑漆漆的走廊时，也听到有个女人在哭。"

"她说什么了没有？"

"没听清，我当时吓坏了，到处找外公。以后就再没敢来过。"

"那今天怎么忽然变勇敢了？"

"我又没进去。"

"再说，我想借你试试，看那是不是也是因为恐惧生成的一个幻象——那时候没人相信我的话，大家都认为我瞎说。结果你的证明刚好相反。"

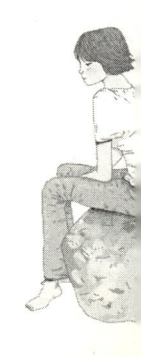

他盯着我瞧了会儿，忽然绷不住似的笑起来："我吓唬你的，其实里面什么都没有！"

　　我愣了一下，明白自己受到了耍弄，有点羞恼，而且我一直以为他是不会骗我的，真是！枉我这么信任他。

　　他在我面前笑得像个孩子，我还从没见他这么开心过，我还以为他永远都是四平八稳的呢！

　　我扑过去拧他的胳膊，他大笑着躲闪，我得逞了，还想拧第二把时，他抓住了我的手。

　　我清晰地感知到他掌心的温度，一股奇异的感觉从心底油然而生，我不明白那意味着什么，可我分明察觉到自己对他的依恋。

　　他很快松开了我。

　　一个念头闪入我脑海：如果我有一个像他这样的爸爸就好了。

　　但这念头随即触痛了我，我没再跟他胡闹。

　　我重新躺在草地上，方邃远依旧坐着，双臂搁在膝盖上，呼吸青草的芳香。

　　我把那片柿叶重新盖在脸上，从缝隙中窥视他："我想到一个问题。"

　　"嗯？"

　　"我该怎么称呼你。"

　　他不以为意地笑笑，仰头喝一口水。

　　"按你的年纪来算，都可以当我爸爸了。"

　　"呵呵，也是，如果我抓紧的话。"

　　"可我没见过爸爸，不知道有爸爸的感觉是什么样的。你呢，你怎么看我，有没有一点点对待女儿的感觉？"

他脸上现出一丝尴尬，仿佛不知道该怎样应对。

"我也不知道该怎么给别人当爸爸。"

"你想过自己会有孩子吗？"

"也许吧，不过对于没发生的事我一般不作深想。"

我不依不饶："你喜欢儿子还是女儿？"

"女儿。"对这一点他倒是不假思索。

我很惬意："我觉得也是。真想叫你一声爸爸。"

他转开脸，似乎在想象着什么，过一会儿才回答我："也许我会脸红。"

很难想象。

"那我就叫你叔叔吧。"

"随你。"

可我忽然又觉得不太甘心："但我不想叫你叔叔，感觉有点别扭，我认识的叔叔中没有像你这样的。"

"你用不着勉强自己非要给我安一个称呼。"他耸肩，"我可以是任何人，也可以什么都不是——对你来说。"

说的是，对我来说，他只不过是个过客。想到这一点，我竟有些伤感。

"好吧，虽然朋友这个称呼俗透了，我觉得你还是做我的朋友最合适。"

"As you wish。"

虽然转了一圈又回到起点，但这回我总算满意了，至少我现在知道他跟我是一样的想法，别觉得我啰唆，这一点对我至关重要——跟我相比，他有丰富的学识和人生经验，可他并不因为这些而看不起我，他当

我是朋友。我跟他，我们是平等的。

然而，他总有一天会从我的世界里消失。

"你离开这里后还会记得我吗？"我问这话时有点忧心忡忡。

他看看我："你希望我作出承诺？"

"不，我不喜欢强求别人……"我心里有点乱，不得不换个问法，"你在旅途中经常这样吗？我是说跟陌生人相处，交朋友之类的？"

"没有，你是唯一一个。"他很肯定地告诉我。

这让我惊喜："真的吗？可是……为什么会这样？"

"我不擅长和别人交谈，但你不一样，"他凝视着我，带一点探究和困惑，"我好像认识你很久了。"

他目光温暖，直达我心底。

我不知道该怎样形容我们在这一瞬间迸发而出的心灵相通的体验，那不是亲情，也不算纯粹的友谊，它超越了很多语言可以描述出来的情感。

但有许多语言可以找出来形容我此刻的心情，而我什么都不想说，只想静静地沐浴在他和煦的目光里。

后来，我们又聊起了端妃。

"你觉不觉得端妃挺惨的，如果我小时候真的听到过'鬼魂'的哭泣，说不定就是她的，死得太冤枉了。"

"她的死也许是注定的。"

"你也信命？"

"我信因果关系，没有人可以孤立存在，必定会和其他人产生交错的关系，达到一种平衡，关系失衡就会产生危险。端妃把重心都放在皇帝身上，她忽视了她的世界里还有后宫那么多人。她建立的人际关系太单一，一旦失去皇帝的保护，她很容易沦为牺牲品。汉代刘邦的宠姬戚夫人处境跟端妃相似，结局却比她更惨，刘邦死后，她被吕后砍去四肢，装在瓮中成了所谓人彘。"

我唏嘘："做人真不容易！想想后面还有那么多路要走就觉得恐惧。"

"是不容易，不过再困难也不会走到古代妃子那样悲惨的地步，社会在进步。"

"可还是要一件事一件事去做啊！万一做错了呢？我很害怕自己将来的生活一团糟。"

"时间会教会你怎么处理，有个循序渐进的过程。"

但愿吧。

"我很早就发现自己和别人不一样。"

"你是指你没有爸爸这件事？"

"不止这个，我连妈妈也时有时无，我总是和外公外婆在一起，我不知道和爸爸妈妈生活在一起是什么样的滋味，但肯定和现在是不一样的。小时候还有个可以一起玩的哥哥，后来也跟我疏远了。我常常觉得孤独，我会在一个人的时候自言自语，然后担心自己会不会不正常。我不知道该怎么和别人相处，所以我的朋友很少。即使现在，我也经常会有那种念头：我对这个世界来说，说不定是多余的人。"

"世界很大，对它而言，没有多余这回事。"

"那么，有我没我，这个世界是不是会有不同？"

"你因为和别人的不同而成为你，成为一个有别于他人的独立存在。"他依旧那样温和地笑，"村上春树是这么说的。"

我被他引入更深的疑惑："人为什么会到世界上来？"

可这是个困扰所有人的哲学命题，方邃远也很难给我答案。

"不过我想，"他试着解释，"每个人出现在这个时空里还是会有一定缘由的吧。也许你上一辈子做了什么，累积成这一辈子的开始。"

"人真有前世和来生？"

"没人能确定。"

这真是太奇妙了。

"如果真的有前世，说不定我是个不怎么好的人，所以今生我一点都不快乐。"我猜测着。

"你的人生才刚刚开始。"

我忽然有了更深切的倾诉的渴望。

"可我不喜欢按照某种标准来生活，就像学生必须好好学习，家长就该有家长的样子等等。"

"你也可以按照自己的标准生活。"

"那如果和别人的标准产生冲突呢？就像你刚才说的，我们都生活在复杂的关系中。"

"不要伤害别人，也不必把每件事都联系到自己身上，痛苦有时是因为想得太多，太在意别人的看法，我们习惯于把自己置于世界的正中，事实却远不是这么回事。"

"限制我们的不是别人，而是自己？"

他看看我，继续说："你刚才就在为标准烦恼。世界是由很多块组成的，不存在单一的标准。文明产生以前，人类唯一的目的是能生存并繁衍下去。文明就像田野四周竖起的篱笆，把人围在里面，起到保护作用的同时也带来偏见和束缚。如果你跳出文明的篱笆，会发现篱笆里的很多规定也没什么大不了的。但要跳出来本身就很不容易。除了从小就灌输在脑子里的各种准则，你先天的直觉也在起作用。荣格提出过集体无意识的概念，我们的脑子里不只有我们自己，还有祖先几百万年累积下来的各种经验和教训。"

真玄乎，可我听得聚精会神。

"你是怎么明白这些道理的？"我对他的态度大概早就不至于崇拜了吧，"你是不是吃过很多亏，所以现在才能这么平心静气？"

他笑起来，样子很迷人，当然，不是外貌上的那种英俊，是一种神韵和气质。

"是有过一些不愉快的经历，后来发现应对那些其实也不难，只要够宽容——对别人，也对自己。"

"如果我能一下子就达到你现在的状态就好了。"我不无羡慕地说。

"这需要时间，还取决于你想成为什么样的人，以及你的决心有多大。内心坚定的人不会太在意别人对自己的评价。"

"我要成为一个什么样的人呢？"我趴在草地上思索。

可这个问题离我太遥远了，我想得神思昏沉，也没能抓住一鳞半爪。

天在我上方，渐渐阴下来。

假期也快结束了。我有点惆怅。

那天晚上，我做了个梦，梦见自己走进了那个遥远的过去。

****

——《让城遗事》*金娥墩

每月初三，敏娘会去赶一次集市，为家里添些日用之物。集市上热闹，小孩子缠着大人要这要那的吵闹声此起彼伏，敏娘睿智，她不带孩子，只一人来逛，清净省心，也好拿主意。

这一日，敏娘在布店为闺女扯了几尺做冬衣的布料，出了门，打算去拐角处一家鞋店给儿子找找有无中意的虎头鞋，她是听了街坊的介绍慕名而去的。

鞋店紧挨酥糖铺子，铺子门口有一名年轻女子背对街面站着，丫鬟装扮，怀里抱着个四五岁的公子哥儿，戴一顶瓜皮帽，长得眉清目秀，若非这会儿正吵闹，也算惹人喜爱。

敏娘正要进鞋店，那丫鬟转过身来，惊喜地喊她，声音熟悉，敏娘转首细认，竟是昔日娘家的街坊丽淑，几年前去赵家做女佣，至今尚未赎出身。

两人多少年没见了，何曾料到今天会在这里碰面，忙找个清净角落，亲热地聊起来。

小公子先拿警惕的目光反复打量敏娘，等好奇劲儿过去了，又重提旧话，依旧吵着要糖吃。

敏娘看不过，待要掏钱买给那孩子，却被丽淑拦住："你快别破费了，我家夫人爱干净，不许吃外面的东西。"

敏娘问："你们怎么在这儿耗着？"

"夫人去前头庙里上香，嘱我们在这儿等着，不多时就回来的。"

敏娘想起来这附近确有座纪念哪朝皇后的庙宇，也不知那夫人缘何去拜。

丽淑听敏娘聊着寻常人家的琐碎，忍不住羡慕："还是你好，如今有家有口，不像我，与你一般的年岁，还是服侍别人的命。"

说着就落下泪来，敏娘少不得好言安慰，正伤感，一架糖葫芦从身边经过，小公子一见，吵得更凶了，简直不给吃就不肯罢休似的。

丽淑吓唬他："让夫人知道了揍你。"

小公子朗声叫唤："大妈妈疼我，才不会！你不给我买，我告诉大妈妈你拿她的耳坠子来自己戴！"

丽淑的脸顿时红了。

敏娘装作没注意，径直跑去叫住那卖糖葫芦的，掏钱递过去，那贩子一言不发地接了钱，飞快地朝小公子望一眼。

天还不算很冷，但这贩子已经将自己浑身上下都裹得极为严实，他挑了一串最红最大的递给敏娘，敏娘注意到他裸露在外的一截手腕白净细嫩，这让她稍觉意外，但也没多想，接过糖葫芦串就转身过街这一边来。

小公子喜不自禁，坐在一旁的木栏杆上大口啃糖葫芦，再也不来打扰她们。

敏娘瞧他憨态可掬，忍不住笑道："你们夫人真好福气，这哥儿长得方头虎脑的，将来准定是个将相之才。"

孰料丽淑叹口气："什么好福气，他又不是夫人生的。"

敏娘恍然："难怪他喊大妈妈。"

"我家夫人为人是极好的，端的知书达理，性子温和又能持家，只吃亏在……"丽淑嗓门略低，"不能生养。"

敏娘深表同情："那真是……不过就算哥儿不是从她肚子里爬出

来的，她总是大夫人，哥儿也准定跟她亲。"

丽淑撇撇嘴："难说，常言道母凭子贵，说起来总是骨肉相连，如今小公子不懂事，只管追在夫人后面哄她高兴，等长大了弄明白谁是亲妈，你说他还能对夫人这么尽心尽力？不是我背后搬嘴，二夫人心思多着呢，撺掇着小公子缠住大夫人，自己天天打扮得花枝招展，打量她那点心思我们底下人不知道？她是恨不得夫人哪天一病不起，她可以名正言顺当正室，还亏她跟夫人是同胞姐妹！"

敏娘吃了一惊："那这二夫人岂不是你家老爷的小，小姨子？"

"唉！所以我家夫人才更伤心，这事提起来话长。夫人和她妹妹年纪差得远，她出阁的时候，这胞妹，就是现在的二夫人，那会儿还是个十岁不到的小丫头，夫人疼她，隔三岔五就要接来府上长住，这一来二去，转眼姑娘就大了，结果反成了引狼入室……"

敏娘也听得直摇头："这种事，你家老爷可怎么跟夫人提呢？"

"说起来也是丢人，她妹妹已经……"丽淑隐晦地指了指自己的肚子，"夫人事前一点都不知情，老爷带着妹妹去求她才……这就是夫人宽厚的地方，她当即说服自己家里人，把妹妹迎进了门，如果不是老爷羞愧不肯答应，夫人连正室的位子都要让出来。"

"唉，怪只怪天不如人意，你家夫人想必在生养这件事上没法释怀。"

"可不是！"敏娘叹气，"夫人嫁过来之后，跟老爷的感情也是好得没话讲，两个都是读书人，性情又相投，每日里吟诗作曲的，我们看着都羡慕，套用那古曲里唱的，真真是琴瑟和鸣。可夫人的肚子老不见动静，老爷和老太太着急，其实夫人心里更急。她要给老爷纳妾，老爷说什么也不肯，我们都知道老爷心里向着夫人，而且那会儿对这事还没死心。听说夫人曾烧香祈愿，如果老天爷能赐个孩子给她，就是少活个十年二十年也愿意。现在这样子，她觉得对不起老爷。"

丽淑说得红了眼圈，敏娘也只有唏嘘的分儿。

"你们这二夫人，想来相貌、学识不会比姐姐差，怎么就肯给人做小，还是自己的姐姐？"

丽淑抹了抹眼眶，咂嘴："你若有机会见到我家老爷就明白了。"她手朝小公子一指，"你觉得他如何？"

敏娘由衷赞道："眉目清朗，日后必是个俊哥儿。"

"那也只及老爷的一半。"丽淑面露得色，"夫人家虽非大富大贵，也是书香人家，说起这二夫人，学识修养虽不如夫人，但相貌确要胜夫人一等，若非老爷十分出色，这件事断也成不了。"

"照这么说来，如今老爷夫人日子也还和睦，又有了延续香火的孩子，也算圆满。"

"说是这么说，只是夫人心里的苦也只有她自己知道了。"敏娘嗓门又是一低，"老爷现在都不大在夫人房里留宿呢！这男人啊，有了新人，哪里还念得起来往日的情分……"

小公子吃完糖葫芦蹦跳着过来扯丽淑的腿，一张嘴叫颜料染得血红。丽淑忙掏出手绢替他擦净，再三叮嘱："回去以后谁也不准告诉，不然以后打死都不给你买零嘴儿。"

小公子心满意足，点着头笑。

敏娘乐道："这孩子怎么跟姑娘似的，爱吃小食。"

丽淑小声抱怨:"还不是家里惯的,就这么一个孩子。"

转过身去,见夫人的轿子堪堪地往这边来,丽淑慌忙抱起小公子跟敏娘打招呼:"夫人她们来了,我得走了。"

敏娘与她匆忙叙别,一边缓步朝鞋店过去,一边朝轿子那边眺望,看见小公子扭股糖一般从丽淑的怀里溜下去,三下两下就钻进轿子,不多时,轿子一侧的窗帘被一只纤纤玉手打开,露出夫人虽然模糊但仍不掩端庄秀美的脸。

敏娘想起丽淑的话,不免有所感怀,还想再仔细打量一下夫人,小公子的脸从轿中探出,嘻嘻笑着,轿子在街头转了个弯,须臾就瞧不见了。

孰料,半夜里小公子竟发起烧来。老爷急传大夫,没诊断出什么毛病,便开了个退烧的方子,权且等退了烧再细瞧。

退烧药剂服下去没多久,烧非但没退,小公子又上吐下泻起来,大夫闻那秽物有股子酸臭恶气,便道:"小公子想是吃了什么东西,中毒了。"

老爷眼睛立刻看向夫人:"今儿你带小宝出门,可曾喂他吃什么不洁之物?"

夫人眼中噙泪:"老爷这是什么意思?莫不是怀疑我害小宝不成?"

她妹妹在一旁也早已哭红了眼睛,这会儿看情势不对,忙插进来道:"老爷是急糊涂了,姐姐对小宝的饮食控制得比我还要严格,断不会乱给他吃外面的东西,倒是那些底下人有时候办事马虎,一个不留神就给钻了空子去。"

老爷立刻传唤平日里服侍小公子的下人逐个到前厅问话。丽淑闻听，当时就吓软在地，心知此事瞒不过，只得将买糖葫芦给小公子吃的事招了，但隐去敏娘那一节，否则既平白连累敏娘，自己还得罪加一等。

夫人急怒攻心，当场一个嘴巴甩过来："你，你，我平时怎么跟你们说的？哥儿年纪小，身子骨打小就弱，外面的东西断断碰不得！可你们何曾听到耳朵里去！"

丽淑双肩发抖："小公子他非要……"

"他要你就依了他？他才多大，懂个什么！"

二夫人追问那卖糖葫芦串的长相，丽淑当时正为耳坠的事难堪，哪曾留心，可又不敢推说不知，只能照着平时常见的那些走街串巷的贩子长相，胡乱描述了一气。

等询问仔细了，老爷立刻传来家丁，让出门找去。

老爷盯着丽淑，脸色阴沉，猛地喝一声："不长记性的东西，拖出去，给我狠狠打！"

丽淑唬得面色惨白，苦苦哀求，但老爷心意已决，她万般无奈，眼见夫人面露不忍之色，立刻扑上前，双手抱住夫人的腿。

"夫人，我真不是故意要害公子！我跟了您这么多年，您该知道丽淑的为人，您仁心仁面，求求您救救我！"

二夫人在旁抹着泪，狠道："这会儿说这话有什么用！早先怎么不仔细想想！小宝若有个三长两短，你也别想活着！"

夫人到底不忍，叹一口气："丽淑绝非故意，她既已知罪，暂且饶她这一回吧。"

丽淑跪在地上淌泪点头："丽淑以后必尽心尽力服侍小公子，再不敢三心二意不听夫人老爷的嘱咐。"

二夫人冷笑道："以后？小宝以后怎么还敢交到你手里。"

老爷也冷哼一声："出了这等大事，哪有这么容易蒙混过去。"

夫人扶起丽淑，淡淡道："丽淑是我的丫头，打我进赵家的门她就跟着我，你们既要治她的罪，我那一份也逃不了。不如把我二人一起办了吧。"

她妹妹一脸尴尬："姐姐，我们不是那个意思，这不是小宝病了，我们着急……"

"你们？"夫人重重地咬字，"你们着急，我就不着急了？"

她冷静的双眸望过去，扫了她妹妹一眼，嘴角微微含一抹笑，她妹妹脸一白，便低下头去。

老爷神色也软了些，干咳着站起身来，似要离开。

夫人放缓声调又道："即便丽淑给小宝买了糖葫芦，也未见得那使他中毒之物就真是粘在糖葫芦上的。且等老爷抓了那贩子来细问。再者，老爷也得琢磨琢磨，平日里有没有结下什么仇家，惹他们下这等毒手。不过这些都是后话，当务之急，得先把小宝的病治好。"

她妹妹连连点头，"姐姐说得极是！只要小宝尽快好起来，别的都是小事，放一放又何妨。"

老爷嫌恶地朝丽淑挥一挥手："滚！"

丽淑慌忙捂着嘴逃了出去。

丫鬟进来禀报："老太太也起来了，正往公子那里去。"

老爷立刻一脸愁容："谁把老太太给惊动了？"

夫人瞅瞅她妹妹，她妹妹只管流着泪把眼睛看向别处。

众人回到小公子的房里，只见老太太正拄着拐杖，焦急地站在床前，回头见了儿子媳妇，拐杖狠狠往地上一顿："我统共就这么一个孙子，就是少一根汗毛，你们也别想脱了干系去！今儿他出门，是谁的主意？"

夫人低首道："是我的主意，我原也不预备带他出去。这如今天气也凉下来，孩子在外面恐受风寒，但小宝在家又没个贴心的人看着……"

"他老子娘呢？"

二夫人嗫嚅："禀老太太，今儿碰巧老爷有个贵客要见，我……"

老太太打断她，沉声问儿子："你哑巴了？"

老爷忙跪倒："娘，是儿子疏忽了。本该将小宝带在身边。"

夫人也跪下："这事不怪老爷，怪我没挑对出门的日子……"

二夫人要紧也跪下："我也有错，本可以不随老爷出门……"

老太太重重地叹息："我平时也不来管你们，今儿倒要问问，这几年你们的日子过得还有没有些个规矩？"

夫人一脸漠然，老爷和二夫人则羞愧地低着头。

老太太还待要再数落几句，扭头瞥见床上昏睡中的孙儿，顿时悲从中来："你们都给我先下去吧。"

出了小公子的房间，夫人缓步走在回廊里，她妹妹紧追其后："姐姐。"

夫人顿足回首，二夫人已到跟前，脸上不见平日的娇俏活泼，眼眸里满是凄楚和说不出的惶恐。

"姐姐，小宝会没事吧？"

夫人不知如何作答，轻吁了口气："我正要去佛堂为他祈福……不知道是不是天意，老爷这辈子是注定不会有子嗣了。"

二夫人闻言，忍不住扑进姐姐怀里恸哭："姐姐，我害怕，你帮帮我吧！"

夫人站着不动，良久，轻轻推开妹妹，脚步轻盈地朝前走。

身后，她妹妹凄楚地说："如果小宝有事，我……我也不想活了。"

夫人脚步略顿，很快又走动起来，并未回身。

下半夜，小公子的病情非但不见好转，反而还说起胡话来。老太太连忙差人将大夫和神婆一并请来，老爷和两位夫人也匆忙赶来候着，心急如焚。

小公子朝上伸着手，嘴里乱喊："拿去！拿去！我还你命来！这辈子我还你！"

神婆说："这是前世欠下的孽债，今生注定要还的。"

大夫也无可奈何地摇头。

二夫人一声惨叫昏死过去，家里顿时乱作一团。

老太太捶胸顿足："这可怎生是好！"

老爷心神恍惚看了看两位夫人，喃喃低语："莫不是报应不成？"

混乱中，夫人慢慢走到小公子榻前，俯身坐在他身畔，抚摸他滚烫的额头，他的嘴角正在渗出白沫，眼睛紧闭着，浑身时不时抽搞一下。

她心里也是疼他的,可有些事,她也无可奈何。

正难受间,小公子忽然捉住她的手,眼睛也睁开来望着她,那眼神,仿佛洞悉一切,叫她心惊肉跳。

夫人仓皇地朝两边望望,其余的人正围着老太太和二夫人团团转,无人注意到这边。

小公子的眼睛明亮如星,但眼神里毫无谴责之意,竟仿佛觉得圆满。她与他对视,前后也不过半分钟时间,他眼里的光便黯淡下去,直至熄灭。

而他的手还牢牢抓着她的,手上的余温还在。

她低首去看那只她抓惯了的熟悉的小手,却意外地发现他手腕处有一点深褐色的印记。可她明明记得他身上从来都是光光滑滑,没有任何胎记。

但这个印记又是如此熟悉,仿佛一直刻在她心底的某一处。

她震惊地盯住那一抹颜色,急切地在脑海中搜寻对它的记忆,却是徒然。

小公子的手渐渐凉下去,而那痕迹也随着他身体的温度淡下去。

最后,她握得一手冰凉,深褐色的印记也像一缕云烟似的,消散不见了。

Chapter 8

萌动，在同一频率

假期一开学就换座位了，美筠和徐照成了同桌，我则跟一个比我还内向的女孩坐在一起，我也成了哑巴。

放了学，美筠还是会来找我一起回家，不过她和徐照相处得也不赖，我时常能听到她俩咯咯的笑声，要说我一点都不在乎那就太虚伪了。

我也想对美筠表现得大方些，但一想到她跟徐照头凑着头翻一本杂志的情形，说话就难免尖酸刻薄起来，美筠学习上领悟力差，这方面可一点不傻。可她越迁就我，我就越觉得她心里有鬼。

美筠夹在我跟徐照中间，那滋味想必又得意又为难吧。

没了美筠的陪伴，新同桌又视我如空气，我上课无神好分，只能专心听讲，小测验的成绩噌噌上去了，各科老师表扬了我好几次，冷不丁被当作正面教材来宣传还挺不习惯的。

嗯，该说说杨老师的快乐学习法则了。

事实上，从这个法则颁布实施之日起，它就像画在纸上的一张饼，看得吃不得。杨老师教我们数学，讲课水平不错，但习题量的减少肯定会拉低全班的解题能力。再加上他的干预，语文和英语老师勉为其难地也给我们减少了作业量，结果可想而知。

很快就进行了初三年级的统考，我们班排名垫底，杨老师的脸色终于不再像过去那样好看了。说来说去，学校就是个拿分数说话的地方。

他第一次在班会课上发脾气，认为大家不懂珍惜。

"我在努力给你们创造良好的学习环境，但你们回馈给我这样的成绩，你们自己觉得怎么样？是不是非要用和其他班一样的高压政策你们才学得好？"

我考得不错，第三名，美筠排三十二，倒数名次比正数还好看些。

下了课，她找我诉苦："我已经很努力了，有几个晚上都到凌晨才睡，可就是考不好。我很想帮老师，但能力有限。"

"你还是先帮帮你自己吧。"

杨老师要求我们把统考的卷子带回家让家长签字，美筠为自己的数学成绩头疼了半天，决定铤而走险，冒充父亲的笔迹代为签字。

也许是心虚手抖，她"画"出来的签名一看就很假，被杨老师轻易识别并请进了办公室。

"我完蛋了！"美筠颤抖着去了。

但她回来时不仅一脸轻松，面颊上仿佛还染了一层光芒，神采奕奕的。

"杨老师说考虑到我平时的表现，这次会放我一马，还鼓励我下次好好考。"她眼神迷离。

我摸摸她的额头，的确有点烫手。

宋亮终于又给我打来了电话。

我一手握着听筒，一手按在胸脯上，以免心跳得过于激烈以至于蹦出来。

他向我打听徐照的近况，我把统考的事说了说，徐照发挥得也不理想，宋亮听上去有些担心。

　　"这次统考用的是标准卷子，听说不算很难。徐照她原来成绩挺好的……这样下去以后想考回来都难，真不知道该怎么劝她才听得进去。"

　　我完全不关心徐照的前途，喜悦和疑惑同时撕扯着我。

　　"你们国庆假期没碰面？"我问得小心翼翼。

　　"没有，我爸带我去了趟广州，徐照被我妈拉去泰国玩了。"

　　我顿时松了口气，但很快又觉得心里沉甸甸的。这样骗下去，总有真相大白的一天，与其将来被徐照狠狠踩一脚，倒不如……

　　宋亮兀自往下说："我妈这次是决心要跟她搞好关系的，但徐照不配合，两人在泰国玩得不怎么开心，否则按我妈的意思，回国后就要把徐照叫回身边一起住的。"

　　"当初就不该让徐照来镇上。"

　　我觉得他们家的人都有点神经质，够折腾的，宋亮除外。

　　"是啊！我妈也后悔，她的想法一直在变，她……有点功利，唉！"

　　"宋亮。"

　　"嗯？"

　　"你在二中一定很优秀吧？"

　　美筠去了趟二中，带回来不少宋亮的消息，他不仅是高中部的学生会主席，还是篮球队队长，据说弹钢琴也拿过名次，真是神一样的存在。

　　"徐照告诉你的？"他轻轻笑了笑，"月见，你以后也考我们学校吧，那样的话，我们……"

　　他戛然而止，我好容易恢复正常的心跳又不规则起来，而欺骗的阴霾还在我心上扩散。

"月见，你还在吗？"

"在呢。"

"你能不能帮我劝劝徐照？以她的能力将来可以发展得很好，我不想她因为赌气毁掉自己的前途。"

"我……"

"我希望你们能一起考到二中来。"他不切实际地憧憬着，"那会是我最开心的事。"

"宋亮。"我终于鼓起勇气，打算坦白，"可我和徐照不是朋友……她讨厌我，就像我曾经讨厌她一样。"

"……"

"对不起，我骗了你。"

我等了一会儿，电话那头静悄悄的，没有一丝声响。唉，无言的结局。

"再见。"我轻轻挂了线，如释重负地呼出一口气。

失落是难免的，但没有什么比说实话更让人觉得踏实。我也想将自己最美好的一面展示给他，但恐怕做不到了。

早点除了粥和鸡蛋，外婆还蒸了一碗冰糖梨。

"你昨天咳嗽了，我特别给你做的。"

可我讨厌吃蒸熟的梨。

"外婆，我挺好的，已经不咳了。"

"怎么不咳，晚上我还听见你咳呢！咳嗽这毛病秋天最容易犯了。吃吧，吃了就好了！"

什么也瞒不过外婆。

我把蒸梨留到最后，但在外婆虎视眈眈的催促下，不得不皱着眉头吃。蒸熟的梨和猪肉甜米饭一样让我难以忍受，我吃得快吐了。

外婆收走空碗，无视我眼泪汪汪的恶心表情，心满意足去了厨房，就好像她自己的病被治好了一样。

我在朝曦的笼罩下走进学校，回家时则踏着朦胧的月色，每一天都类似，让人恍惚觉得时光是静止的，它潜伏在雷同的生活里。

但生活究竟是什么呢？

我觉得自己和生活之间始终隔着一层东西，我感觉不到生活的重力，无论是过去还是眼下，都像随风飘过的一股气味，三转两下就消失了。而对于未来，我又想象不出来。

再次约好去甜品店时，美筠吞吞吐吐地问我可不可以带徐照一起去。

"去好了，用不着请示我。"我不是大方，甜品店本来就不是我开的，谁都能去。

"她担心会让你觉得不自在。"

这话说得！

我笑得有点傲气："她自己不觉得别扭就好。"

"她不会的啦！"美筠笑逐颜开，"慕容，你对她有点误会，其实徐照这人很好相处的，真的，我希望你们能成为好朋友。"

很显然，在我们争夺美筠的战争中，徐照占了优势，美筠现在连牛肉干都只跟她单独分享了。

但我也不是一无所有，我还有萧宾呢。你当我不知道徐照去甜品店是为了什么，呵呵，也太小瞧我了。

萧宾和胖头都在店里，我们一进去就受到热烈欢迎。

又是胖头请客，点完单后，我在萧宾身旁坐下，胖头早就帮美筠找好位子了，徐照缩在角落里，闷不吭声喝自己的奶茶，眼睛可没少往萧宾身上转。

萧宾当然看见她了，但也没多在意，他正跟人玩牌，偶尔和我聊上几句。

有几次，我发现徐照似乎鼓起勇气来想跟萧宾搭讪，但我总是在她即将张口前把萧宾的注意力引开。

这把戏挺拙劣的，但徐照浑然不觉，她脸上明显写着紧张二字，让我联想到自己在宋亮面前的拙劣表现。

也许，我不该这么恶劣地对待她。

胖头一如既往地拿美筠寻开心，说的话越来越露骨，美筠听得涨红了脸，但一丝意乱神迷的迹象都没有，这让胖头沮丧。

"你对我就一点感觉都没有？"他诚恳地与美筠探讨。

美筠反问："你为什么喜欢我？"

"我觉得咱俩都，呃……比较饱满。"

美筠皱眉："饱满？我又不是葵花籽。"

我们大笑。

美筠快十六岁了，发育良好的身体渐渐显露出成熟女人的风韵，尽管她的很多想法还停留在幼稚园的阶段。

每当美筠抵不住胖头的攻势时，萧宾会出言替她解围，打击一下胖头垂涎欲滴的势头。

我曾问过萧宾，胖头对美筠是不是来真的，他想了半天，摇头。

"搞不懂，这家伙嘴里没几句实在话。"

不过之后我们再聚到一块儿，萧宾就不像从前那样任胖头乱来了。

"美筠是女孩子，万一传出不好听的话，名声就坏了。"

在萧宾眼里，美筠就像我的一个影子，作为哥哥，他有庇护的义务。

喝完饮料，萧宾的牌局还没散，我们该走了。

徐照忽然走过来，站在萧宾跟前，眼睛直挺挺盯着他，那样子鲁莽又可怜："你不回家吗？"

一屋子的人都拿奇怪的眼神注视他俩。

萧宾尴尬极了，头也没抬，生硬地回答："不回。"

胖头来劲了，高唱："阿宾今晚佳人有约！"

萧宾摔了牌冲上去要啐他，旁边的人发出穷凶极恶的笑声，我们推推搡搡走出店堂。

路上，美筠走在中间，我和徐照分别占据她的两边，像两大护法。沉默则如一杆横在我们面前的直尺，保持着紧张微妙的平衡。

美筠忽然站住，用力一跺脚："真受不了你们！"

我和徐照已经机器人一样走出去了，又双双退回到她身边。

美筠大声质问："你们到底想怎么样？先开口说话的那个会死吗？"

我和徐照对望一眼，又各自转开目光，我心里那杆尺被拗成U形，凭什么我先开口啊！我早就努力过了。

徐照发出各种清嗓门的怪声，最后说："慕容，我们和解吧。"

U形尺反弹成直线形。

"你不是说从来不接受道歉吗？"

美筠瞪我："你能不能别翻旧账啊？"

徐照低下头，须臾又抬起来："我是说过，不过现在我收回。"

她干脆的态度让我对她生出好感。

我笑了笑："和解。"

"现在这样多好！"美筠拍着胸脯松一口气，"不然我就快被你们憋死啦！我马上到家了，你们两个还能一起走一段，不要一声不吭啊！"

美筠把我们的手拉到一起，用力握了握，仿佛上了胶水，然后放心地走了。

现在，徐照的手就在我手里，她的手和她的人一样，很小。

"走吧。"我说。

我们并排往前走，友谊来得太快，彼此都还不太适应。

"你和萧宾很熟？"

她真是直截了当，天晓得她跟我和解是不是为了萧宾，十有八九。

我点点头："他爸爸妈妈长年在城里卖水果，他从小跟奶奶生活，他奶奶要忙农活，时常把他送我家来，我外公总是有时间的。"

"我也是跟着奶奶长大的。"徐照喃喃低语，"慕容，你喜欢他吗？"

"嗯，我一直当他是我哥哥。"

"我指的不是那种喜欢，是……"

我明白了："那没有。我只当他是哥哥——你喜欢他？"

徐照的脸微微红了起来，但很勇敢地点点头，我发现她的眼睛和宋亮的一样明亮。我决定不再跟她斤斤计较了。

"哥哥如果知道你喜欢他，一定会很高兴的。"

"可他又不知道。"这贪心的家伙嘟哝。

"他早晚会知道的，哥哥又不傻。不过，他不见得肯离开小镇。"我

想起宋亮对徐照的期待。

她立刻赌咒发誓:"我也可以在小镇上过一辈子的。"

我笑:"要不要我现在就陪你去告诉他?"

我拉着她往回走,她吓得一把将我的手甩开:"不要!慕容,你真是坏透了!"

我回头看,她的脸已经红如樱桃。哦,原来这个彪悍的姑娘也会害羞。

据说共享一个秘密可以让人与人之间的关系更加紧密,现在我知道了徐照的秘密,我们一下子变得无话不谈。甚至有些话她不跟美筠说,要等下了课跑来告诉我。幸亏美筠不是小心眼的人,换作我,估计就得不舒服了。

"昨天我见到萧宾了。"课间休息时徐照告诉我。

"你向他表白了?"我不失时机开玩笑,只要是和萧宾有关的事,不论我说得怎么离谱她都不会生气。

"当然没有!"她双眸贼亮,"不过我去他家了。他奶奶对他好凶,说他不如他弟弟的一半好。慕容,我没想到他还有个弟弟。"

"如果没有弟弟,他爸妈就不会放弃他了。"我替萧宾难过。

"我们真是同病相怜,"徐照叹息,"不过我爸妈喜欢我哥,不喜欢我。"

这些我当然都知道。

"你找萧宾干什么?"

"没什么事,做完功课无聊,想着他就在隔壁,就忍不住跑去看看。他奶奶告诉我他在楼上的房间,我走上去,看见他坐在窗前的椅子里发呆，灯也不开。"

我听得出神，萧宾从城里回来后，对什么都表现得满不在乎，包括自己那段不光彩的经历，可我觉得那未必是他真实的态度。没人会对自己的过去无动于衷，只是徐照描述出来的他的样子有点可怜。

"他告诉我他曾经坐过牢。"

"你在乎吗？"

她用力摇头："我相信我的直觉，他就是我喜欢的那种人。"隔了片刻，她又说，"他是我喜欢上的第一个男孩，慕容，我有点紧张。"

我仰头看天，云朵懒散地飘在蓝色的天空里，像小孩的画一样洁净，让我想起宋亮。

杨老师走了。

走时连声招呼都没跟我们打，像空气一样在我们的生活里散开。

美筠坐在花圃沿上，难受得要哭了。

"他怎么能这么狠心？他跟我们提了那么多计划，我还打算圣诞节的时候送他一件礼物，怎么忽然之间都不算数了！"

我和徐照陪着她，但都找不到安慰的话，实在太突然了。

美筠发了很多牢骚，依然觉得难过极了，手搁在胸口上："我恨死他了，他是个逃兵！"

我没法告诉她，这样的结局，我用脚趾头都能想得出来。

一个很严厉的老师取代杨老师成为我们新的班主任。首次见面，开场白就很凶狠。

"亡羊补牢未为晚也！从现在开始，别再琢磨任何不着边际的玩意儿，如果毕业考出不了十个重点高中的，我找校长辞职！"

后来我们又零星得到一些消息，原来校方吃不消杨老师的大胆改革，婉转劝他辞职了。不过也不排除有学生家长掺和在里面的可能，谁敢拿学生的前途开玩笑？

美筠像遭受了极大的打击，久久难以恢复，她说她的精神支柱倒塌了。

连轴转的复习模式让很多人都瘦了一圈，好不容易有一天休息时间，大多数人都花在了睡觉上。

我也很累，但生物钟在周日早上六点准时将我唤醒。

我像往常一样漱口、洗脸、吃早点。

外公在晨曦中慢慢打着太极，在他那里，时钟的两根针都被拨慢了好几圈。

"外公，我出去走走。"

"好。"外公眯着眼点头。

深秋的初晨，寒气汹涌地从四面八方包抄过来，在阳光抵达不了的地方，雾气大肆弥漫。

我坐在河岸边的岩石上，太阳比我早不了多少，在与视线平行的地方懒散地往上爬，方邃远处在我与太阳之间，正将摄影器材收进包内。

看见他，我再差的心情也能迅速好转起来。

"这里的视野真好。"我高声与他打招呼。

他拖着包过来，坐在我身旁，摄影包的拉链半开着，里面有点儿凌乱，他慢悠悠地整理。

我望着日出的方向："看着太阳升起来心情就会变好。"

"新的一天。"

"哦，不能想这个，只是纯粹觉得这样的太阳很漂亮。"我指指远处的博物馆，"看见那儿了吗？夫山遗址博物馆，听说年底就能对外开放了。"

阳光照在博物馆顶部的玻璃上，巨大的反光拉出一条条长线。

"那儿以前是个开放的园子，里面有茶楼，还有卖花卉和小玩意儿的市场，很热闹，小时候外公经常带我去逛。"我不无遗憾，"改造成博物馆之后不知道还会有谁去。"

"梁鸿和孟光，的确值得纪念一下。"

"可那建筑太森严肃穆了，我还是觉得像以前那样比较好。"

方邃远微笑："等你老了就不这么想了，你会跟你的子孙说，那栋博物馆是我看着它造出来的。"

我想了想，还真是。

"说不定呢！也不知道为什么，人总是会产生今不如昔的想法。"

"回忆会过滤掉真实中令人不快的成分，只留下美好的记忆，同时，回忆也是一种占有欲的体现。"

"占有欲？"我对这种说法感到新奇。

方邃远向我解释："童年时那些随处可去的地方，感觉上就像是你独家拥有的，而现在那里不是竖起了新的建筑物就是开发成高档小区，再也不能供人自由出入了，也就是说，变得跟你一点关系都没有了，你对那里只拥有一份过去的记忆，你只能一次次走进回忆才能重温你跟那地方的联系，这也是改变让人反感的原因之一吧。"

"可我们对此一点办法都没有。"

"的确。改变每时每刻都在地球的每个角落里进行着，没人能阻止，只能接受这样的事实。"

"太让人沮丧了——你的影集有进展吗？"

"我又去了几个地方，耗掉一张存储卡，但没有值得惊喜的收获。"看来他对工作的质量要求很高。

他把三脚架收起来，放进与之匹配的长圆包里。

"也就是说，你还会在这儿逗留一阵？"

"差不多是这样。"

我感到满意："也许你要的东西藏在某个人的回忆里。"

"也许。"

"真希望我能帮到你——用我的回忆。不过书上说，人的意识只占我们认知的一小部分，就像海面上露出的冰山尖儿。海面下巨大的范围则属于潜意识，那里隐藏着许多我们不知道也没法控制的东西，梦就是其中的产物。"

"梦也是人生经历的一部分。"

"我不喜欢做梦。"

"也许我们现在就在某个梦里呢？"

"哦，那我希望永远都不要醒过来。对了，提到书，我最近刚读完一本小说，珍妮特·温特森的《橘子不是唯一的水果》，你看过吗？"

"没有，讲什么的？"

"讲一个女孩的一些心事吧，从小到大的，我是这么理解的。琐碎，还有些复杂。"

"你喜欢这故事？"

我耸肩："谈不上。"

"你有喜欢过谁吗？"他问我的时候并不看着我。

我迟疑了一下，决定诚实一点。

"有。"

"喜欢他什么?"

"我觉得他什么都好。"

"崇拜。"

"虽然我都不太了解他。"

"盲目崇拜。"

我笑起来。

他又说:"女人希望被征服,需要有人可以崇拜。或许这就是女人产生爱情的根源。"

我不以为然:"动物似乎也这样。"

这回轮到他笑。

"不过还挺有道理的。"我想了想,说,"我妈妈以前在宾馆当服务员,她就在那里认识了我爸爸,那时她还很年轻。我爸爸是个商人,生意做得很大,妈妈一定很崇拜他——她相信钱的力量,就像外婆一直教导我的那样。他们两个一见钟情,可惜我还没懂事,爸爸就死了。"

"你妈妈没再结婚?"

我摇头。

"她说她没时间,她继承了爸爸的一部分产业而且把它们经营得很好。我有时候会想,女人并非一辈子都是女人,在刚生下来时,她是中性的,只有当爱情来临时才是女人,之后爱情消磨掉了,她又慢慢变回中性。女人成为女人的时期其实很短。"

我低下头,摇了摇野菊花的花茎:"我觉得妈妈现在就不需要爱,包括我。她对目前的生活很满意。"

"不见得,她应该很爱你,只是没跟你说过。"

"谁知道呢！"我有点恍惚，"反正我也习惯了。我的朋友美筠，她曾跟我说最大的幸福是找个喜欢的男人结婚生孩子，可镇上吵架、打孩子的夫妻太多了，我很怀疑她这种说法。"

"你不该这么悲观，真正的爱情还是存在的。"

"我明白，虽然比例很低。"我眯起眼睛来回忆，"我有个表姨，曾经发誓要在二十六岁前把自己嫁出去，但她是个理想主义者，怎么也找不到她想要嫁的人。拖到三十几岁后，大家都说她没希望了，谁知她在三十六岁那年遇到命中注定的那个人，现在过得很幸福。奇迹总是有的，对不对？"

"没错，任何时候都不要放弃希望。"

"得有信心。"我引用他以前的话。

他再次笑起来。我真想告诉他，我喜欢看他笑，尤其是因为我的话而笑，那让我充满自信。

又一个披星戴月回家的日子。

经过古竹桥时，我在星光下伫立，俯首望向桥下的河面，风拂过栏杆，水面却不起波澜，无数星星落在河里。

每当这时，我的心就觉得格外踏实，这里有我的家，而我的家如此美丽。

我抬起头来时，看见宋亮从桥的另一端走上来，一如我期待的那样。

我在梦里吗？我用手揉揉眼睛，酸痛。

他单手抓着肩后的书包，另一只手插在运动裤的兜里，须臾间就与我近在咫尺，像一棵挺拔的杨树站在我面前，眼睛和星星一样明亮。

我蠢头蠢脑地开口："你来找徐照吗？"

"不，我专门为你而来。"

我想我一定脸红了，面颊上一阵阵滚烫，但愿我没误会什么。但我依然无法承受他明亮的眼眸，猝然低下头去。

"那天你说的话的确让我吃惊。"他说，"我想了很久……我不在乎你是不是骗了我。我在乎的是，我以后还能不能再见到你。"

你体会过美梦成真的感觉吗？

星星从河底慢慢升上来，萦绕在我周围，我的身体变得灵动轻盈。

我心中充满欢乐，可嘴巴还保持着惯有的矜持："……你可以在电话里告诉我的。"

"我觉得当面说比较好。"他靠近我一些，"我想知道，你为什么骗我？仅仅是因为讨厌徐照吗？"

"不！"我激烈地摇头。

他笑起来，轻轻抓住我的手："那么，我明白了。"

他的手炙热，带一点潮湿，我还发现，他跟我一样，身体也在微微颤抖。

原来他也紧张。

古竹桥下的水无声地流动，带来秋的寒气，但我们并肩坐在石桥下的台阶上，沐浴着星光，完全感觉不到冷。我们时断时续地说话。

很多话我现在都不记得了，但我知道，我孤独的日子即将告一段落——我恋爱了。

分别时，他握着我的手，依依不舍。

"我还会再来。"他说，"看你。"

那以后，宋亮来镇上的次数果然多了。

我们会事先在电话里约定见面地点，当然，地点总是由我来决定，都是镇上的人不怎么涉足的偏僻之处，这样的地方不太好找，但对我来说不算难事。

关于爱情，我读到过的很多小说里都有涉及，它一会儿是甜蜜的，一会儿又是苦涩的，它教人痴傻哭笑，让人成癫成魔。

而我的爱情只是甜蜜，它像蜜渍过的水果那样甜。

我们聊天时牵着彼此的手，能看到自己的影子倒映在对方的眼睛里。我们开始规划将来，所有谈到的话题都司空见惯了无新意，但我依然感到前所未有的幸福。

生活是一个经历的过程，而我现在终于身处其中，不再觉得虚空，因为心里装满了对方。

到了不得不分开的时候，我会一直送他到车站，去赶最后一班开往市区的车子。看到他跳上车子，隔着窗玻璃使劲向我挥手时，我觉得自己的心也被他带走了。

等车子消失在尘土里，我转过身来，便开始掰手指算下次见面的日子。

有一天，我送走宋亮，走在回家的路上，萧宾在身后叫住我。

我的心还在缱绻的浪漫里徜徉，很愉快地唤了他一声："哥哥！"

他却冷冷地，显得极不友好："你在这儿干什么？"

"随便走走。"我谨慎地回答，理智告诉我，早恋的事不能告诉任何人。

他用带一点敌意的奇怪眼神盯着我："刚才那人是谁？"

我心里咯噔一下，知道刚才和宋亮在一起被他看见了。

"一个朋友。"我支支吾吾。

"什么朋友?"

"就是一般朋友啊!"

我心里不舒服起来,就算我们曾经像兄妹那样相处过,终究也不是亲兄妹,他凭什么给我摆这副长辈的嘴脸啊,如果不是顾忌他到外婆那里去搬嘴,我大概下一秒就转身走了。

他脸色极其难看,他知道我在撒谎而我也知道他明白是怎么回事。

"知不知道,你现在找男朋友就完蛋了。"

我没否认,话说到这份儿上,我也没必要遮掩了。

"你才多大?"他口气恼恨。

我转开脸,不服气:"你没比我大几岁,胖头说你女朋友都换过好几个了。"

"他放屁!再说,你跟我能一样吗?"

"怎么不一样了?"

"你总有一天会离开这里!但不是像我或者我爸我妈那样!你会比我们每个人都有出息!"

他忽然变得很激动:"你得去城里!去上最好的高中!考最好的大学!你得证明给城里那帮娇生惯养目中无人的家伙看,我们镇上出去的人一点不比他们差!"

我惊呆了,我自己都没仔细想过将来要做什么样的人,想不到他都替我考虑好了。

"可你亲口对我说过,你讨厌城市,讨厌你爸妈的那些想法。"

"我后悔了。"他咬牙切齿,"慕容,别像我一样犯傻。不要随便毁掉你的将来,更别把它寄托在别人身上。"

我在街灯幽暗的光线中注视他的脸，他眼眸里的悲哀比夜色更浓，我久久说不出话来。

萧宾走了，我还站在原地，回味他刚才朝我吼出来的那些话。

那些话让我想哭，因为我忽然明白，他在离开小镇后的那两年里曾经遭遇过什么。

Chapter

9

初吻的气味

体育课上，走进教室的却是班主任。

"没错，我知道这节是体育课，但你们的数学小练成绩实在太差，我跟体育老师借了这节课给你们补漏洞！"

在教室里枯坐了一天的我们有些愤怒，不满齐刷刷地从各个角落里冒出来。

"老师让我们活动一会儿吧！"

班主任用力敲敲桌子："我还没喊累呢你们喊什么喊！四十来份卷子改得我快吐血了！知足吧都！组长上来领卷子！谁先交卷谁就能出门！"

我是第一个交卷的，班主任扫了我一眼，又低头看看试卷，没说什么，放我走了。

我沿着操场转了一圈，没觉得太疲惫，班主任的逼迫和同学们的不满也没在心上逗留太久，让我牵肠挂肚的是萧宾昨晚对我吼出来的那番话。

我一直以为萧宾走到今天是主动选择的结果，就像有些人天生能在学校名列前茅一样，也有些人天生不把世俗的考量放在眼里，他们特立独行，有自己的一套生活准则，萧宾就是其中之一。

可昨晚他很清楚地告诉我，他后悔了。

美筠在篮球场边上大声叫我的名字，她也交卷出来了。

"我没心情复查，看到卷子上那些讨厌的数字就头大，管不了那么多了，再这样逼我们，我迟早会得抑郁症的！"

我也有这种感觉。

傍晚的太阳挂在西边的树梢上。我突发奇想："我们去甜品店散散心怎么样？"

"现在？"美筠睁大眼睛，"还有两节自习课呢！"

我给她分析可行性："第一节自习课老师不会来的，他忙着批卷子呢！我们只要在第二节课开始前赶回来就行了。"

美筠犹豫，她一直是个老实孩子，但想解放片刻的想法很快占了上风。

"去就去！不过我们得抓紧！要真让班主任逮着麻烦就大了！"

两分钟后，我们从防备松懈的后门溜了出去。

我冒险出去不是为了喝什么热饮，我想找萧宾谈谈，我想告诉他，他还这么年轻，一切还来得及从头开始，不是无药可救的。

胖头站在甜品店门口抽烟，看见我们，一脸稀奇地回头望了眼店里的挂钟。

"今天什么日子，我没看错吧？"

美筠屁颠屁颠先冲进店里，我问胖头："我哥呢？"

"在网吧呢！"

美筠在店里朝我喊："慕容，你喝什么？"

小葵的声音传出来："还用问！肯定是红豆奶茶啦！"

我走进去，掏出一张钱给美筠："我付账，记得给徐照也来一杯，一会儿我们给她带回去。"

"哎，你去哪儿？"

"隔壁！"

"别忘了时间！"

我出来时，胖头扔掉烟蒂笑嘻嘻地走了进去。

我在一部游戏机前找到萧宾，他正坐在驾驶座上，手里端着冲锋枪，凶猛地围歼出现在屏幕上的武装分子。

"哥哥！"

他回头看见是我，蹙眉："你来这儿干什么？"

"我有话要跟你说。"

他没动，依旧专注于打仗。

我提醒他："我从学校偷偷溜出来的，时间不多。"

他不情不愿地扔下枪，从座位上跳下来，随后领我去了一间相对安静的办公间，里面有股浓重的烟味挥之不去。

他给我找了罐可乐，我没接，他就把可乐搁在桌上，自己一屁股坐进一张污渍斑斑的布艺沙发里。

"什么事？"

"我一直在想你昨天晚上说的话。"

他无所谓地笑笑，娴熟地燃起一根烟，侧对着我抽了起来，面庞很快被朦胧的烟雾笼罩。

"如果你真的后悔了，还可以去找你爸妈的，只要你提要求，他们不会不管你。"

他依旧默不作声。

"就算你不去市里，还待在镇上，照样可以念完高中考个像样的学

校。"

他冷哼。

"不论哪一条路，都好过你现在这样。"我算得上苦口婆心了。

他终于开口："你以为活着就跟赌博一样，输了推翻再来一遍就可以？"

"为什么不行？"

他不说话，躲在烟雾后面轻笑。

"哥哥，我知道你怕什么，你怕被人瞧不起！可你现在这样他们就能瞧得起你了？你觉得躲回镇上就什么问题都解决了？我们总是要长大的，不可能老这么躲着……"

他被烟雾呛着，使劲咳嗽："我没躲，我也没怕过谁！"

"那你为什么昨天跟我说那样的话？"

"我脑子坏掉了！"他咳得脸都红了。

我走近他。

"哥，你还记不记得小时候，家里飞进来一只很大的黄蜂，我躲在床底下不肯出来，后来你用一根大棒把它赶走了。我一直觉得你比我勇敢……一切都还来得及的，哥哥。"

他的眼神朦胧起来："你今天来……就为跟我说这些？"

我使劲点头。

他眯起眼睛，神色飘忽不定："如果我照你说的去做，你是不是会离开他？"

我有点呆："你什么意思？"

他无声地笑，表情很冷："先管好你自己吧，慕容。"

他站起来往门口走。

我所有的努力都泡汤了，情急之下，我想到徐照，冲口而出："那徐照呢，你考虑过她没有？"

他僵住，顿一下才问："你在说什么？"

"她喜欢你！"

我以为萧宾会动容，可他什么反应都没有，头也不回地走了出去。

我懊恼得想撞墙。

徐照，真对不起！我以为你能帮他的……

我回到甜品店，没看见萧宾的影子。

美筠的面前放着两盒点心，三杯奶茶，一张五十元的钞票，她自己那杯奶茶已经见底。

胖头撑着脑袋坐在她对面，笑容温柔："我以为什么精贵东西呢！不就是小笼包吗！菜市场里好几个点心铺子有卖。"

"那些都不好吃！"美筠固执地强调，"必须是盛记的老字号才正宗，我跟爸爸去城里买过一次，可惜太远了，就为吃个零嘴儿我爸肯定不乐意带我去。"

她回头看见我，立刻把那张钞票递过来："今天胖头请客！"

我无精打采的："我们回去吧。"

胖头在我们身后对美筠嚷："下次来哥哥请你吃正宗盛记小笼包！"

我们捧着奶茶从教室后门溜进去，抬头就看见班主任凶神恶煞地站在讲台前面。

"谁允许你们出校门的？"他气急败坏瞪着我跟美筠。

美筠吓白了脸，我没心思辩驳，低头不语，余光瞥见徐照在座位上眼神复杂地盯着我。

"还大摇大摆端了饮料进来!全班四十几口人要都像你们这样成什么体统——到后面站着去,好好反省反省!等等!回来!饮料没收!"

我们交了奶茶走到教室后面认罚。

刚站片刻,班主任又说:"反省好了一人交一份检讨书,另外回去通知家长,明天到学校来一趟!"

美筠腿一软,差点崩溃,请家长是她的软肋。

"怎么办呀?"她心急如焚。

我没吭声,能怎么办呢?

徐照又回过头来扫了我俩一眼,眼里有同情和责备,我对她却充满愧疚。

下一节依旧是自习课,我注意到徐照不见了。

没多久,她又回来,班主任跟在她后面。

"慕容月见,韩美筠,跟我去一趟办公室!"

我和美筠站在班主任的桌子对面,美筠一脸苦相。

班主任少不得又奚落了我们一通,最后才说:"徐照刚来找我了,说出去买饮料是她的主意,有没有这回事?"

我和美筠面面相觑,美筠神色复杂,我看出来她想点头,忙拦在前面坦白:"这事跟徐照和韩美筠都没关系,是我的主意。"

班主任拿笔敲敲桌子:"慕容月见,你就不能干点儿好事?"

美筠恳求:"老师,我们知道错了,能不能别请家长呀!我以后肯定不再犯了!"

我听得出她都快哭了,这可怜的家伙。

"要请也请我一个人的家长吧。"我改用请求的口吻,"本来就是我的错,美筠她爸爸很凶,如果知道饶不了她的。"

班主任眉头紧锁，但主意显然松动了。

"你们这些孩子啊！真是不知道轻重！"他叹一口气，"好吧，这次就不请家长了，你们也替自己父母想想，都不容易。"

我头一回觉得我们班主任虽然迂腐强硬，但还算有通情达理的一面。

"保证书还是得写，还要在班会课上读，给我好好吸取教训！"

"明白！谢谢老师！"美筠答得尤其响亮。

这件事之后，我明显感觉美筠对徐照要比对我更殷勤，我也没什么好抱怨的，谁让我拖她下水让她虚惊一场呢！跟我相比，徐照确实仗义多了。

我一直在犹豫要不要告诉徐照我"出卖"她的事，可总是没勇气说出口，她那样自尊心强又决绝的人，说不定当场会跟我翻脸。

因为这些原因，我跟她们都有些疏远了。我感到一种被孤立的失落感。

幸好我还有宋亮。

周末，宋亮又来看我，我带他去了夫山上的茶园。

天高云淡，茶园里混合着茶树和果树的清香。我们坐在草地上分享我带的零食。

宋亮向我诉说他家的烦恼：母亲因为徐照的冷漠郁闷，几次打电话给他哭诉，还在他面前指责父亲抢走了儿子——明明是她照顾儿子最上心。

"我能怎么办呢？"宋亮摊开双手，一脸苦恼，"我希望我身边的每个人都能开开心心过日子，可现在看起来这是个不切实际的想法。"

对此我也无能为力,只能给他一点没用的安慰:"不是你的错。"

"她担心将来老了没有依靠,我答应会照顾她,可她又不放心。她希望我每个礼拜去看她,我做不到,功课太忙了。"

我细细打量他,他果然瘦掉不少,我想让他以后也少往镇上跑,可又不太舍得见不着他。

他的目光与我相对,眼里的忧愁退下去不少,温柔地对我一笑:"看见你,就觉得开心多了。"

"我跟徐照现在是朋友了。"这么说的时候我有点不好意思,"这次我没骗你。"

他惊喜:"那真是太好了!"

"可我不见得能劝得了她什么,她很有主见的。"

"这我知道。你不用觉得为难,我家里的事不是一天两天能解决的……唉,真希望快点成人,可以不用再受这些折磨。"

我从包里掏出一瓶水递给他,他反而捉住我的手。

"月见,我想一直和你在一起,你呢,你愿意吗?"

"我……当然愿意。"

但他眼眸里灼热的火焰让我难以承受,还有点害怕,越是激烈的东西燃烧得越快,之后就什么都不剩了。

他满意地笑起来,把我拉进他怀里,用手臂圈住我。

我紧贴在他胸膛上,隔着衣衫也能感受到他皮肤的温度,我神思恍惚,好像做梦一样。

"将来我们去别的城市生活好不好?"他的声音在胸腔里震动,显得有些浑浊,我耳朵边嗡嗡地响。

"好。"我迷迷糊糊地答。

"我会挣很多很多钱,然后跟你结婚,生两个孩子,一男一女,就像我跟徐照那样,不过我们不可以像我爸妈那样,喜欢这个不喜欢那个,我们要对他们一视同仁……假期里,我们一起出去旅行,到那些从来没去过的地方……"

"那你爸妈怎么办?"我傻傻地问,好像那些事真的会发生一样。

"我们会回来看他们,说不定到那时候一切都变好了呢!"原来他比我还傻。

我闭上眼睛叹息:"你真善良。"

宋亮把我的身体扳过来正对他,火焰再度簇烧在他眼眸里,他的脸红红的。

"以前有人吻过你吗?"

我摇头,依然有种晕乎乎的感觉。

"听说,接吻的时候要把眼睛闭上。"

我眨巴了几下眼睛,明白了,随即闭上。我听到宋亮轻轻发出笑声,感觉到他的手指在我眉间来回摩挲,指腹柔软光滑。

然后,他低头吻了我。

随着视觉的关闭,听觉和嗅觉格外灵敏,他的呼吸声近在耳畔,像被放大了好几倍,我的鼻息间有股陌生的气味飘过,随即又飘回来。

怪异的气息,不是难闻,但我发现自己不喜欢,本能地生起抗拒心。

想推开他的手都举起来了,我忽然意识到接吻是所有恋人的必经之路,只得又垂下胳膊。

也许是我的问题。我内心忐忑,想不明白我的反感究竟意味着什么。

明明很喜欢宋亮，应该觉得甜美幸福才对，为什么偏偏那么在意他的气味？

我脑子里塞满了胡思乱想，以至于宋亮放开我时，我还维持着仰面的姿势，过了片刻才回过神来。

他一脸满足，眼眸里有激动还有调侃。我意识到自己的傻样，脸顿时也红了，竭力将复杂的心绪压下去。

"月见，你开心吗？"

我有点僵硬地点点头。

他重新将我搂进怀中。我的下巴磕在他的肩上，我想我的眼里此刻一定流露出不安和忧虑。

一定是我太紧张了。如果可以，真想重来一遍，以便覆盖掉刚才那狠狈的感觉。

我想得出神，眼珠转动之间，浑身的血液忽然像被冻住。

茶园坡道上的亭子里，方邃远正架着相机在拍摄什么，他间或会回一下头，看看这边，脸上的表情我清晰可辨。

"我读了《蒂凡尼的早餐》和《麦田里的守望者》，可我不明白作者想告诉我什么。"

"你不可能读懂所有东西。"方邃远一边忙着捣鼓他的相片一边回答我。

那天晚上，我去找他，他很忙，整理相片，发邮件，其间还打了两通电话，我第一次感觉他有点不想应付我，但我告诫自己不要太敏感，也许他从来都这样，只是之前我没注意到罢了。

我坐在地板上，远远看着他和电脑屏幕上出现的景色，和以前不同，这次他拍的照片似乎比以往要凌乱一些。

他一张张地翻页，我忽然意识到眼前这些照片都是他在山上的亭子里拍摄的。我们之间的空气变得像胶水一样黏稠。

我小心翼翼撕开一道口子："今天我也去茶园了。"

"哦。"他语气平平。

"我看见你了，在山上的亭子里。"

他没理我，很认真地揣摩照片的切割角度。

我继续说："我和我喜欢的人一起去的，他来看我，本来我以为自己是一厢情愿，没想到他也喜欢我，我从来没觉得这么开心过。"

我抬头看见方邃远一动不动的背影，我知道他在听。

"他今天还……吻我了。"

我意识到自己陈述的口气像极了自首的犯人，这让我有点生气，而更让我生气的是，他依然毫无反应。

"你在听我说话吗？"

他总算开口了："你说他吻了你。"

"你都看见了吧？"

"……"

"你是不是觉得我做错了？"自首式的心虚又回来了。

"你自己高兴就行了，除非你是被强迫的。"

"当然不是！"但怪异的气味却再度从我的鼻息间飘过，我摇摇头，甩开它。

"我以为你会教训我几句。"我说不上来是轻松还是失落。

他肩膀微耸，仿佛笑了一下："我为什么要教训你？"

"大人都害怕小孩子早恋，如果妈妈和外婆知道，肯定会大惊小怪

的。"我又瞟了眼他的背影，"如果你是我爸爸，一定也会骂我。"

"我不是你爸爸。"他嗓门很低，但有种冷冷的强调的意味，像要和我撇清什么。

我忽然有点恼怒："是不是我在你面前做什么你都无所谓？"

他不动，停顿了片刻，说："我不能看着你在我面前失去生命。"

鼻子忽然酸酸的，我想哭，可找不到哭的理由，我握紧双拳，有股情绪在身体里挣扎，随后冲破我的掌控，散入空气。

脆弱的眼泪还是掉在地板上。

"为什么你不是我爸爸？"我终于说出自己潜藏心底的渴望。

胸口有撕裂般的疼痛，我狼狈极了，我一直想和他保持平等的朋友关系，我还以为我做得到。可到头来，我还是暴露了内心的软弱，我只是个孩子，一个想在他身上找到一点父亲影子的孩子。

他转过身来，在流着眼泪的我面前第一次表现出不知所措："你就这么希望有人骂你？"

我摇头，哭得跟什么似的，心里不断骂自己，太丢人了！可内心的平衡已经被打破，理智和任性各执一端，撕扯着我。

方邃远从椅子里挪到地板上，坐在我对面。我低着头，面前的地板上已经积了一汪水，陆续还有泪珠掉下去，像缠绵的秋雨。

他递给我两张纸巾。

"你不算小孩子了，你有你独立的意志，不必征求别人的意见再作决定——这不是你一直希望的生活方式吗？"

他沉稳的声音仿佛有镇定剂的作用，瞬间涌来的潮水缓缓退下去，我平静了一些，用纸巾擦拭眼泪。

"我不知道怎么回事，要高兴很容易，可沮丧似乎来得更容易。"我开始掩饰刚才的失态,并为他没有察觉我内心隐秘的渴望感到庆幸。

"我很想成为一个独立的、有品位的人。可有时觉得自己根本是在自欺欺人,不管我怎么努力,也不过是在伪装成另外一个人而已。"

"所以你害怕了?"

我又恍惚起来,不明白自己到底想说些什么,但还是点了点头:"我怕我冒了险,得到的却根本不是自己想要的。"说这话时,我眼前出现了宋亮的脸。

"顺其自然吧。"他声音依旧平和,"如果一件事想不通,就不要费神去想,暂时搁在一边,隔一阵子或许自然而然就通了。想不通却硬要想通的话,会觉得痛苦。"

"真的可以这样?"

他点头。

"可这不是在逃避吗?"

"逃避也是应对麻烦的一种方法,只要你觉得舒服,就没什么不对的。世上的路有千千万万条,不是只有一条路可以走。"

我的思路逐渐清晰起来。

"但老师和家长从小就教导我们要走正确的路呢,而且似乎只有一条路可走,不走这条路的话会被看成怪物。"

他笑了:"那么,就算我向你透露一个大人的秘密吧——大人遇到一些问题也会选择逃避的。"

"那为什么你们要求小孩子勇敢?"

"因为逃避比较消极。不过,总是勇敢面对的话会很累,偶尔逃避一下算不上羞耻。"

"这么说来,还是长大比较好啊!长大了多自由,想勇敢就勇敢,

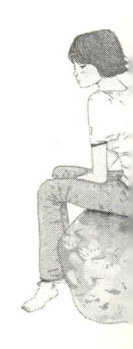

想逃避就可以逃避。"

"所以要努力活下去呀！"

"是不是活得越久，就会得到越多的自由？"

"正常情况下是这样。"

我想起萧宾，几天前，我还在为他的逃避忐忑不安，现在想想似乎没什么严重的，归根到底，每个人都应该有选择的权利。

"如果有两个世界就好了，在这个世界里待得不舒服，可以跳到另一个世界里去。"我莫名地轻松起来，又开始说傻话，"不过我想象不出另一个世界会是什么样。"

"也许和现在的世界大体一致——我们所有的想象都基于现实。"

"是啊！"我耸肩，"有点痴人说梦的感觉，对吧？其实单单想象一下跳出这个世界就够恐怖的了，脱离现在的世界以后，我们会跑去哪里呢？"

这个问题，方邃远也回答不了我。

入睡前，我偷偷给宋亮打了电话。

"今天是个特别的日子。"我说。

宋亮也很兴奋："真希望你还在我身边。"

"我们还会见面的——晚安，宋亮。"

我挂了电话，为今天一整天画上一个圆满的句号，至于那些困扰我的小细节，就像方邃远说的，暂时搁到一边去吧。

我心满意足地爬上床，今晚应该能睡个踏实的好觉。

果然，闭上眼五分钟后我就睡着了。

梦像雾气一样飘来，在林间聚拢，变得浓郁。我使劲挥手，想看清走出去的路径。

当浓雾散开时，我发现自己又回到了纽约街头的栏杆上。

妈妈的央求重回耳边："小月，进去看看他吧。"

"不！"这一次，我没再沉默，而是选择正面回答。

妈妈大叫起来："你不该逃避！你应该见见他！"

我点头，然后很用力地说："我不否认我在逃避，但每个人都有选择逃避的权利。"

我看见妈妈失望的眼神，仿佛被打败了似的，之后她的影像变远变淡，再也没来打扰我的睡眠。

浓浓的睡意征服了一切。

传达室来通知美筠去拿包裹，有人刚给她捎来的。她兴冲冲地去了又回，胸前抱着一个简易便当盒，双眸锃亮。

"是盛记的小笼包！还热着呢！"美筠激动得脸通红，"胖头送来的。"

我很意外。

徐照才不管，叫嚣："赶紧拆出来吃，我快饿死了！"

我们三个在教学楼背后的花坛边上分吃热乎乎的小笼包，盛记果然名不虚传，包子鲜嫩多汁，香甜可口。

吃得很饱，我连打了几个嗝，一股浓郁的油腻味儿冲入鼻息，我的思绪三转两转居然就跑到和宋亮接吻的场面去了，我意识到自己总是对气味很敏感。

转眸时，却看到美筠尚未平复激动的脸上有一丝复杂的表情，我跟

这家伙好多年交情了,她又不擅长掩饰。

"美筠,你动心了?"

"我刚才仔细想了想,胖头对我一直都挺不错的。"

"可他早就辍学了呢!"我觉得他俩差距太大了,"你将来可是要上大学的。"

徐照最听不得门当户对的口吻,要紧反驳我:"他又不是养不活自己!"

我提醒美筠:"你爸爸妈妈会怎么想?"

她脸色黯淡下去。

徐照白了我一眼:"你现在的样子真像班主任!"

我忍不住摸摸脸。

美筠说:"我不会让他们知道的。"

她一脸赴义的表情,好像谁拦着就跟谁有仇似的,为了友谊我只能妥协:"好吧!只要你自己喜欢就好。"

她却又慌张起来:"我还没考虑好呢!"

徐照再次表现出她的仗义:"等你决定接受他了,我们负责帮你打掩护!"

还剩几个小笼包,我们都吃不下了,美筠小心打包好,又怕带回家会让父母起疑,正烦恼,我们在操场附近遇见大钟,就把包子都送给了他。

那天放学时,我们一起回家。

胖头和萧宾骑着车子从我们身边飞过。

胖头回首大声问:"美筠,小笼包好吃吗?"

美筠红着脸向他挥挥手。

胖头笑得眼睛眯成了两道缝，打一个响指，吼："下次再给你送！"

徐照的目光紧紧追随萧宾，但他始终没有回过头来。她的眼神让我揪心。

等美筠回家后，路上只剩我和徐照时，我问她："你最近跟萧宾见面了吗？"

"没有，他好像在躲着我。"

"太忙了吧？"我有点心虚。

"我想不是。我……"徐照低下头，"有天晚上我向他暗示过好感了。"

我像被攥住了呼吸："他说什么没有？"

徐照摇头，神色落寞："他说他不懂我在说什么，之后他就再也不肯见我了。"

我没敢核对这事发生在我"出卖"她之前还是之后，而且，他俩之间的事，不管我说什么好像都影响不了事态发展的大局，我放下心来。

"也许他觉得自己，自己配不上你。"我也只能这么安慰她了，说不定事实就是如此呢。

"谁知道呢！"徐照忽然眯眼一笑，很洒脱的样子，每次她那样笑的时候我就觉得她特别美。

"不过，我不会放弃的。"

如果换作我，肯定不会像徐照那样勇敢。徐照大概是不屑有逃避想法的，但，一直勇敢地面对究竟是好还是不好呢？我想不通。

"徐照。"

"嗯？"

"有件事我应该告诉你……我和宋亮在一起了。"

"哦,我早就知道了。"

"他告诉你的?"我有点窘迫,本以为自己在暗处,谁知道舞台灯从来没有远离过我。

"不是啊,不过他一趟趟往镇上跑,我猜都猜得出来。"徐照笑笑,"他说是来看我,可以前我们在一起生活时他都很少关心我的。"

"你为什么从来没问过我?"

"不问你也会告诉我的。"

"……你真沉得住气。"

"慕容,你说缘分奇不奇妙?以前我那么讨厌你,你以后却说不定会成为……"

我脸红。

徐照格格地笑,一直笑弯了腰。

我真希望有一天萧宾也能看到她此刻的笑容。

****

——《让城遗事》*荆村蛮巷

那是一个连年战乱的时代。那时候,中原烽烟四起,北人纷纷南渡。

在那个时代,这里还是大片大片的蛮荒之地,当地人保留着部分远古时期的习俗,远远赶不上文明的脚步,北人称其为荆蛮。

柳依依十一岁时随父母举家南迁。

南迁的北人中,有贵族也有平民,柳家是平民,初来乍到,举目无亲，从建房盖瓦到一日三餐，事无巨细都得靠全家人亲手操持，柳依依自幼体弱，但到了这新环境也不得不担负起一份职责。

她的职责是和弟弟一起去荒林拾柴。

弟弟顽皮愈赖，鲜有踏实干活的时候，一会儿抓鸟，一会儿又去追野兔。依依到底大了，体谅父母的辛苦，干活从不偷懒，一个上午就能拾到足足两大捆枯枝烂木，她将其中一捆让给弟弟充数，两人相帮着扛回去，母亲脸上的笑容就是对依依最好的奖励。

有时林边的柴被拾干净了，他们不得不往林子深处走。母亲给一双儿女做几个饼子带在身上，以便中午充饥，又叮嘱他们在林子里要注意安全，脸上写着忧虑，末了还是赶他们去了，好在林子距家不远。

林子里树木繁茂，种类奇多，绝大多数依依根本叫不出它们的名字。阳光透过树叶照射在林间地面上，形成一个个光斑，无声地晃动。

此刻，她正靠坐在一棵树边吃饼子。弟弟早又不知野到哪里去了，不过弟弟是鬼灵精，身上也带着饼，依依并不替他担心。她吃两口饼，喝一口水，惬意得很。

视野右方有块岩石状的物事忽然动了一动，紧接着又是一动，像野兽醒来后在伸展四肢。

依依受到惊吓，饼子跌在树边，她瞅准一个方向连滚带爬逃过去。

常听人说这一带有大虫出没，只没想到林子里也有，母亲派他们来捡柴前是再三打听过的，村落里逃难而来的人越来越多，林子

紧挨着村落，不是说人群密集的地方大虫不会来么？

她跑了一段，身后没什么动静，便又停下，警惕地往后看，确实什么都没有，若是野兽，早扑上来了。

许是自己眼花。

她惊魂甫定往回走，拾得的木柴和包袱都在那附近呢。

回到树边，可不敢继续大模大样坐着啃饼了，总觉得哪里不对劲，仔细辨认后发现，刚才被她误以为是石头的东西不见了。

她一步步往前走，靠近"野兽"出没的地方，那里有连片的灌木和藤蔓。撩开挡住视线的枝叶，她惊奇地发现里面有个凹坑，像张床，铺满树叶，"床"上还躺着个四肢长大的男人，衣衫褴褛，正用警惕的眼神盯着她。

依依的心怦怦直跳，但她没走，她一眼就看到那男人的一条腿被包扎过了，而血正从布带内不断渗出。男人的眼里除了警惕并无凶恶，相反，他有双绵羊般柔和的眼睛。

"你的腿受伤了？"依依大着胆子指了指他那条流血的腿。

男人望着她，慢慢点了点头。

"你该换条绷带，太脏了。"

男人不吭声，眼睛停留在依依的嘴角处，依依用手摸了摸，一嘴的饼屑子，她恍然，跑回去拾起吃了一半的饼子，拍打掉灰又回来。

"你饿了吧？"她把饼子递给男人。

男人眼里流露出渴望，但还是道了声谢才接过去，依依又把自己的水壶拿来给他喝，自己蹲在旁边看他狼吞虎咽，感觉很有趣，像在喂一头羊或者小鸡,依依喜欢养小动物。

"你多久没吃饭了?"

"三天。"男人含混不清地回答她。

依依动了恻隐之心,又将自己包袱里剩下的那个饼也拿来给他。

但一个半饼也只是杯水车薪,男人还把水壶里的水都喝光了,抹抹嘴,还给她,有点不好意思:"没了。"

"没关系,水还要吗?我去溪边给你打。"

男人点头,依依就去给他打了满满一壶水来,这回他不喝了,搁在床头,问:"可以借我用两天么?"

依依怕母亲问起,有点犯难,但看这人处境实在可怜,便答应了。

"可不可以不告诉别人……呃,你见到我的事?"

男人表情虽柔和,但讲话口气有点生硬,像孩童初学说话似的,再打量他五官,眼窝深陷,鼻梁秀挺,倒是挺好看的一张脸。

依依爽快地点头,男人便向她笑了笑,这一笑,她才发现他年纪也不大,不过十八九岁的样子。

弟弟的喊声从远处传来,依依忙替那人把"门"关牢,回身看时,果然一丝痕迹都不露。

姐弟俩背着木柴回家,依依本想告诉弟弟今天发现的秘密,又担心他嘴敞说漏,生出一堆事来,便生生忍住了。

第二天出门,依依向母亲多讨了几个饼子,母亲虽觉奇怪,还是给了。

到了老地方,依依支走弟弟,打开包袱,取出四个饼子,想了

想,又把预备自己吃的那个也拿上,反正她回家也可以吃。

她拨开藤蔓,想给里面的人送吃的,孰料他不在,她正茫然,那人居然从树上溜了下来,扑通一声坐倒在她面前。

依依笑道:"我还以为你跑了!"

男人指了指自己的腿伤,摇头,"跑不动。"

"倒能爬树!"

男人又是一笑,脸上多了不少神采,眼睛微蓝生动,像有鱼儿在里面游。

依依看着他吃掉三个饼子,又将剩余的两个藏在水壶旁边,忍不住舔舔嘴唇,男人见了,问她:"你吃了没?"

她假装吃了,点头。

男人端详她片刻,把余下的饼子还给她,依依使劲推:"我还有。"

男人不说话,望着她的眼里流露出感激。

临走前,依依替他打了干净的水,又用自己带来的布条为他更换了绷带。

"明天我还来,你要什么只管告诉我。"

男人摇摇头,问她:"姑娘怎么称呼?"

"我家姓柳,我爹娘管我叫依依,我爹说我的名字取自诗经上的那句'昔我往矣,杨柳依依,今我来思,雨雪霏霏'。"依依得意地说,诗经上的诗,她就会这一句。

"柳依依。"他默默念了一遍,算记住了。

晚饭时，全家人愁眉不展，陈王招募士兵，依依的两个哥哥都被选上了。

母亲抹泪："本以为到了这里一心务农即可，不会再有打仗的事，这一去也不知道何时才能回来。"

父亲道："胡人既骁勇又贪婪，早晚来犯，朝廷总得早做安排，听说胡人已派了探子越过天堑，在江东一带活动得厉害。"

"我不管朝廷怎么样，只要我儿平平安安的。"

父亲摇头："妇人见识。"自己却也是一声长叹。

夜里，依依躺在床上辗转难眠，藤蔓中藏着的男子长相特异，确非汉族，他会是胡人的探子吗？

她欲告诉父亲，但想到那男子温和的眼神，又觉得不可能，父亲嘴里的胡人，个个茹毛饮血，凶神恶煞。

第二天，她匆忙赶去树林，想要亲自问个究竟。

然而，凹坑里面空空如也，她在附近找了好几圈都没能见到那人的影子。依依失望地回到藤蔓跟前，这才发现自己的水壶被遗留在床铺上，水壶下面还压着一柄短剑。

依依不识字，并不认得剑身上刻着的是主人的名字。

她只是觉得失望，这人连声道别都没有就悄悄走了。

转眼四年过去。

依依的两个哥哥都在战争中丧生，父母也因为操劳与忧心先后病倒作古。母亲临终前对依依千叮万嘱，她求依依一定要照顾好弟弟，柳家就剩这一点血脉了。依依答应了母亲，从此和比自己小三

岁的弟弟相依为命。

弟弟十四岁，陈王再次招兵买马，这一次连十四岁的孩子都要，弟弟恰在列，去陈王府领了银子和军服回来，银子都留给姐姐。

依依想了半夜，终是不甘心，便在入伍前一晚好歹说服了弟弟，两人连夜逃走。

一连跑了三日，弟弟不干了，他告诉姐姐，自己要回去参军："我不要当懦夫！"

依依又伤心又愤怒，甩了弟弟一个嘴巴，弟弟偏着脑瓜，一脸倔强。想起逝去的父母，依依心头又涌起愧悔，抱着弟弟恸哭了一场，弟弟勉强答应不再提回去的事。

半夜里，依依被吵闹声惊醒，睁眼一看，弟弟没了踪影。她心急如焚跑出去，外面火光四起，客栈周围一片混乱。一个奔跑中的女子惊慌失措告诉她，胡人打过来了！

依依不顾安危，在人仰马翻中寻找弟弟的身影，迎头与一队兵马撞上，均是胡人打扮，为首那个手提一把长刀，马前横着一个汉人士兵，正扭着身子挣扎，依依定睛看，竟是弟弟，换上了陈王府的兵服，大概跑到半路就被捉住了。

依依又急又恨，可这会儿哪有功夫声讨弟弟的幼稚，她得想法子救人才行。

马队越走越近，带头的胡人已经注意到杵在马路当中的纤纤少女，眼眸中流露出意外和兴趣，他勒马缓行，弟弟乘势翻一个身想下马，被那胡人猛拍一掌便没了动静。

依依骇然而叫，再无半分犹豫，抽出藏在身后的尖刀，出其不意扑将上去，短刀扎在马脖子上，马儿惨嘶一声，发狂窜出去，弟弟和胡人将领都被抖落在地。

那胡人气得睚眦欲裂，爬起来去拾长刀，依依抢上前拖起弟弟欲逃，打眼一看，早被团团围住。

情知今晚必死，她反而定下心来，手握短刀，将受伤的弟弟护在身后，虎视眈眈瞪着敌人，谁敢上来她绝不会手软，能在死前多杀几个胡贼也算赚了。

胡人将领喝退兵士，高举长刀就要劈下，依依无法可想，也不管什么章法招式，将短刀狠狠掷出去，终因力气小，刀子没投中敌人，却"当啷"一声落在那胡人脚下。

短刀的形状引起他的注意，他拾起来细看，脸色变了几变，收起武器，转身吩咐了一句什么，立刻有两个胡兵上来绑人，依依拼死抵抗，被一拳击昏。

醒来时发现自己躺在床上，室内点着灯，虽非锦被绣帐，所用物什倒也干净整洁。

她挂念弟弟，一骨碌爬起来，门帘子一掀，进来一名胡人男子，二十来岁年纪，打扮得颇不俗，器宇轩昂，眉目有几分熟悉。

依依无处可躲，背靠墙而立，双眸在室内搜罗有无防身之物。

那人走到离她两米远处便停住，居然朝她作了一揖："在下慕容拓，姑娘可是柳依依？"

依依惊骇："你怎会知晓我姓名？"

慕容拓取出短刀："这是在下当年留给姑娘的信物，姑娘的救命

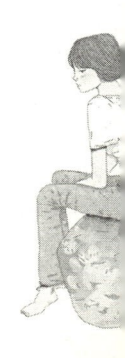

之恩，在下无一日不图思报。"

依依凝眸打量他，果然是故人，心中顿涌羞愤，自己少不更事，居然救了敌人。

但想到弟弟下落不明，眼前人或可帮自己，便忍下恶气道："既然如此，烦请公子送我跟我弟弟出营，就算你还了当年欠我的恩德了。"

"这个……在下恐怕办不到。"

依依眼前一黑："我弟弟怎样了？"

"姑娘放心，他好好的。"慕容拓转头吩咐一声，一名婢女应声出去，须臾，领着弟弟进来。

依依惊喜地扑上去，姐弟俩劫后余生，少不得痛哭一场，慕容拓只在旁边默默瞧着。

弟弟完好无损，依依也放了心，问慕容拓："你待要将我二人怎样？"

"只能暂时委屈姑娘在我帐下盘桓几日，等局势稳定后再作打算。"

依依见他言语和善，兼之想起往日情分，忍不住求他："就不能放我们走么？"

慕容拓颇为踌躇："现如今两军正交战，大将军有令，不放过一个汉人。即使我让你们走，恐怕你们也跑不了多远。再者，即使你们回得去，你兄弟还是得应征上战场，岂不违了姑娘的初衷？"

依依哑然，只得退一步，既然弟弟好好地在自己身边，她便不该过于挑剔了。

弟弟却不满："咱们明明是汉人，怎能受胡贼庇护，就算是死，也要死在自己的战场上！"

依依气起来："若非你擅自偷逃，我们哪能落得这样结局，现在又说这种话！如果没有慕容拓，你早就没命了。好生在这儿待着，将来的事也由我做主，你再乱来，看我以后还管不管你！"

弟弟这才不言语了。

慕容拓将他们的饮食起居照顾得极好，有专门的婢女服侍，只是彼此言语不通，依依不知道自己身在何处，慕容拓对此也语焉不详，依依思忖他定是担心自己知道后偷逃出去。

她只觉得居住的庭院清幽静谧，令她恍惚想起幼时老宅，能在这乱世之中暂寻到如此一方清静之所，真如做梦一般。

慕容拓每天傍晚会来看看他们，与两人聊上一番，他的汉语要比几年前流畅了许多。

人心是肉做的，慕容拓的和善赢得了姐弟俩的好感，弟弟对他的剑术尤为倾慕，只要有空，慕容拓也会不吝时间教他几招。

但慕容拓很少谈及自己的身份，战争的阴影始终笼罩在大家头上，只有一次，依依对现状感怀无奈时，慕容拓说了一句："姑娘或许不信，在下和姑娘一样，也讨厌战争。"

他言毕匆匆离去，依依想起那双有时会出现在自己梦里的绵羊一般的眼睛，她相信慕容拓说的是真的。

一晃数月过去，有一天，依依早起去找弟弟，发现他又不见了。她慌忙去找慕容拓求助。

"是我送他走的。"慕容拓背对着她道，"他不止一次求我成全

他，让他回去。"

依依怒极了，失声喊："可你不是讨厌战争吗？你送他回去等于让他去送死！"

"我是说过，但男人得有男人的担当。"

"那你为什么不告诉我，不让我跟他一起走？！"

那高高的身影依旧背对她，嗓音低沉，"我寻了你这么久，怎可能再放你走。"

依依一呆，慕容拓已经掀帘走了。

两天后，慕容拓差人送来锦衣华服，他要与依依成亲。

依依将衣服剪碎了摔在地上，她后悔没早早地跟弟弟一起逃出去。

晚上，慕容拓来了，俯身将婚衣的碎片一点点捡起，归拢到一处，他一言不发，身上散发出摄人的戾气，依依站在床边，手紧紧握住床杆子，发现自己竟有些怕他。

慕容拓捡完最后一点碎片，直起腰来，走到依依跟前，他的眼眸还是像从前那般温和，说出来的话却决绝得不留一点余地。

"即使你不愿嫁我，我也不会放你走……你愿意看着我跟别人成婚、生儿育女么？"

依依嘴唇哆嗦："这就是你报恩的方式？"

慕容拓别转目光："我想好好待你，但若你心中除了胡汉之分再没别的，你教我如何是好？"

依依心中一乱，眼泪流淌下来。慕容拓抬手替她拭泪，眼神眷恋，依依没有抵抗。

"依依,"他第一次直呼她的名字,"我答应你,只要时局允许,我会带你去青山绿水间终老……这世上,总有我们容身的地方。"

他双臂下移,将她揽入怀中,紧紧搂着。

数年后。

喜福寺内,身怀六甲的依依在大殿内虔诚下拜,随后起身,在婢女的搀扶下款款走出。

老和尚笑吟吟地坐在殿外等她,依依屏退婢女,独自坐在和尚对面。

"夫人今日可想求个什么签?"

依依嫣然而笑:"我若说了,大师不可笑话我。"

"怎么会,但说无妨。"

"我……有什么办法,可以保我跟相公来世亦能重逢,结为夫妻?"

"这个……"

方府内。

几个孩子嬉笑着在庭院内跑来跑去,最年幼的那个眼看追不上哥哥姐姐,急得爬上走廊栏杆想跳下去抄近路,谁知脚一崴,身子失去平衡就跌落下去,他不禁一声惨叫:"爹爹——"

一只手在他即将坠地的刹那及时抄住他,鼻子上立刻给狠狠刮了一记。

"淘气!你娘呢?"

"不知道！"孩子挣下父亲的怀抱就跑，匆匆赶来的丫鬟忙道："夫人下午去喜福寺了。"

慕容拓一皱眉："怎么没人拦着？"

"夫人不让我们告诉……"

"给我备马。"

到了寺内，他远远看见依依坐在老和尚对面聊着什么，不禁摇了摇头，嘴角却溢出一丝笑。

老和尚转眸看见慕容拓走来，忙起身："方施主来了。"

依依随即也站起。

慕容拓嗔道："身子这么重还乱走动，万一有个闪失怎么办？"

老和尚笑吟吟道："方施主对夫人真是呵护备至，二位可谓是老僧见过的最恩爱的夫妻了，难怪夫人……"

依依忙打断和尚，脸上微微显出红晕来。

慕容拓扶着依依出得寺门，问她："你跟那和尚到底在说什么，他怎么忽然赞起我来了？"

"我告诉他，我相公是个言而有信之人。"

他终究没有辜负她，在局势稍缓之时，毫无留恋地告别朝廷，带着她隐姓埋名居于乡间。

"原来如此。"

依依幸福地笑着，抬眸看，面前是微漾的湖水，远处青山环绕。

Chapter 10

死亡之后依然存在

日子又恢复了风平浪静，一切似乎在朝着好的方向发展，但突然，一个打击袭来——外公中风了。

不管是下棋还是打麻将，外公总是常胜将军，以至于他不得不经常故意输掉一两把来挽住欲拂袖而去的对手。

意外发生时，外公正在街边跟人下象棋。他右手拿着一枚"车"，笃定地在左手手掌里敲着，正要放下去时，脸忽然涨红，像被施了定身术，无法动弹。

萧宾开着一辆崭新的摩托经过这里，一个在网吧打工的男孩坐在他身后。

人行道上乱哄哄的，男孩拍拍萧宾的肩："宾哥，你看！"

他减速回头望了一眼，刚好看见外公的身体无法自控地往一边倒下去。他迅速跳下摩托，拨开惊慌失措的老头老太们，把外公架上后座，男孩在后面托着他的身体，摩托一阵咆哮，风驰电掣般往医院驶去。

这些都是街坊事后告诉我外婆的。

妈妈连夜赶回来，陪了外公一天一夜后又不得不回去——她正在谈一笔大生意，且她待在病房除了制造不安外于事无补。

她去向外公告别，外公微眯着眼睛没有半点反应。医生说外公已经醒了，但中风让他没法说话，甚至连动动嘴皮子的能力都没有。

外婆送妈妈到医院门口，我远远地跟在后面，看见妈妈拿出一厚叠钱塞给外婆，两人嘀嘀咕咕说了些什么，妈妈忽然抬高一点声音："替我谢谢萧宾。"

我这才明白妈妈是想让外婆给萧宾一点儿钱表示谢意，在妈妈的观念里，什么都是可以拿钱来衡量的，但我怀疑萧宾不见得会收。

外公出事后，我从学校赶去医院，他已经被推进去抢救。

我看见萧宾站在抢救室的门外，透过玻璃向里面张望，脸上的表情让我想起我们还很小的时候，每到傍晚，他就会把脸贴在我家二楼的窗玻璃上向外张望。

那时他对父母还心存期盼，总觉得他们的身影会突然出现在某条路上。

看到我，他脸上的表情立刻又变回成熟，在我靠近他的时候，他显得不太自在，低声说了句："你外公会没事的。"随即转身离开。

我站在萧宾刚才站过的地方，望着玻璃里面空空的走廊，想哭，但使劲忍住了。

我坚定地认为，只要不哭，外公就会没事。

现在，外公躺在洁白的被子下面，因为瘦，双颊的颧骨格外突出，我第一次注意到他脸上的皱纹和颜色不均匀的老人斑。

我眼前不断晃过小时候生病时外公照顾我的情形。

我发烧了，为了骗我喝下大杯白开水，外公假装是个卖水的小贩，一手举着杯子，坐在我床前装模作样打盹儿，嘴里嘟哝着："没人来买啊！老头子我真可怜啊！"

我偷偷爬起来，从他手里小心地取出杯子，喝光里面的水再把杯子偷偷塞回去，然后爬回被窝里躺好，半闭着眼睛看外公"醒来"时惊喜的表情。

"哟，没啦？来客人了哎！水卖光喽！"

夜深人静，病房内只有外公粗重的呼吸声，我替他掖了掖被子，想不出还能为他做什么。

我抬头看看墙上的钟，秒针不紧不慢地走，胸有成竹的样子。

我忽然很渴望听到方邃远的声音。

傍晚的河边没有太阳，凉飕飕的，草木迅速枯黄，正在做迎接冬天的准备。

我坐在草地上，面向前方的河流。久未下雨，空气干燥。

"我一直担心你会突然离开，"我背对着方邃远说，"那样我就连个可以说说话的人都没有了。"

"为什么不多交一些朋友？"

"朋友也不是万能的，如果我口没遮拦说出任何我想说的话，她们一定会被吓跑。"

"情况也许没那么糟。"

我笑笑："也许吧，这是个信任问题。我一直不太相信别人，你知道为什么吗？"

"嗯哼？"

我转过身去，面对他，不知道自己为什么有那么多话可以跟他聊。

"我上幼儿园时，保健阿姨的女儿经常到班上来和我们玩，她比我们大好几岁，那时候该上四或五年级了吧。"

他很认真地听。

"有天午睡后起来，老师给我们分饼干，也就是很普通的那种，但每个小朋友都很珍惜，把那看成自己的财产舍不得吃，我也是这样。

"那个姐姐走过来，在我对面坐下，她提议和我玩一个奇怪的游戏：我先把我的饼干吃掉，她再吃掉她的。"

"赌注是什么？"

我摇头："没有，所以我说这游戏奇怪。我没有注意到在找我之前她是否还找过其他小朋友，但我一点疑心都没起，立刻点头表示同意，并很快吃掉了我的饼干，接下来你猜怎么着？"

他用眼神示意我说下去。

"就在我用期待的目光盯着她，准备看她消灭掉自己的财产时，她却冲着我大笑起来：'你上当啦！我根本就没想过要吃我的饼干！'我目瞪口呆地看她得意扬扬地离开。"

我努力回忆当时的感受。

他看着我的眼睛问："你后来做了什么？"

我轻轻打了个寒战。

"我把两枚图钉尖头朝上放在她常坐的椅子上，但被扎到的是另一个倒霉孩子——他爬上椅子想去够架子上的玩具——老师气势汹汹审问了我们一个小时。"

"你承认了吗？"

"没有，虽然我一直在颤抖。至今我还能回忆得起来当时的一切，包括我上当后的耻辱感受以及看着脚底被扎出血来的同伴哇哇大哭时的惧怕感。我什么都没说，但我能感觉那个大孩子在朝我看。"

"她有没有去告发你？"

"应该没有。"我的脑子又迷糊起来,"我感觉她猜得到是我,但她选择了缄默,我百思不得其解,人心有时候真是复杂。"

"也许你当时承认的话会好受许多。"

"谁知道呢!我缺乏站出来的勇气,觉得只要一承认就会被当场撕碎似的。"

他沉默了一会儿,问:"从那以后你就不再相信任何人?"

"我想是这样。"我低下头,陷入思索,"弗洛伊德不是说人所有的特性都可以在童年往事中追溯到根源吗?"

"但荣格认为人的性格很大一部分是天生就有的。"

"难怪他们会分道扬镳。"

我们同时笑起来,我感觉轻松了一些。

方邃远低头摆弄手里的相机,他告诉我,拍摄任务不顺利,但他似乎并不为此焦虑。

我盯着他平静的侧脸,忍不住告诉他:"我外公病了。"

"我听说了。"

我没问他从哪儿听来的。

"我以前告诉过你,我从小就是跟着外公外婆长大的。"

"你说过。"

我听出他语气里有异常小心以及抚慰性质的味道,这让我倍感心酸。

"外婆和妈妈一样,有点喜怒无常,但外公不是,他总是和和气气的,说话带着商量的口吻……我最爱外公,可是他现在躺在病床上,连看我一眼的力气都没有。"

他用同样带着抚慰的眼神看向我:"你一定很难过。"

"……他会死吗?"我终于有点艰难地问了出来。

"这取决于……"

"不,你还是别安慰我了。"我迅速打断他,"我没你想的那么脆弱。"

他似乎松了口气。

"我知道,这一天早晚会到来。马修不是说过吗,人活着,就是一个不断失去亲人的过程。大意如此,虽然有点悲观,但确实是那么回事——你知道马修吧?"

"酒鬼侦探?"

"对,就是他。"我努力笑了笑,"你害怕死亡吗?"

"没人不害怕这个吧?"

"可不是,当你真正弄明白什么是死亡之后。"

"那么,你认为死亡究竟是什么?"

"寂静,空,无。"我歪着脑袋回忆,"我第一次知道世界上还有死这回事时,感觉整个天都塌下来了。"

"那时你几岁?"

"六岁,我记得很清楚。外婆带我去参加一位长辈的葬礼,他们告诉我,死去的人不会再出现在这个世界上,我不断追问:那么他去了哪儿?去了哪儿?外婆不耐烦地解释:死了就是没有了,消失了。等我弄明白她的意思后,因为恐惧,我连话都说不出来,就像丢了魂一样。回到家还是这样,外公外婆都急坏了。后来外公安慰我,有一种药,吃了以后就可以一直不死。他反复说明,直到我相信为止。"

他微微点头,"人对死亡的害怕始终没有消除过,所以会有宗教、神话和各种神秘传说,用来宽慰人心。"

"挺悲哀的，不是吗？我还以为长大以后什么问题都能解决，包括死亡。"我轻轻叹了口气，"我第一次害怕自己会死是在把一粒橘子籽儿吞下肚子以后，我问外婆我会不会因此死掉，她笑了半天，可我当时是真的害怕。"

他眼里流露出理解："可以想象。"

"谢谢！你比我外婆通情达理多了。自从知道有死亡这回事之后，我一直很小心，提防着自己或者身边的人会忽然消失——因为我很快就知道不死药是编造出来的，根本不存在。"

这让我又想起一件往事。

"小时候外婆硬要我跟她一起午睡，我睡不着，就等外婆睡着后爬起来玩。我假装外婆生病了，用针筒给她打针，她睡得真沉，一动不动，我忽然害怕她是不是真的死了，时不时拿手指去探她的鼻息，因为老被这种烦恼干扰，我甚至会产生恶毒的念头，如果她真死了也没什么，至少我就不必再替她担心了。"

他笑了："但愿你没把这想法告诉你外婆。"

"当然没有，我只是觉得奇怪，我有时候很烦外婆，但绝不可能希望她死。"

"有时因为太担心一件事发生，反而会产生一种奇怪的期待，随之而来的又是负罪感，这是过度焦虑的后果。"

"嗯，我现在感觉好多了，至少觉得自己不是那么邪恶。"

他温和地看着我："现在还会害怕死亡吗？"

"当然会。小时候外公用不死药让我从死亡的恐惧中解脱出来，这让我学会了一种解决麻烦的方法——不管遇上什么，让自己相信一个道理，这个道理必须能让我缓过气儿来。"

"所以你经常假装快乐，假装不在乎。"

我看看他："你是不是觉得我挺傻的，自欺欺人？"

"不，正相反，你很聪明，能够在不快乐的时候给自己一个振作起来的理由，就连一些成年人也未必做得到。"

"那是在没有遇见你之前。"我如实说，"我发现自己正越来越依赖你。"

他淡淡一笑："别担心，或许我也只是你给自己找到的一个可以缓过气儿来的道理。总有一天，你会不再需要我。"

外公的情形不见好转，但也没有恶化，他像植物人一样终日躺在床上，只能靠眼睛的睁闭来表达自己的意思。

白天，我把大部分时间都耗在病房，并因此错过了学校的第二次模拟考试。我承认自己有点借外公生病逃避学习的意思，但没人对此发表反对意见。

我给外公读报纸，讲笑话，到评弹开播的时间帮他调好收音机，放在床柜上给他听。

有时，外公会持续盯着我看，我明白他的意思，便俯身亲亲外公的额头，很庄严地表示："以后让我来照顾你，外公。"

我也明白自己有点夸大其辞了，但我还是为自己能说出这句话而感动。

外公很无奈，他一定是希望我回学校的，但他没法说话。

美筠和徐照相约来医院探病。美筠心情低落，她二模的成绩比一模还差劲。

"爸爸发火了，"她擦着眼角，"他说他对我太失望了，给我下了那么大功夫，我却一点不争气。"

我用力捏捏她的手以示安慰。

"可他应该知道我从来都不是尖子生的料啊！"美筠抽抽搭搭地哭起来，"再这样下去我就要被他逼死了！慕容，徐照，我好羡慕你们！"

我跟徐照对望一眼，均对她的困境爱莫能助。

"要不你逃吧！"徐照突然说。

美筠怔住："逃？往哪儿逃？"

"随便哪里呀！就是流浪也比窝在你家强啊！而且，你一逃跑你爸就能明白你的压力，不敢再逼着你非出人头地不可了！"

美筠眼里流露出怯懦。

"算了！"我觉得徐照在教唆她玩火，"她又不像你从小独立惯了的。她不过是抱怨抱怨而已，等心情调整过来就好了。"

美筠低头擦涕泪。

我拍拍她后背："再苦也总能熬过去的。不可能一辈子都这么惨！"

有人在走廊里来回走动，美筠不自在起来，她站起身："我去洗手间。"

等美筠一走，徐照就从随身的背包里掏出一个纸袋递给我："这是宋亮托我转交给你的。"

我打开来，是一盒精致的糕点。

"我告诉他你外公病了，他不敢到医院来找你，他让你有空给他打电话。"

"你们完全和好了？"我至今难忘她把宋亮的巧克力丢进垃圾桶里的事。

"我从来就没恨过他，其实我哥也挺可怜的，老想着别人的感受，

希望能几全其美，可没人跟着他希望的方向走。"她看看我，"哎，你以后对他好点儿。"

我瞪她一眼，感觉走廊尽头似乎有人影一闪。

美筠从卫生间里出来，眼圈还是很红，但她自以为恢复了，刚才的悲愤像玻璃杯里的沉渣那样重新跌落至底部。

"我们该回去了。"美筠提醒徐照。

我送她们到医院大门，看着她们走远了，我反身朝走廊尽头跑去。

果然是萧宾，站在玻璃门外的草坪边抽烟，一会儿抬头望一眼天空，一会儿低眉思索，有种与年龄不相称的成熟。

我推门出去："哥哥！"

萧宾转眸瞥了我一眼，从夹克衫的内口袋里掏出一包钱来。

"你外婆非要给我，我没收，她就扔我奶奶那儿了。"他把钱塞进我手里，"这钱我不能要。"

"你从你奶奶那儿要来的？她肯定不乐意吧？"

他不屑："她管不着，这钱跟她一点关系都没有。"

我有点为难，但知道萧宾的脾气，只得说："我一直忘了跟你说声谢谢。"

"你跟我用不着说这个。"他看看我，眼神犹豫，有话要说又似乎说不出口的样子，我们之间的隔阂始终没消散。

"刚才美筠和徐照来了。"我说，"你看见了吧？"

他移开目光，不置可否。

"你在躲着徐照吗？其实……她人挺好的。"或许我不该插手的，但还是忍不住提了。

他无动于衷，冷冷地问："你对她改变态度，是不是因为她是那个人的妹妹?"

我陷入困窘,"不是,我……"

"你不用解释。"他看也不看我,"我知道你早晚会离开,我……曾经希望这一天晚点来,但现在,我恨不得你已经走了。"

他说得那样咬牙切齿,仿佛我对他犯下十恶不赦的罪行,令我心惊:"哥哥……"

"别叫我哥哥!"他不耐烦地打断我,声音放低了一些,"还有,别在我面前谈恋爱。"

我眼睁睁看着他离去的背影,无法消化他抛给我的这几句沉甸甸的话。

他一直都对我很好,好得就像我亲哥哥一样。他从没像今天这样对我声色俱厉过,而我从他厌烦的口气里听到的却不是恨,而是绝望。

这些年,我一直想在他身上重温儿时的温暖,然而总不能如愿,这时候我隐约明白过来,并非他不再向我提供温暖,而是那温暖早已变了味。

晚上,宋亮给我打来电话,解释他没去医院的原因。

"我爸听说我最近老往镇上跑不太高兴,以为我妈跟我说了什么,今晚他要我回家吃饭,我不想让他乱猜,所以……"

我听得心不在焉,打断他道:"你别说了,我又没怪你。"

"月见,你生气啦?"

"没有呀!"其实我心里烦着呢。

"还在为你外公担心?"

"嗯,他到现在都开不了口。"

"你别紧张。我家有个亲戚跟你外公的情况一模一样,突发中风,

也是连话都不会讲。在医院住了一个多月才回家,现在还好好的呢,就是平常走不了路了,得坐轮椅。"

我想象了一下外公坐轮椅的样子,虽然有点难受,但还能接受,只要外公能回家。

宋亮又扯了会儿别的,说实话,我没用心听,他的声音好像飘在很远的地方,我怎么努力都抓不住。最后他说过几天一定抽时间来看我,我心里居然掠过一丝慌张。

"你暂时别过来了。"

"怎么了?"他有点吃惊。

我心里打起了鼓,但还是硬着头皮说下去,"我……我最近应该没时间跟你见面,等我外公身体好一点再说吧。"

"……那也好。"

不知是不是我的错觉,他好像也松了口气似的。

我挂了电话,脑子里依然乱得像团麻。

不知道是不是我这个年纪的女孩情绪都不稳定,很容易受到外界的干扰——萧宾甩给我的那几句话到现在还在我脑子里嗡嗡作响,振得我头皮发麻。

我不敢多想那些话下面的深层含义,但有一点毋庸置疑,他对我的影响要比宋亮带给我的大很多。

我在床上翻来覆去睡不着,一会儿想想萧宾,一会儿又想想宋亮和徐照,最后,外公的病情把其他杂念都赶开,占据住我全部的身心。

我开始默默祈祷,希望他能快一点好起来。

我态度虔诚,但一周后,外公还是走了。

Chapter 11

爱的幻想与实体

夜色弥漫，没有月亮的晚上，连星星也无精打采，只在遥远的天际闪闪烁烁。

房间里没有开灯，我仰面躺倒在床上，愣愣地盯着天花板的方向。

再也听不到外公恍惚的哼唧声。

以前我只要一推开家门就会大声喊外公，无论他在房子的哪个角落都会回应我，声音时断时续，还拖得长长的，像一艘小船在水面上摇晃，那么的随意而漫不经心，却能让我安心。

夜里，也再不能听到他轻轻咳嗽的声音，这让我久久难以入眠，心里空落落的，怎么也睡不着，翻过一个身，面颊上有冰凉的珠子滚落并迅速散开。我用手抹了一把，自己都不知道什么时候又流泪了。

葬礼上我哭不出来，外婆偷偷骂我没良心——我们镇上的风俗，人死了必须有亲人响亮的哭号才能安稳上路。

外婆不知道我心里有多痛，痛到麻木，连眼泪都不知道该怎么流。

但眼泪还是来了，迟了好多天，一流就没个完。

家里空荡荡的，只有我一个人。

外婆的支气管炎又犯了，妈妈工作、家庭两头顾不过来，在征得我同意后把外婆接去城里治疗。

她担心我一个人生活有困难，本想把我一起带走的，但我死活不肯，我只想缩在家里，趁着属于外公的气息还未消散干净，我想跟他多处几日。

"煮饭、洗衣服、打扫卫生，外婆都教过我了，你们放心，我会照顾好自己的。"

"那早上没人叫你怎么办？"妈妈的问题总是显得有点弱智。

"我设闹钟啊！"

"你的人身安全有保障吗？"

外婆忍不住插进来："咱们镇上多少年没出过岔子了，比城里安全着呢！"

我猜妈妈本来还有点顾虑萧宾，但萧宾把钱退回来的事让她着实高看一眼，也就不好再攻击他什么了。

相比妈妈，外婆的叮嘱要实际得多，她告诉我煤气炉灶每天都要关，几扇门的保险怎么操作等等。

叮嘱完了，看见妈妈还紧蹙眉头一副放心不下的样子，她又说："你十二岁的时候我就放你一个人去姑妈家送东西了，你女儿马上十六了，你还有什么不放心的，难道要一辈子把她拴在我裤腰带上？"

妈妈抿嘴不吭声了。

我抹干眼泪，手往床头柜上摸索，很快找到外公的收音机，在黑暗中摸到开关，搜索到一个午夜谈心的节目，声音开到最低，又将收音机放回原来的位置，重新裹紧被子。

我盯着收音机血红色的灯珠，想起很小的时候，躺在外公外婆的床上，外公喜欢把开着的收音机放在枕边，我睡不着时就会像现在这样盯着那一点红色看,我能把亮着的灯珠想象成很多东西,思绪在那些纷繁杂乱的想象中渐渐由清晰变得模糊,直至广播员的声音如潮水般退下去,我陷入沉甸甸的梦乡。

此刻,我延续着儿时的想象,并在疲乏卷过来时闭上眼睛,等待睡梦降临。

我在闹钟铃声响起前醒来,翻身起床,洗漱,下楼给自己做早点。

打开窗子,一缕缕清寒的雾气翻卷着涌入,初冬的脚步已经悄悄踏入镇子。

早点由我做主,我摒弃了以米粥、花生为主的模式,倒了一杯牛奶,切了一片面包,加上一个昨晚就煮好的冷鸡蛋。

外公如果知道我这种吃法肯定会责备我吧,可既然他就这么走了,打破了家里多年来一成不变的人员组合,其他方面总也得变变才行吧。

外公在世时,我以为什么都是不可改变的,比如再讨厌上学也得去学校,比如衣服要先在清水里泡上十分钟才能撒肥皂粉,比如口渴要喝温的白开水,比如妈妈的话我总是要听,再比如外婆的话永远比外公有权威。

归根结底,我得渐渐适应没有外公的日子才行。我一边啃面包一边想。

我坐在四角桌前,把这些冷冰冰的东西逐一塞进肚子,胃部稍有不适,抵抗了几个回合后就偃旗息鼓了。

窗外,雾气依旧在空气中弥漫,难怪昨晚的星星朦朦胧胧的。

我把桌上的碎屑都掸到地上,又将地扫了一遍,实在没什么可做的了,我背起书包,开门去学校。

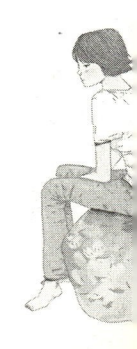

走在被雾气打湿的路上，昨晚的忧伤忽然像从身体里都蒸发掉了似的，只觉得浑身充满了力量，连心都充盈着满满的暖意，仿佛双脚轻轻一踮，就能飞去任何我想去的地方。

我回头望了眼家门，又转回来，一个人生活原来是这样的。

"慕容，我们想搞一次活动，去东山玩。"课间徐照神秘地告诉我，"你有心情参加吗？"

"谁的主意？"

"胖头提议的，为了给美筠解闷，你没发现她最近瘦了不少吗？"

我回过神来："他俩真好上了？"

"没！不过之前胖头借我们打掩护跟美筠一起吃了顿饭——你家有事，就没叫你。"

"'你们'是谁？"我尽量让自己的声音听起来不那么刺耳。

"我、萧宾，还有大钟。"

徐照眼眸亮亮的，像藏了什么好事，我没吭声，心里仿佛被针扎了一下，很怪异的感觉。

徐照略含羞涩地向我坦白："我跟萧宾最近关系不错，他不再避着我了，有时回家早还会带点儿好吃的送过来。"

"他……答应你了？"

"我们谁也没挑明。"徐照低下头，但并不沮丧，"我想过了，有些事不能操之过急，像现在这样就挺好的。"

这种时候，我似乎应该说点什么让她高兴的话才对，但心里有股酸涩的滋味阻止了我的虚伪。我不知道自己是怎么了。

"你去不去？"徐照推推我。

我咽了口唾沫,"你们的计划里包括我吗?"

她有点愣:"你这是什么意思?"

"我不去了:我没心情。"

心情像一块易碎的玻璃,一个失手就粉身碎骨。

可我依然不知道自己是怎么了。我问自己,还在妒忌徐照吗?答案是否定的。

晚自习后,徐照和美筠一起把我拉出教室,在教学楼背后的僻静处,美筠郑重其事地对我说:"慕容,你别生气了,我们的计划里原来就有你。"

我一抬头就看到她原本肥嘟嘟的脸蛋瘦得连下巴都尖了,一下子心软,刚才那莫名其妙的情绪也消失了。

"你爸能同意你去?"我反问她。

徐照抢着说:"她爸爸周末出差回不来,她妈很容易骗的。"

美筠点点头,恢复了以往对我的那种"忠诚":"如果你不去我也不会去。"

徐照没有宣誓,但她说:"慕容,你应该去,我会打电话给我哥,让他陪你去!"

"不要!"我脱口而出,窘得脸都红了,"这算什么,成双成对出去玩,你们就不怕惹闲话?"

徐照反问:"你不是从来都不在乎闲话的吗?"

美筠倒被唬住了,脸上露出忧郁之色。

徐照白了我一眼:"慕容,你别婆婆妈妈了,我们是去玩,又不是去送死!到底去不去,你给个话吧!"

美筠也眼巴巴盯着我,好像把她的决定权也交给了我。

"好吧，我去。"我抑制着别扭妥协，但还是叮嘱徐照，"别让你哥来。"

徐照莞尔，那狡黠的神色好像刚才纯粹是为了逼我就范一样。

星期天，又是一个雾气朦胧的早晨，我背着包等候在出镇的必经之路上。

很快，一辆银灰色的面包车呼啸着到了我跟前，胖头的脸从驾驶座旁的玻璃窗里探出来："慕容，上车！"

我脚步迟疑："你开车行吗？"

"哈！稳当着呢！不信你一会儿瞧好！"

我爬进车内，跟大家一一打招呼，美筠和徐照并排坐着，萧宾在副驾驶的位子上，后排只有大钟一人，我挨着大钟坐了。

好久没看见大钟了，他的肋骨早好了，脸上聚着一团和气的笑意。

我朝他笑笑："没想到你跟我们一起去。"

胖头回过头来解释："慕容，前段日子你不在所以不知道，大钟跟阿宾拜了把子啦！以后你还得叫大钟一声哥哥呢！"

大钟嘿嘿地笑，有点腼腆，又挺幸福的神色，傻傻的。

我很惊讶，萧宾不是不让他跟着自己么？

我没好意思问，只朝萧宾的背影扫了一眼，他正凑在窗边抽烟，好像什么都没听见。刚才我跟大伙儿打招呼时他也是一副顾左右言其他的表情，不想跟我搭讪。

车厢里除了人，还堆放着一些货物，靠窗放的，遮住了不少光线，我搓搓手，嘀咕了一句："怎么像偷渡似的！"

大家都笑起来，美筠神经兮兮地回过头来对我做了个鬼脸。

"那些箱子是吧？"胖头高声道，"放心，到南河桥就得给卸下来——我表哥给派的活儿，不然哪肯把这车借我呀！"

车子经过博物馆，很快就到南河桥，我们帮胖头把箱子送进指定的仓库，一个看门的老头儿认识胖头，乐呵地调侃："小齐跟你爸一个样儿，热心，帮手也多。"

我在门口眺望不远处的博物馆，即将竣工却不知为何像停工的样子。

看门人解释："造是造得差不多了，但承建商偷工减料，工程没法验收，两边都僵着呢。"

胖头拍着手上的灰出来，听我们谈论博物馆，便充内行说："关键是验收方前面的负责人出了经济问题给逮起来了，听说这工程尤其不清不楚，新来的领导公事公办，这不就耗上了。"

"那博物馆什么时候才能对外开放啊？"

"难说！"胖头指给我看，"那里！看到没，全给拦起来了，工人也都撤了，我跟阿宾骑车进去瞧过——谁都不肯让步，搞不好还得打官司，至少拖个一年半载。"

我一阵失望，本来指望能赶得及带方邃远去参观呢。

人全出来后，我们继续出发，来到东山脚下。

上山的路蜿蜒崎岖，我故意落后很多，和大钟东拉西扯，偶然仰起头来时，恰好看见徐照把手伸给行走在上方的萧宾，萧宾矜持地握住她的手，用力将她提拉上去。再往前，胖头和美筠已不知所踪。

我用手背抹一抹唇边的水："大钟，你毕业后打算干什么？"

"我估计永远都毕不了业了。"

"这是为什么？"

"我爸给我在包装厂找了个差事，下半年我一满十八周岁就得去上

班，他说我读这个破书尽浪费他钱。"

我想起自己之前干的蠢事，有点歉疚："对不起。"

大钟猛喝一口水："这跟你有什么关系！"

"我以为能说服你爸爸对你……我真是傻透了！"

大钟使劲摇头："慕容，这不怪你，你很善良。"

我只能苦笑，转而问："你跟萧宾怎么……"

"你是说结拜那事吧？"大钟也面露困惑，"我也不知道他怎么就改主意了，不过我很高兴，真的。阿宾人很好，讲义气，别看他有时候好像不讲理。"

看来萧宾在我缺席的这段时间里干了不少事，他想证明什么呀？

"你不怕你爸说你啊？"

大钟低头笑笑："我满十八后就能给家里挣钱了，他还能挑我什么毛病？"

我替他心酸。

大钟往上面看了看："我们走吧，再不上去就得被他们甩了。"

东山是产水果的地方，初冬时节水果都下市了，也没什么可看的。倒是山下那一片湖在阳光下闪闪发光，像面巨大的镜子。

我在一棵栗子树下坐了会儿，远处的橘林边，徐照和萧宾不知为什么闹起了矛盾，萧宾把一块蛋糕递给徐照，她却背过身去不理。

我和大钟找了个空地坐下来。

徐照朝我们走过来。

"都吃上啦？也不叫我们！"

她从我面前的一堆食物中挑了一袋果冻慢慢吸着。

"阿宾呢？"大钟问。

"他找胖头他们去了。"

我盯着她神思复杂的脸:"徐照,你今天开心吗?"

"开心!为什么不开心?"

徐照挑起眉,乌云早在她眉间消散,不知道萧宾用什么法子哄她高兴的。其实萧宾也不是个冷漠的人,只要他高兴,几句话就能把女孩哄乐。

太阳还没落下去,我们就踏上了返程的道路,其实也没玩尽兴,每个人看上去却都仿佛很疲惫,一路默默无语回到镇上。

Chapter

12

成破
灰碎

外婆回来了，带回家一大包中药，家里天天弥漫着草药的香味。

"你妈要我去看西医，我没肯，这种老毛病哪里根治得了，中药的副作用总归比西药少。"

在用医方面，外婆还是相信外公的理论。

我发现外婆老了，背驼得很明显，连头发都比从前稀疏了。

"我是老了，"外婆承认，"你外公在时不觉得，如今他一走，就好像时刻在提醒我，下一个就是我。"

"外婆，你还年轻着呢！"

外婆倒不以为意："小月，这次我和你妈妈反复商量了你的前途，觉得你还是跟你妈妈一起生活比较好。"

我警觉起来，最恨她们偷偷在背后安排我的生活了。

"我不想离开这里。"我竭力让自己的语气成熟坚定。

"你别急，不是马上让你走。"外婆轻轻咳嗽了两声，"等你念完初中，就去城里上高中，你妈在帮你安排了。现在可不比从前，不读书以后干什么都受限制。"

如果外公还在，说不定会帮我说上几句，外婆则难免会杏目圆睁，嗓门越扯越大。如今外公没了，偌大的房子里只有我俩相依为命，彼此也都失去了斗嘴的兴致。

我曾仔细想过，外公在我的生活里其实一直在扮演红脸的角色，到头来他什么都听外婆的，不见得是怕外婆，而是他也觉得外婆是对的，更有甚者，或许有些主意根本就是外公出的。

"我就在镇上陪着您不行吗？我们学校也有高中可以上啊！"我软声细语央求。

"镇上有什么好的。"外婆苦笑，"再说，你还能陪我几年，我一只脚都踏在棺材里了。"

"不会的！"我感到一阵恐惧，死死搂住外婆，如果连外婆也走了，我那些用以慰藉自己的温馨回忆会不会都化为齑粉？

外婆叹了口气："真后悔当年把你留在身边，你要是一上来就跟着你妈过就没现在这个麻烦了。连镇上那些碎嘴子女人都知道出去了才有出息，你是给我们打小护着护着给护得没胆儿了。"

这个话题外婆只在刚回来那天和我谈过，此后再没提过，但我知道它不会云淡风轻地消失，它就在那里，耐心等着我。

夜半醒了想到将来，心里顿时一阵没底，好像自己正置身海上，随时等待着经受风雨飘摇。

唉，真不想长大。

我不用把耳朵贴在门上就能听到外婆轻咳的声音，想必又是一夜没睡好。

我在厨房按自己的方式做了早点，给外婆留了一份，外公一走，外婆少了个可以抬杠的人，不再死守过去的规矩，我告诉她自己早上想吃牛奶面包时她也没反对。

我在外婆时断时续的咳嗽声中走出家门。

还很早，天色亮得朦胧，我没有往学校的方向走，而是沿着河岸一直往西走。

外公走后，我有好一段时间没去找过方邃远，我怕听到任何人的安慰，那样会显得自己很可怜。

说不定他已经走了。我一路胡思乱想，直到走至小楼跟前。

楼上的窗户半开着。我觉得欣慰，双手拉着书包的背带，抿抿唇，又抿抿唇，然后使劲发出咳嗽声。

方邃远从窗户内探出头来。

"我能进去吗？"我仰头问他。

一把钥匙从窗户里飞下来，落在我脚边。

我弯腰捡起，心里暖暖的，每次来找方邃远，他总是在的。

上楼时，方邃远在盥洗室里刷牙洗脸，空气中泛出温吞水的味道，和外面凛冽的寒气比温暖了很多。

他走出来时，脸上散发着洗漱后的清香，毛衣外很随意地套了件加厚睡衣。

他一脸朦胧的睡意，呵欠就在嘴边，分分钟都要飞出来似的，我有点抱歉，但没有说出口。他不会在意的，不知道为什么，我就是知道。

"想吃什么？"

"谢谢，我吃过早点了。"

"今天不用上学？"

"要的，还有一个小时。"

他给自己调制了一杯浓浓的咖啡，在电脑桌前的扶手椅里坐下来。

"一个小时，我们能聊点儿什么？"

"我可以和你谈谈吗？"我口齿艰涩地说出来。

放在脑子里想和说出来是两回事，犹如裸体从黑暗处走到聚光灯下一样尴尬，况且又是早上。但如果老闷在心里，我怕自己会整天心不在焉。

"你喜欢那个男孩吗？"他温言问我。

"我想是的。"我使劲回忆初次见到宋亮时那怦然心动的感觉。

他盯着我，过了好一会儿才又问："这让你很担心？"

我点头，不敢看他："他吻过我，可我不喜欢，甚至，甚至觉得讨厌！"

我听到轻轻的笑声，警觉地向他望过去，他的确在笑，但我敢肯定那笑容是善意的。

"对你来说，那个吻来得似乎早了点儿，没给你带来快乐，还让你陷入恐慌。"

"可那不是顺其自然的事吗？"

他摇头："你渴望的是精神上的交流，而不是身体方面的接触，你的小男朋友，我想他更希望得到后者吧。你自己都没意识到自己的失望。"

"是这样吗？"我依然感到困惑，"我一直觉得这是因为我没有在一个正常家庭里生活的缘故。"

"你想多了，"方邃远的目光掠过我的头顶，投入到不知名的远处，"你只是没有遇到真正喜欢的人。"

他的意思是：我其实并非真的喜欢宋亮？

我多想反驳他，可我找不到反驳的论据。

也许他是对的。

半小时后，我们一起出门，我要去上学，而他，当然还在为拍摄任务努力。

我觉得轻松多了，如释重负似的，如果我在恋爱刚开始时就来问问他的意见，说不定就不会为了亲吻的事愁眉不展，但，他毕竟不是我父亲。

我们同行了近一公里路，晨曦中飘来刺耳伤感的乐声，时断时续。

又有人死了，家人正在举行送葬仪式，我再次想起外公，不知道他的灵魂此刻在哪里。死亡总是让人窒息难受。

"我以前看过一部电视剧，希区柯克的作品。"我边走边说，"讲一个犯人想买通监狱里的收尸人逃出去的故事。"

"挺惊心动魄的故事。"

"才不是！你知道，英国人不像美国人那样喜欢热闹场面，整个故事挺平淡的——那犯人把什么都考虑好了，等到约定的那一天，他偷偷溜进停尸房，钻进一具尸体的担架上藏好，不久尸体被运出去，装进棺材埋在土里，接下来他就等着收尸人把他从棺材里扒出来了。"

"他没等到？"

"没错！"我顿了顿，故事里的画面仿佛就在眼前，"他随身带了个打火机，在氧气快要消失前的一刻，他忍不住想借助亮光谋求自救，结果你猜怎么着——他看见躺在自己身边的尸体就是他要等的收尸人！"

"这就是他没等来救他的人的原因。"

我闭起眼睛，仿佛自己就是那个等待救赎的逃犯："想象一下，那种绝望和恐怖的感觉！"

方邃远在我滑入泥沟前及时拽住了我的胳膊，我缩回脚的同时，后背出了一身冷汗。

"你讲故事真投入。"他挑眉笑了笑。

我没笑:"我不知道怎么会想起这个故事。也许是因为我心里有种东西赶也赶不走。"

"还在为刚才的问题烦恼?"

"我说不上来。"我凝望着前方,学校就在不远处,在下个路口,方邃远就将与我分道扬镳。

"好像有种预感,有什么不好的事情即将发生。"

那种危机感一连几天都萦绕在我心头,枯燥到一成不变的学校生活仿佛是危险事件的前奏,一如故事里犯人所作的各种准备,但不管他怎样周全地考虑,到头来总会疏漏掉一样致命的元素。

但愿是我想多了。

徐照提前透露给我一个消息。

"下周二是宋亮生日,他打算这周末来镇上庆祝,我知道那是为了你的缘故。到时候我还想把美筠、胖头他们都叫上,当然,还有萧宾。"

这实在是个糟糕的主意。

"你哥愿意见这么多人吗?"

徐照戏谑地瞥我一眼:"你干吗不直接说你俩只想单独相处呢?你放心,你们会有独处机会的,我是想给美筠制造个机会——她快被那件事憋出毛病来了。既然迟早要做,还不如干脆早点让它发生算了!而且我也觉得有必要让我哥认识一下萧宾。"

又是一个糟糕的主意。

"他们不见得愿意认识吧?"

"哦,又没逼他们做朋友!慕容,你总是想得太多。"

那天晚上，我果然接到宋亮的电话。

我应该拒绝的，可到头来我还是没有。听着他欢快的充满期待的声音，我无法心平气和地告诉他，我和他之间，其实已经结束了。

宋亮在镇上最大的饭店里订了个包房。

我不知道徐照用什么方法说服了萧宾，反正他来了，和胖头一起，还带了几个把兄弟，个个身边都有女朋友，说是为了热闹。

胖头打扮得油头粉面，像换了个人，但美筠没来，她爸爸不同意她将时间浪费在吃喝玩乐上，胖头因此很失望。

宋亮显然没想到生日会上会出现这样一群格格不入的社会青年，但因为是徐照请来的，他没法说什么。

菜很丰盛，胖头他们还要了酒。

乘着喧闹，宋亮在桌子底下悄悄握住我的手，我又一次妥协了，目光扫过对面时，我抓到萧宾仓促逃窜的视线。

很久没看见宋亮了，眼前清晰的眉目和脑海里存储的那张脸似有所不同，总难重叠起来，虽然我接收到了宋亮频频投射过来的眼神，却难以消化他眼神中的深情，一切都像在作戏。而他喜欢的人实际上也不是我，而是另一个月见，一个形式上的女孩。

只有徐照最高兴，热情招呼萧宾和他的朋友，俨然女主人，谁都看得出来她在讨好萧宾。有人便跟她开玩笑，徐照虽然脸红，却不怯场，生硬而笨拙地撑着尴尬的场面，每当此时，我便低下头，不去看徐照的笑脸。

宋亮的面色渐渐不好看起来，尤其在目光与萧宾碰触时，两人的眼眸中盛满显而易见的敌意，只有徐照糊里糊涂看不出来。

萧宾还向宋亮敬了酒，五十多度的纯白，一脸挑衅的笑脸，我担心他们会忽然打起来。

宋亮扫了一眼妹妹，徐照用央求的眼神盯着他，他一言不发把酒灌进肚子里，掌声稀里哗啦响成一片。

生日会被闹成一锅粥，许多人在中途就不知所踪。

包房里，枝形吊灯照得室内还是那么明亮，桌子上杯盘狼藉，所有人都走了。

宋亮正对着沙发俯身收拾自己的东西，背影落落寡欢。

我走到他身边："你要回去？"

"嗯。"他拉上背包的拉链，直起身来，"本来想在这儿住一晚的，现在看来没这个必要了。"

"你在生徐照的气？"

他坐下来，双肘搁在膝盖上，身子前倾，十指交叉相握，一脸漠然的神色。

"不，她要堕落是她自己的事。我的确曾经希望她能走回正轨上来，但她不肯，她离我越来越远，以后还会更远。"

他难得显露出来的成熟表情竟然在我心头勾起涟漪，我犹豫着是不是该抓牢他，但或许放任彼此之间距离的扩大反而更能让彼此轻松。

他仰面，伸手拉我坐在自己身边："我只有你了，月见。"

他抱住我，我没推开他，脑子里木木的，我该说什么呢？

包房门被重重推开，徐照拉着萧宾欢天喜地跑进来，我忙推开宋亮。

四个人隔着一张桌子打照面，唯有徐照脸上还保持着笑意。

宋亮看看徐照，又看看萧宾，嘴唇哆嗦了几下，拎上背包起身：

"我该走了！"

"还早呢！"徐照冲他嚷。

他不理，拉着我出门，我在回头的那一瞬间接收到萧宾阴沉追随过来的目光。

世界像被挤压过似的，越来越凌乱扭曲。

走在街上，路灯把影子拉得老长，我一步一步踩上去，但总是踩不住自己的影子，宋亮与我隔了两拳的距离，他的脚步不如我稳当。

"我以为你刚才会冲徐照发火。"

他苦笑："我很想揍她身边那个家伙，可我做不到，我从小就不会跟人打架。"

"萧宾没你想得那么糟糕。"

"可徐照和他在一起不会有好结果的。她太倔强了，做事从来不肯用用脑子。"

"你为什么不去问问你父母，他们教过徐照该怎么用脑子了吗？"

"我很累，"宋亮垂头丧气的，"别和我吵，好吗？"

"我送你去车站吧。"

"太晚了，还是我先送你回家。"

我没反对，两人默默走了一阵，在巷口路灯稀疏的地方，紫藤丛的暗处走出来两个年轻男子，手上有刀。

其中一个玩着弹簧刀片宣布："把钱交出来。"

宋亮嗫嚅："你们，你们不要乱来。"

"少废话！"

他迅速卸下背包，哆嗦着在里面寻找钱包，我沉默地看着他，并未觉得心跳加速。

"动作快点儿!"另一个走到我身边,"敢耍花样我就给你的妞儿脸上来点花的!"

钱包掉在地上,宋亮飞快拣起,把里面所有的现钞都掏了出来。男子接过来,数了数,笑:"有钱人啊!"

"这是什么?"另一个夺过钱包来检查,从夹层中翻出两张钞票。

"我回去的路费。"宋亮央求,"能不能给我留着?"

男子置若罔闻,把所有钞票揣进兜里,又盯着我左右看。

他忽然拖着我往树丛的阴影里拽,我尖叫起来,嘴巴很快被捂住,叫声转为闷哼。宋亮犹豫了片刻,冲上来想救我,被身边的男子迅疾地一脚踹倒在地。

"不许叫!否则我现在就废了你!"

宋亮趴在地上,懦弱地啜泣起来。

我被歹徒按倒在泥地里,不相信这会是真的,但对方嘴里喷出的刺鼻气味让我恶心欲呕,我拼命挣扎。

还没等我准备豁出命去,那人就一声惨叫滚倒在一边——萧宾和胖头赶了过来,就像电视里常见的武打片那样,混战了一会儿后,歹徒狼狈地逃了。

萧宾铁青着脸把我拉起来,像小时候那样给我拍掉身上的泥。

"有没有伤着哪里?"

我摇摇头,瞥他一眼:"谢谢你,哥哥。"声音有点发颤。

萧宾避开了我的目光。

胖头朝地上吐了口唾沫。他们两个都把宋亮当空气,他从地上爬起来,灰头土脸,背包甩在隔着一米远的地方,歹徒仓皇间抛下的钱包躺在那里,钱是没了,幸好证件都在。

他走到我跟前:"你没事吧?"

"没事。"我居然有点可怜他。

我抬头时瞥到他脑门上肿起的一个包,出奇的大,应该是刚才摔下去时在地上磕到的,忍不住伸手过去想摸摸,但被他躲开了。

他一脸羞愧:"刚才……真对不起。"

"对不起有什么用?"胖头气势汹汹地瞪着他,"要不是我们经过,慕容今天就完了!"

宋亮面如死灰。胖头还想讥讽几句,被萧宾拦住了。

"你走吧。"他冷冷地注视着宋亮,"以后也别再来了。"

我如鲠在喉,却说不出话来。这时候的萧宾在我看来,除了无情,还有些阴森可怕。

宋亮没有坚持,反身走了几步,扭头看了看我,神色可怜。

我终于找到可以说的话:"你有钱坐车吗?"

"我……有卡。"

我从兜里掏出点钱来,奔过去塞给他:"留着,有备无患。"

"……谢谢。"

我们对望了一眼,忽然都意识到维系在彼此之间的纽带绷断了,未来像断线的风筝一样越飘越远。

我转身走开,听见他在身后不舍似的叫了一声:"月见……"

我没有回头,任由萧宾和胖头护送着往巷子深处走。

胖头开始抨击宋亮的懦弱,萧宾则保持缄默,巷子里回荡着胖头亢奋的说话声。快要到家时,我对胖头说:"你能不能先回去?我有话要和哥哥说。"

胖头一愣,看看萧宾:"万一那帮人又杀回来怎么办?"

我觉得有点好笑:"他们不会回来的。"

萧宾朝胖头一扬下巴:"你走吧。"

胖头挠挠头皮,吹了声口哨,离开了。

我站在路灯投射下来的光圈里,默默审视着萧宾,他仿佛知道我在指责他什么,转过脸去不吭声。

"徐照回家了?"

"嗯。"

"你终于接受她了?"

他没吭声。

"刚才的事你准备怎么跟她说?"

"没必要说。"

"她今天很开心。"我的手指在灯柱上划拉,"我真怕她有一天会恨你。"

萧宾仿佛哆嗦了一下。

"抢宋亮的那两个人,是你安排的吧?"

他没有否认。

"哥哥,我一直很相信你,一直。"

萧宾终于转过头来望着我,眼里有恶狠狠的味道。

"是谁逼我的,嗯?我告诉过你,不要在我面前谈恋爱!我早就警告过你!"

我双唇颤抖,身体急速失重,我从未看见萧宾发怒过,像一头狂乱的狮子。

他的眼里充满恨,对我的恨,一瞬间,我虚弱无比,像站在审判席上。

他的眼里有泪光闪耀，让我想起小时候在一起时那些无忧无虑的时光，我禁不住想上前帮他擦擦眼泪，但他倔强地仰起了脸。

****

——《让城遗事》*要离

白玉盘高挂夜空，洒下银辉如雪。湖水轻拍船体，似酣战后满足的叹息。风声呜咽，而船帆静止不动。

或许，那呜咽之声来自他心底。

手缓缓摸向腰间，触摸到剑柄，这是把好剑。

他想起当年在东岭山上磨剑的时光，想起在王庭之上，他用此剑斩断自己的右臂，那分秒之间金属切过肌肤的快感，凉薄和柔热的瞬间碰撞，之后鲜血横流。王护住他被剑刺伤的手腕，愕然瞪视他，眼眸里浮出敬佩。

将军坐在对面，畅怀而笑，不错，今晚他赢得了胜利，理应高兴。将军背对明月，高大的身躯形成一块巨大黑影，完全覆盖住了对面干枯瘦小的他。

"来！今晚咱们不醉无归！"

将军握杯的手伸过来。

他唯一的左臂只得暂时放开剑柄，端起案上的酒杯，两人碰杯，各自饮尽。

酒滑过喉咙，奔涌而下，辛辣的滋味一路跟随，如着了火的引线，燃遍全身。

噩耗传来时，他正跟将军在操练兵士。

"王杀了你的女人！"

那是计划的一部分，但痛依然从心底爬上来，缠住他。

他知道，将军正密切注视着自己，他把牙齿咬得咯咯直响，仿佛愤怒在体内燃烧，手猛力抽剑，掷入沃土，剑身在日光下泛出森然冷光。

此后，将军完全相信了他，视他为心腹，将最精锐的部队托与他训练，无论去哪儿，他都常伴将军左右，如一个必不可少的影子。

妻的眼偶尔会从梦中浮现，哀怨质问他："为什么？为什么？"

他在心中无声答她，或许，她不会听见，但这并不重要，他已没有退路，从那时起，死亡的气息始终环绕着他。

笑声如潮水，从四面八方涌来，他定神细听，却只听到将军在笑。

"王的日子长不了啦！"笑声渐止，将军的目光投向遥远的墨色中，或许，这胜利让他想起了父亲，那个被王派人刺杀的可怜人，而将军如今的所作所为，都是为了替父报仇。

果真有宿命之说么？他看看将军兴高采烈的神情，想到那个长眠地下的曾经的王，以及自己如今的使命。

将军人不坏，算得上义士，又有过人的勇气和武力。他这样想着，心中竟升起惺惺相惜之感。

射杀猎物时，不要看着对方的眼睛。

警告言犹在耳。他不再犹豫，放下杯子，左臂握到剑柄，果断

抽出利剑，朝将军猛刺过去，剑身穿过心脏，从将军的背后透出。

将军手上还握着杯，错愕低首，看清刺入身体的东西，再抬头，看对面的人，刺客的手还紧紧抓在剑柄上，一脸专注与决然。

将军再度想到父亲，但不再像刚才那样踌躇满志，他明白自己完了，他将兑现不了他承诺过的誓言。

遗憾？是的，那本以为唾手可得的王位就这样被眼前的人击碎了。

解脱？是的，即使他会赢得最终胜利，但也能预见与王的战争将艰苦卓绝，历时经年。那或许会是个耗掉他一生的事业。如今，不必了，不必那样辛苦。

但还有什么，还有什么残留于心底？

他们的目光撞在一起，彼此都从中读出那阴谋以外的情感。

如果他们没有被放入不同的使命，成为对立的双方，他们还会以何种方式相遇、相处？

是否还存在别的可能？

酒杯跌落在地，卫士包围过来。

将军发出无声的笑，长臂向前，抓到他的右腿。他是那样干瘦，而将军七尺有余，轻而易举就将他倒提起来。

他倒看整个世界，月亮不再置于头顶，而是被他踏足脚下。战旗在下方迎风扑打，猛烈而绝望。将军的胸部被鲜血染红。

随后，他的世界被水浸没。

他拼命摇晃脑袋，在水中无法睁眼，也无法呼吸，水强硬地钻入鼻孔，他张大嘴巴，咕嘟咕嘟喝水，好像快要渴死的人。

意识在水的挤压下变得模糊而恍惚，死亡从黑暗深处款款走来，他仿佛看到自己的灵魂跃出躯体，如一缕青烟飘荡在湖面上。

一组组画面扑面而来，他看到自己的来生，不知为何，他那样肯定：

他看见自己在林中奔跑，中箭的腿在流血，他听到粗犷而疲倦的喘息声，感受到一种无奈的心情——他憎恨战争。

身子忽然被上提，他破水而出，在空中大口呼吸，身体轻如羽毛。

将军在笑，眼睛注视着他，依然是那样难以置信的目光。

肺部未及舒展，他又被浸入水中，铅一般沉重的感觉紧裹住他，他无法分清现实和虚幻。

幻影再度降临。

他依然在跑，气喘吁吁，但不在林中，眼前是一条蜿蜒的河流，他在追赶一匹马。马在前方狂奔，而他所能依赖的仅是双足，滞重无力的腿，他感受到自己的绝望，正如他此刻的绝望。

难道他的每一世都无法安定，都将在颠沛流离中行进？

他听到笑声，自马上传来，那声音让他产生眷恋。

"等等我！等我！我要跟你一起走！"他想喊叫，但发不出声音，好容易追至河边，马和马上的人早已不知去向。

他只是迟了一步，为什么不等他？为什么不？！

他跪倒在岸上，对水垂泪，他觉得奇怪，自己居然会哭！

河面平如明镜，照出女子泪眼婆娑的面容。

他一惊，仿佛猛地从梦中醒来。

醒来，他又腾在空中，抢夺空气耗掉了他全部体力，他再也看不到将军的眼睛，听不到将军的笑声。

而后，又是水中。

他麻木了。将军要他溺水而死。

这一次，他不再挣扎抗拒，他安静地置于水中，等着那预知已久的死亡的到来，唯一让他牵挂的是将军，将军不死，他何以面对王，何以面对他付出的代价，他的妻？

他再次想到自己的剑，此刻，它仍静静地插在将军的胸膛上。

他放心了，他的剑从未失过手。

但将军再次将他拖出水中，他在浑浑噩噩中看到将军在饮酒，谈笑如常。

"天下竟有你这样的勇士，胆敢孤身刺我！"将军笑叹，将他置于自己膝上。

卫士们手握兵器涌来，争先恐后要杀他。

将军只是摇头。

"这是天下的勇士！"他的声音缓慢而低沉，"一日之内，岂可连杀两位勇士？"

他注意到将军口气迟滞，面色越来越苍白，身上的血快流光了。

最后，他听到将军轻声吩咐："放了他。"

他摇晃着身子从将军身上走下，面前的士兵怒目圆睁瞪视他。他默然走下船。

在岸边，他回首，将军依然坐在原位一动不动，月光收敛了他的豪放，此刻的他，空余千年沉寂。

他明白，将军已经死了。

他重回王的金殿。
王用最隆重的仪式接待他，并兑现封赏的诺言，而他摇头拒绝。
"我刺将军，不为荣华富贵，只为天下安！"
天下安，无战事。这就是他接受使命的初衷。
剑依然在腰间，他拔出，挥向自己的颈项，眼前飘过月色下将军静默的身躯。
他在心里对将军说："勇士岂可一人独行？"
最后，他只余一个疑问。
今生、来世，究竟存在多少种可能？

Chapter 13
孤岛

冬天的脚步近了，越来越低的温度将随时可能暴露的各种问题冷冻了起来。

萧宾不再频繁地出现在我面前，转而出现在了徐照嘴里。

我没有坦白自己和宋亮之间尴尬的情形，那天晚上的意外，当事人显然都保持了缄默。

萧宾让徐照把一千两百块钱还给宋亮，但没告诉她原因，我猜宋亮也不见得明白真相，或许他以为是萧宾帮他追回来的，那只会让他觉得更加屈辱。

如今再想起宋亮，我的心情除了平淡之外，还捎带一丝怜悯，至于最初见到的那个明眸皓齿的英俊少年，完全是另外一个与他不相干的人。

人会因为缺乏了解而将对方描绘成自己期待的模样，一旦光环脱落，便觉过去不堪回首，即使那不是他的错。

下着雨的冬日午后。

外婆戴上老花镜读一份通告，嘴里喃喃自语："要搬迁，果然要搬迁。大工程哦，没有一大笔钱可干不了！"

我把桌上的栗子壳捭进垃圾桶。

"外婆，我出去走走。"

外婆从老花镜上方的缝隙里打量我："哪儿去？外面下着雨呢！"

"就在附近。"我从门背后取下伞。

"那个老给你打电话的男孩是谁？"

"同学。我把他书弄丢了，他有点生气。"

"是吗？"外婆半信半疑："哪家的孩子这么难说话？"

"我定了新书，等过两天送来，我还给他就成了。"

我跟外婆撒谎时总是很镇定，大概是从小锻炼出来的，外婆即使不信也抓不到破绽。

果然，她朝我扫了几眼就把话题转开了。

"他们要把小镇搬空，做成商业古镇，小月你看，这里早晚都待不下去了。"

"您不是说没个三五年这事儿成不了吗？"我并不着急。

"那是，这么多户人家呢！可早晚都得走啊！"外婆嘟哝着，再次拿起纸张研读。

雨下得疏散，雨滴细密，像扑面而来的飞虫，在肌肤上叮一口就消失了，脸上慢慢才觉得濡湿，这不像冬天的雨，倒像是春雨。

我沿着人迹稀疏的桑树林往西走。桑树叶快掉光了，仅存在枝头的几片黄叶也是死气沉沉。

不断打电话来的人是宋亮。

我本以为我们之间已经结束，谁知还没有，他沉寂了一段日子后又主动打来电话，希望我原谅他。

"我从没遇到过那样的事，我当时吓坏了。"

我当然表示理解，但他求我再给他次机会。

"月见，我真的很喜欢你。"

他说过好几次喜欢我，这一次大概是最缺乏柔情蜜意的，简直像在勒索。

我猜是他骄傲的自尊复苏了，想要弥补——他无法容忍一个屈辱的自己活在记忆里，希望借助我来抹除。

我婉转拒绝了。

我发现自己从未爱上过他，喜欢是有过的，仅限于远距离的欣赏。况且，我也不愿意为了帮他而委屈自己，那有违我的原则：对已经发生过的事，与其想办法遮掩，不如坦然接受一个真实的自己更理智些。

过了桑树林，我走在河岸边上，草开始枯黄，被雨浸润后，回光返照似的闪出晶亮的光芒。我在离桥一百米远的地方停住脚步。

方遂远坐在桥头的石栏杆上抽烟。

这是我第一次看见他抽烟。

他没打伞，但细雨对他未造成任何困扰，他盯着前方很远处的某个点，而思绪显然没有停留在那里，他眼里看不到任何人，并非傲慢，只有内心宁静的人才不会被外界干扰，他看不到世界，就像世界也看不到他。

他简直就像完全不属于这个世界的人。

我怔怔地站在原地，久久望着他平静到空茫的表情，一阵心悸的战栗从脚底爬了上来，同样的情景我似乎在哪里也看到过，但无论怎么使劲也想不起来。

许久以后，我清了清干涸的嗓子，把手伸出伞外向他摇晃，心里却在谴责自己的却步不前。

真的会有前世吗？怪异的念头涌入我的脑海。

如果有，我和他曾经遇见过吗？

方邃远看见了我，脸上的神色表明他又从虚无中返回了这个世界。他笑着向我招手回应，我这才握紧伞柄走过去。

"你在想什么？我是说刚才站在河边。"

"我以为你看不见我。"

"怎么会。"他笑起来，"你看上去傻傻的。"

"我在想一些无聊的东西。"

我第一次没把脑子里的古怪想法拿出来跟他探讨。

我把伞移向他头顶，为他遮蔽雨丝，却没有直视他的勇气。

他轻盈地跃下栏杆："我们走吧。"

他从我手里接过伞，撑着两人，我保持落后半步的距离，这样可以看到他的侧面。

他微笑着的柔和表情让我心安，甚至有些着迷。

他问："你应该也听说了吧，那个消息？"

"什么？"我思维迟滞。

"他们有计划把镇上的居民都迁走，重新规划这片地方，弄成商业街之类的玩意儿。"

"哦。"原来是说这个。

"丽江模式。"他轻轻叹息一声，很遗憾似的。

"你的拍摄任务呢，是不是也快结束了？"我突然想到其中的关联。

"也许完不成了。"

我一惊："为什么？"

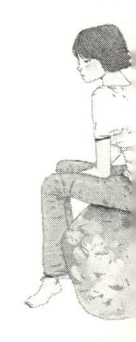

"我要的是一座活的小镇，在我走之后，它依然能维持原样活下去，我不想为任何商业模式做广告。"

"那不是……太遗憾了？"

"没关系。只是不出摄影册而已。我还是拍到了一些可以留念的东西。"

我由衷称赞他："你真是个有原则的摄影师。"

"有原则等同于固执，不开化。"他轻松地笑着，一点都不自责。

"也许你可以再找到另外一个小镇。"我试着安慰他。

"也许。"他不以为意地对我笑笑，有点意味深长。

回到他的工作室，我们两人的外套都湿了。他取出吹风机，由我负责吹干衣服，他等着烧开一壶水来泡茶。

"在古代，我们可以生一堆柴火来把衣服烘干。"我愉快地畅想着，"在山洞里。"

他发出深沉的呜咽声来营造气氛："野狼在山洞外面转悠。"

热茶泡好后，我们对坐着喝，四周安静得能听到窗外雨滴坠落的声音。

不安就这样在我心底变浓。

"你什么时候离开？"我总是习惯直截了当地问，"我是指，既然你在这儿已经没什么事可以做了。"

"这问题你不止一次问过，我不该误会成你希望我早点儿走吧？"

"恰恰相反。"

他笑了笑："你猜得没错，我最近都没在干什么，只是到处走，看看周边风景。我还去了你建议过的那片湖泊，的确很美。"

他顿了一下："事实上，我在给自己放假。"

"哦,那你的假期有多长?"

"我很喜欢这里,打算多待一阵。什么时候定下离开的日子了,我会告诉你。"

但愿那一天永远都别来。我在心里想,当然也明白是痴心妄想,生活中到处都充满了倒计时,开关一按下就没有停歇,所以,我不能指望这个。

我们沉默地喝了会儿茶,我感觉他在不断地观察我。

"在想什么?"他微笑淡了一些,有点担心似的。

我深深吸了口气,在他面前,我该让自己幽默一点儿,哪怕心中充满悲伤。

离开小楼时,雨已经停了。

我独自走出门,在院子里回头,方邃远在二楼的窗口望着我。那张脸比我初次看见时更让我感到亲切和眷恋。

徐照敏锐地提出:"我哥有一阵没来了,你们是不是吵架了?"

我不好直说,反问:"他怎么跟你说的?"

"什么也没说啊!但我又不是傻瓜!"

我很难跟徐照解释清楚,但有一点我不能继续瞒着她了:"我们分开了。"

徐照似乎一点都不吃惊:"原因?"

"我们都还太小,感情太沉重,不是我们这个年龄应该背负的。"

"慕容,你真善良。"徐照耸耸肩,"是不是因为我哥太懦弱了?"

我乍听吃了一惊:"萧宾告诉你了?"

"不是,我听胖头说的,他只提了个头儿萧宾就不让他讲了,后来

我偷偷找了胖头。萧宾大概是怕我有这样的哥哥难堪,其实,我和他一起生活这么久了,怎么可能不了解他呢!"

徐照脸色平静,我明白胖头和萧宾都没告诉她真相。

"慕容,你没什么可为难的,就算你跟我哥分了,也不影响咱俩之间的友情——老实说,打一开始我就不看好你们。"

我放松下来,但心里的某处还沉甸甸的,我不觉自嘲,关于懦弱,其实自己也没比宋亮强多少。

"可你那时候不是这么说的。"

徐照嫣然一笑:"如果我那么说了,你会听我的话不跟我哥来往吗?"

"徐照,你有时候真理性。"

"绝对的理性离疯狂也就一步之遥。"

我摇头笑:"理解不了你的逻辑。"

"当然!你又不是我。"徐照自得地笑着。

没多久,美筠的爸爸给她办了转学,她就此离开了小镇。她走得静悄悄的,没能跟我们中的任何一个再见上一面。

我们无从知道美筠离开时的心情,就连我们自己,现在都惆怅得做什么都提不起劲儿来。

再也听不到美筠娇憨的笑声,我们才意识到她对我们三个人之间的友谊有着多么重要的意义。

元旦假期,我、徐照、萧宾、大钟和胖头又在甜品店不期而遇。

大钟已经决定上完这学期就辍学了,他爸等不及他毕业就要赶他去工厂挣钱。

没有一件事是值得高兴的。

大家都陷入沉默，甜品店里安静得只剩下电视机的声音，女主角在里面做作地控诉男朋友，公鸭般的嗓子搅得每个人都心烦意乱，胖头翻出遥控器按了静音。

徐照走到萧宾身边依偎着他，看他把一张张牌摊在桌面上，一会儿又收拾到一起。

胖头愁眉苦脸："阿宾，给我算个命吧。"

"不会。"萧宾继续往桌上分发纸牌，"你的命算起来也没多大意思。"

"难道就要这么认命吗？想想都冤啊！"胖头激动起来，"真想干点儿什么！"

"劫银行你干不干？逮起来要么无期要么直接毙了。"萧宾冷哼。

大钟发出空洞的傻笑。

胖头愤愤地瞪着萧宾："就算不是真的，弄几个人过来演演戏过把瘾也好啊！"

我注意到萧宾的脸色瞬时变了。

"别满嘴放屁！"他厉声喝道，冷冷横了胖头一眼。

胖头气焰嚣张起来："怎么，你不爽了可以演戏我就不行？"

徐照困惑地听着，我则心跳加速，看来胖头要把心里的苦闷都撒在萧宾头上了。

萧宾把手上的牌一摔，跳下高脚凳就朝胖头挥拳过去，胖头笨拙地迎战，狭长的过道里乒乒乓乓乱成一团。大钟想上去拉架，没拉成，反被一脚踹进角落里。

徐照尖叫："住手，别打啦！"

我束手无策站在徐照身边，一个本能的反应是逃，可又担心胖头说出什么不该说的话刺激到徐照。

新来的服务生吓得傻站了一会儿，醒过神来后就慌慌张张跑隔壁搬救兵去了。

等胖头的父亲拉开他们时，两人脸上都多了几个青肿块，衣服七颠八倒，勉强还挂在身上。

"都要疯是不是？"老齐收起平时常有的笑脸，"齐威，你就不能给我太平点儿？还嫌脸丢得不够大啊！阿宾你也一样，是兄弟就别在窝里横！想打架外面大街上打去！"

"爸你少说几句……"胖头用手背擦擦鼻血，想跟萧宾和解，萧宾铁青着脸，甩掉他伸过来的手，推门出去，徐照赶忙跟上去。

我犹豫了片刻，也脚底抹油溜了。

萧宾和徐照走得飞快，我正好找到不跟上去的理由，反正危机已经化解。

大钟从后面追上来叫住我，他似乎有话要说。

"阿宾最近心情一直不怎么好。"

我没吭声，我能说什么呢。

他与我并排走："你是他妹妹，找机会和他聊聊吧，你的话，他会听的。"

我低下头，微微苦笑，萧宾的身边现在多了一个徐照，我再去就显得多余。再说，我和他也没什么可说的了，那个"抢劫"宋亮的夜晚，该说的话都说完了。

我问大钟就要去上班了有什么想法。

他想了一会儿，说："那是没办法的事。"

"一个人的命运可以由别人来控制吗?"

"……如果那个人是你的父母就可以。"

我听出他语气里的悲哀，虽然我的境遇不像他那么惨，可刹那间，我竟与他产生共鸣，陷入到深深的凄楚之中。

不止我和大钟，还有徐照、萧宾、美筠，我们都在父母的影响和干预下，或早或晚地走入了困境，这一个个困境无人能解，因为我们的父母不会有耐心聆听。

我们似乎只剩下我们自己了，该怎么突围呢?

我不知道。

身无长物的我们，只是一座座孤岛而已。

每个睡不着的夜晚，我都格外思念方邃远。

我拉开窗帘，外面很黑，天太冷了，连月亮都缩在云层后面不肯出来。我想起初次去小楼见方邃远的那个晚上，月亮如银盘一样挂在夜空。

他是怎么出现在我的生活里的呢?

我第一次开始回头审视方邃远的存在，却想不出所以然来，只知道我需要他，而他总会等在那里。

翌日傍晚，由于学校开恩，我终于抽出时间可以去找方邃远，可他不在。

无论我在楼下怎么敲门，怎么呼喊，那扇窗就是不开。

也许他走了，是我把他吓跑的。

可他至少应该和我打声招呼再走的，我那么需要他。

我失落极了，但拒绝哭泣，始终觉得，这不该是最终的结局。

我等到天完全黑下来，情况没什么改变，我站起来，活动了一下快要冻僵的四肢，走了。

这是第一次，我来找他的时候他不在。

Chapter 14

美丽新世界

妈妈打来了电话:"你安心给我把最后一学期念完,以后不管你是考高中还是上别的,都给我到城里来!"

妈妈终于撕下民主的面具,跟我玩起了专制。

挂了电话,我一阵胸闷气短,使劲给自己寻找可能的出路,却连一条可行的路径都没有。这种时候我禁不住又要羡慕徐照了,她和我不一样,只要拿定主意,绝不会瞻前顾后,哪怕再不实际也会勇往直前。

忘了交代,萧宾和胖头发生冲突后的第二天徐照就告诉我,那两人又和好了,那天赶巧了,他们都需要发泄,打过一架后心里就舒服多了。

"慕容,你知道他们说的演戏是怎么回事吗?"

我没提防,吓了一跳,忙摇着头结结巴巴地否定:"不,我,我怎么会知道。"

这就是徐照心里的大累赘吧,像个定时炸弹,让人担心。

妈妈给我打电话原本只是例行公事,但她大概听出来我没把她的话放在心上,于是跟我讲完后,又打给外婆啰唆了近一个小时,外婆不断地"哦,哦"地点着头,一副唯命是从的样子,我听不出什么来,就上楼溜回房间去了。

看了会儿书，外婆喘着粗气爬上楼来，我忙扶她进门坐下。

"你妈担心你啊！小月，一会儿给她再打回去，告诉她你会听她的话。"

我有点烦："我没什么好让她担心的。"

"我知道你乖，可做妈的都这样，我当年不也老为你妈提心吊胆的？她一个人在外头不容易，你要体谅她。"外婆看看我，"等过了下半年，你搬过去跟她一起住了我就用不着操这份心了。"

我更加心烦意乱："外婆，我就不能不走吗？"

"傻孩子，人哪有不往前走的。即使你不走，年纪一天天大起来，将来那些麻烦还是得来啊！人不能懒的，现在勤快点儿，给将来做足了准备才有好日子过呢！"

"我又不是懒。"我说不清我在抵抗什么，但心底的恐惧真切到几乎能摸得着。

外婆已经站起来："记得给你妈打电话啊！就算是哄哄她吧。有时候大人也跟小孩子似的，要哄啊，骗啊，才能安心。"

外婆的腰微微有些佝偻，我想起她挺拔的时候无论干活还是说话都理直气壮的，心里一阵泛酸。

"知道了，外婆，我会打的。"

"我什么也不指望了，就盼着安安生生过了下半年，我肩上的担子就可以卸下来了。"外婆嘟嘟哝哝地走下了楼。

晚饭后，我上楼做功课，外婆对此很满意。

枯燥的抄写，烦人的计算，日复一日尽是这些东西，我时常会想到科幻小说里那些克隆人,被从一个模子里刻出来,整齐划一地从事重复性劳动。

我们和克隆人没什么两样,无论是在学校,还是将来的工作岗位。

翻开新的一页抄写时,我决定不再让消极的思绪控制自己,等抄完最后一页,我还想再去小楼碰碰运气呢。

说到底,我还是不愿相信方邃远会不辞而别。

有人在窗外喊我的名字,嗓音尖锐压抑,像徐照,我推开窗户,果然看见徐照站在墙根下,焦急地示意我下去。

"我作业还没做完呢!"

"别管作业了,出事啦!我哥刚去了我那儿,他和萧宾打起来了!"

我匆匆下楼,外婆也听到动静,疑惑地从房间里出来。

"小月,你干什么去?"

"我同学来问我作业的事儿!"

"这么晚了还出去啊?"

我怕外婆跟出来,扭头喊:"外婆你先睡,我一会儿就回来!"

徐照正在门口等我,一见我出来,拉起我的手就快步走。

我问:"他们怎么打起来的?"

"谁知道!反正一见面就掐上了!"

"你哥来干吗?"

"还不是为了你!"

我心一紧,使劲甩脱徐照的手站定,我觉得该把事情弄弄清楚再说。

"我和你哥已经结束了。"

"这是你的想法!"徐照有点没好气,"他可没这么想——慕容,既

然你拿定主意要和他分手,为什么不把话说说清楚?"

"我跟他说过,但他不肯听。"徐照的神情让我很受伤,"徐照,我没有糊弄过你哥。"

"我没怪你。"徐照神色缓和下来,叹了口气,"这家伙也不知道怎么回事,忽然变得很固执。这是他第二次来镇上了,前一次他想让我帮他来找你,我把他劝退了,这回他来,意志更坚定了似的,真搞不懂是怎么了!"

自尊心,该死的自尊心作祟。我心里想着,没说出口。

"那他和萧宾打架是怎么回事?"

"萧宾是来找我的,宋亮一直不喜欢他——我想他们彼此心里都不喜欢对方吧,那天生日会上就看出来了——而且他心情也不好,就对萧宾说了几句不太好听的话,萧宾忽然发火了,冲上去就打,我怎么拦都拦不住。后来我大叫着要去找你,他们才都住手了。"

"这么说,他们没再打了?"

"嗯,这会儿估计萧宾已经走了。"

"那我去能干什么呢?"

"和我哥谈谈啊!"

我却步不前:"可我想不出来还能跟他说什么。徐照,我还是回去了。"

徐照恼火起来:"慕容月见!想不到你这么无情,那会儿喜欢他的人不也是你吗?现在居然连见他一面都嫌烦!"

我承认自己有点不地道,但还是无法面对宋亮:"我,我觉得会很尴尬……"

"别给自己找借口了,跟我走!就算这是你们最后一次见面,你不会心狠到还要拒绝吧!"

我被徐照拖着往家走,一颗心别扭着,但想到宋亮颓废的神色,又觉得自己确实很无情。

徐照家的门开着,里面却没有人,哑奶奶早就睡了,地上横着几张凳椅,估计是刚才打架时带翻的。

"不知他们去了哪儿。"徐照有点忧心忡忡,我暗自舒了口气。

桌上压着一张便条,是宋亮给徐照留的:"我们出去散散心。"

如果"我们"是指他和萧宾的话,意味着两人已经和解了,尽管这结果听起来有点不可思议。

我帮徐照把翻倒的椅子扶起来,问了她一个压在我心里好久的问题:"你哥他以前,喜欢过别的女孩吗?"

"据我所知没有。"

"所以,为什么会是我呢?"以前被喜悦蒙蔽着,总是回避,冷静下来后倒是经常琢磨。

"为什么不能是你?"

"你不觉得我太普通了吗?"

我第一次有勇气在别人面前承认自己的平庸,还是在徐照面前,真不可思议。

徐照思索着:"他一直不希望爸妈离婚,但他们到底还是离了,他心里一定很苦闷,而我那时候又那么排斥他。"

"哦,深有体会,我刚认识你的时候,你冷得像块石头一样。"我乘机控诉她。

"那只是表象嘛!"徐照笑笑,"现在你看见了,我没想象的那么难打交道吧?"

"也不容易哦！你别想一笔抹杀那些不愉快的时光。不过话说回来，我觉得你确实比以前开朗了！"

"怎么又跑题了——唉，该怎么帮我哥呢？"

我想了想，说："有人说过，任何激烈的情感都有它自己的生命周期，会经历从生到死的过程，所以，这只是时间问题，也许我们什么都不必做。"

"谁告诉你的？"

"书上看来的。"

"慕容，你不觉得你是个矛盾的人？内心充满各种想法，但很少付诸行动。"

"是呀！所以有时候我很羡慕你来着，敢想敢做，咱俩刚好相反，对不对？"

"羡慕我吗？"徐照有点惊讶，"其实我还羡慕你呢！我有时候真怕自己会做事不计后果。不过干了蠢事懊恼得想撞墙的时候，我会对自己说，喂，你以前干过的蠢事还少吗？于是就又心平气和了。"

我们同时笑出声，感觉从前那些剑拔弩张的难堪时刻，直到现在才真的粉碎在云淡风轻之中。

徐照努努嘴："看来今晚我们想不出什么办法来了。"

"恐怕是这样。"

"好吧，那就按你说的，顺其自然吧。毕竟我只是他妹妹，不是他妈。"

回家重拾作业已经是一个多小时以后，我放弃了偷偷溜去找方邃远的想法。

第二天，徐照告诉我，昨晚宋亮被萧宾拉去泡吧了，两人好像说了很多话，宋亮不再像来时那么沮丧，徐照问他们谈了什么，但宋亮不肯说，萧宾也一样。

我在放学回家的路上偶然遇见萧宾，也许不是偶然，他平时很少出现在我往返学校与家的必经之路上。

我在他身旁停下，沉默了会儿说："我和宋亮分手了。"

他不看我，声音很平和："我知道。"

"你没为难他吧？"

他转过脸来，对我笑了笑："我们打架不是因为你。"

我应该为我的自作多情觉得尴尬，事实上却没有，我反而暗松了口气。

"那么，是为了徐照？"

萧宾很坦然："他觉得我会带坏他妹妹。"

我不好说什么。

"后来在酒吧，他给我讲了许多他们家的事，他希望我帮他劝徐照回家。"

他说的时候，脸上还仿佛带了一丝笑，我也觉得宋亮天真得可笑，求萧宾帮忙，这算不算病急乱投医？

我清了清嗓子："徐照说你不肯告诉她你和宋亮聊了些什么……为什么你要告诉我？"

他不回答，只是用柔和的眼神望着我，那目光中没有阴霾，没有戾气，我仿佛回到了小时候，他又成为那个愿意帮我做任何事的哥哥。

雾气在我眼眶里弥漫，我倏然低下头。

"以后他不会再来找你。"

我好容易把涌上心头的酸楚咽下去，有些不解地重新看向萧宾。

他却不再看着我："我答应会帮他。"

说完这句话他就走了，我怔了一会儿，明白了前因后果。

也许这就是他今晚留在这儿等我的原因。

可是，他会怎么帮宋亮呢？

美筠一走，我和徐照自然而然该成为最亲密的朋友，我们有很多话题可以聊，关于美筠，关于爱情、亲情等等，况且，不久前我们又做到了真正意义上的冰释前嫌，我们没有理由不成为无话不谈的密友。

可事实却是，我发现徐照在有意识地疏远我。有几次课后，我想找她好好聊聊，她却故意避开，她的眼神闪闪烁烁，好像藏着秘密，不愿让我发现，这完全不符合她的性格。

空气里有某种物质在酝酿、蠢蠢欲动，我嗅到了，但说不清具体是什么，它形状带刺，不断变化，危险得让人不安。

而睁开眼睛，时光依旧不紧不慢向前走，周遭的一切都像腌渍在瓮里的芥菜，即使在变化，也无法用肉眼看见。

但量变总是会引起质变，这是自然世界的准则。

元旦假期后不久，有天课间，徐照忽然拉着我跑进操场边的小树林，她跑得气喘吁吁，满脸通红，我不比她好多少，心跳快得像上了发条的青蛙，直觉告诉我，她会向我倾吐我久藏在心里的疑问。

"慕容，"她的眼睛闪闪发光，不再东躲西藏，"我要告诉你一件事，但你必须先发誓，不会告诉任何人。"

我毫不犹豫就发了个重誓，我等这一天好久了。

她深吸了口气，表情有点像破釜沉舟："我要走了。"

我愣了一下才反应过来:"你……要回城了?"

"不,不是!"她摇摇头,压低嗓音,"萧宾答应带我离开这儿,我们要去一个谁也找不到的地方,开始新的生活。"

我倒抽一口凉气,瞬间被一股说不清楚的情绪包围,但绝非高兴。

"我答应了萧宾不告诉任何人的,可是慕容,你是我最好的朋友,我觉得不和你说一声就离开太不仗义了。"她脸上的神色流光溢彩,楚楚动人,可我的心却感到阵阵寒意。

"你们,要上哪儿?"

"对不起,这个我不能说。"

"那,你还上不上学了?"

"当然不上了。"徐照笑起来,"慕容,我等不及想长大了。"

可她还没长大呢。我想象她在外面过流浪的生活,脑子里一团乱麻。

"去了那里,你们想干什么?"

"打工啊!先想法子养活自己,等有了实力再考虑干些有意思的事。"徐照乐观极了,"反正有萧宾在,我用不着担心。"

"徐照,你相信萧宾吗?"

"当然!"

"如果有一天你发现他骗了你怎么办?"

徐照警觉起来,拧紧眉头:"你有话可以直说。"

我当然没法直说:"有人说,十五岁的爱情不可靠。"

"又是哪本书上看到的?"徐照不屑,"慕容我告诉你,生活是没有操作指导书的,得靠我们自己一步一步去经历,不管前面是什么我都不会逃避。"

该上课了，我魂不守舍跟着她走回去。

她反复叮嘱我："记住你发的誓，和谁都不能说，否则咱俩绝交！"

我去找萧宾，十分恼怒："你为什么要毁掉徐照？"

他居然还笑得出来："徐照告诉你了？她果然当你是最好的朋友。"

"这就是你帮宋亮的方法？拐跑他妹妹？！"

他不笑了："主意是徐照出的，因为美筠的事，她对镇子很失望，她以前会选择来这儿是错把这地方当世外桃源了。她不想留在这儿，又不想回城里的家，她来找我，难道我放她一个人出去乱闯？"

我脑子里很乱："可你能照顾她一辈子吗？"

"一辈子那么长，谁说得准呢！"他看看我，"我只能做眼前想到的事。"

我忽然对萧宾很失望："你就不怕我告诉徐照？"

"告诉她什么？"

我咬着唇，低声说："你从来就没喜欢过她。"

我不敢看他的眼睛，如果之前我是怀着愤怒和鄙夷来质问他的话，那他此刻的心情大约和我刚才差不多。

我紧张地等了一会儿，听到他用平淡的口吻说："如果她相信你并因此离开我，我会感谢你，慕容月见。"

他把我的名字咬得分外清晰，像在咀嚼一块冰，带给我森森寒凉。

我承认我受到了挫败，我没有勇气那样做。

离开前，萧宾忽然又叫住我。

"谢谢你，慕容。"

我无动于衷望着他，也许他还想讽刺我几句。

但他眼里没有一丁点儿嘲弄，他垂着眼眸，声音低柔："谢谢你曾经劝过我。"

我没再说什么，转身走了。

短短一年内，外公过世了，美筠走了，徐照和萧宾也即将离开，而我呢，至多还有三个月，妈妈就会把我接到城里去读书。

十五年安静的时光走到尽头，浓腻温软的奶酪停止流淌，它变冷发硬，凝成一块，一敲就碎。

我并非拒绝变化，但每一次成长都会伴随着脱胎换骨的痛楚，更何况，我心里还藏着一个别人的秘密。

徐照的决定也是困扰我的原因之一，我发过誓，绝不告诉别人。

即使我想违背誓言，我又该和谁说呢？

方邃远吗？这和他根本没关系，更何况他尊重每一个独立意志，哪怕觉得不妥也不会出面干涉，充其量也就是宽慰我几句而已。

告诉外婆或者妈妈？那简直是自找麻烦。

也许，我可以告诉宋亮，他一定不会同意徐照的做法。但我早就和他断绝来往了，再说，即使他成功阻止了徐照的逃离，往后我该怎么面对徐照呢？她会恨我一辈子。

我们都是渴望自己做主的孩子，却不明白自由的真实含义是什么。放我们肆意乱游其实是种危险。从这个角度上讲，美筠是幸运的，她的出格被扼杀了，最终她会走上一条常人都在走的路，也许会有怨言，但起码那是安全的。

安全对人生而言总是头等重要的事，只不过很多人不屑认同而已。

我被锁在自己的蜗牛壳里，悲天悯人替朋友担心，还带一点失落。

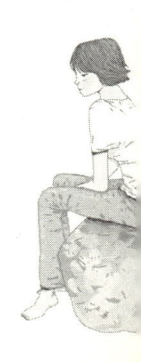

镇西成了我唯一可以去的地方。

夜幕降临，我缓步前行。

刚一踏入镇东的地界，迎头就看见方邃远骑着车子晃晃悠悠的身影，我站住，心里交织着喜悦与悲伤。

月亮还未升起，路灯光从很远的地方照过来，所有物体只能看见一个模模糊糊的影子，奇怪的是，我却能如此清晰地看到方邃远脸上所有细节，他白净的肤色，英俊的轮廓，眉宇间闪烁的温和而安详的气息。

他在我跟前停下。

我抑制住委屈，问："这两天你去哪儿了？我一直在找你，还以为你走了呢！"

"骑车四处转转。我说过，如果要离开，我会告诉你的。"

他脸上的笑容温暖了我，我的心重又安静下来。

"我想也是。可发现你不在，我还是很害怕。"

他没笑，过了片刻，才缓缓地说："天下没有不散的筵席，我的确要走了。"

我脑子里有东西狠狠一晃："什么时候？"

"下个星期六。"

算算日子，还有整整一周。

泪水一下子从我眼眶里冲出来，连鼻尖都红了，整张脸热乎乎的。

我再也忍不住，任由眼泪哗啦啦流淌下来，哭得像个孩子。

方邃远有点尴尬，他翻遍浑身所有的口袋，没找到纸巾，便靠过来，把衣袖管伸到我面前："擦这儿吧，我不怕脏。"

我破涕而笑，但很快又被伤心包裹，明知这样不应该，可我管不住自己。我低着头，抽泣着说："别管我，给，给我五分钟就好了。"

我感觉自己的肩膀抖个不停，悲伤在五分钟内似乎很难平复。

方邃远等了我片刻，不见我收势，他轻轻吁了口气。

是时候割断依恋，跟前面的那段时光告别了。我想，这一刻我们彼此心里都很清楚。

我渐渐平息下来，大概花掉了十多分钟。

之后，他轻轻说了句："回家吧。"嗓音有些喑哑。

那一夜我睡得特别沉，没有做梦。

我在清晨的鸟鸣声中醒来，躺在床上不动，心里莫名焦躁，好像这一天，有大事要发生。

不过话说回来，我从很久以前开始，就时不时会有这种感觉，也许纯粹出于不甘平淡的心理。

这是元旦假期后的第一天。吃过早点，我到学校。学校里风平浪静，但徐照没来。

两节课后，一条新闻在同学间快速扩散——徐照和萧宾一起跑了。

我没有任何意外，原来他们挑的是今天。

但这只是新闻的开端——胖头和大钟也跑了，与徐照他们一起，让人更加咂舌的消息是，据说胖头还到城里把美筠也给偷偷带走了。

不出一天，这条新闻就在小镇上以炸裂般的速度传播得到处都是，在人们兴致勃勃的议论中，他们的出走被形容成了一场蓄意已久的阴谋。

其实也没错，他们或许早就开始策划了，至于美筠，估计是元旦假期时联系上的，她爸爸百密一疏，这会儿想必后悔得要撞墙吧？

现在看来，这主意十有八九不是徐照出的，也许是胖头，他年纪最大，家里又有钱，跑出去生存是没问题的，至于美筠，我想她早就憋坏了，就像被捞上岸的鱼，得不到空气，奄奄一息，她平时胆子再小，这会儿也敢破釜沉舟。

我想不明白的是大钟的心思，他那样懦弱，而且就要上班了，终于可以挤进成年人行列了，熬了这么久，却忽然放弃跑去外面一无所知的世界，他是在向萧宾表忠心吗？

可说实话，谁又真正了解过谁呢。

不管是谁出的主意，毋庸置疑，他们有过一次（肯定不止一次）集体讨论，并一拍即合。

据说他们临走时，胖头给他爸留下了一封信，信写得很简单，大致意思是：经过慎重考虑，他决定带美筠离开镇子去过她想要的生活，萧宾徐照和大钟自愿陪他们一起去开创新生活，他们几个人打算找个城市安定下来，开个店，不必担心他们的生计问题，他们要用自己的行动证明，即使不读书，不上大学，不名列前茅，他们一样能过得很好。

美筠的爸爸气疯了，他立刻报了警。

大钟的爸爸老钟成天撸着袖子守在镇子路口，扬言儿子哪天要是回来，一定要好好收拾。

胖头的爸爸则焦头烂额，一方面要时不时应对来自警方以及亲朋、街坊的盘问，一方面还要被美筠的父亲三番五次上门闹。胖头那封信都快被人看烂了。

妈妈吓坏了，她丢下手头所有工作跑回镇上，看见我还毫发无伤坐在家里的沙发上，她好像把丢失的珍宝又找回来一样，庆幸不已。

"这帮孩子太胡来了！幸亏小月还拎得清，没和他们一起犯傻！小月，他们走前有没有拉你一块儿？"

我否认，低头，不让妈妈看见我难堪的表情。

妈妈这次回来，不光为了检点女儿有无"损伤"，她还要即刻将我带走。

"转学手续我已经托人在办了，半个月内就能搞定，到时我来接你，以后你就在我身边待着吧。"

"不是说好读完初中再走吗？"

"这地方一天都没法子待了！天晓得把你放这儿将来会不会出什么乱子！"妈妈武断地怀疑着，口气不容置疑，"你别和我争了，这回我说了算！"

她一脸董事长拿主意的神色，我明白，多说无益，我把不满咽回肚子里。

****

——《让城遗事》* 望虞河

望虞河南起太湖边沙墩口，北至长江边的耿泾口，绵延六十多公里。

相传楚霸王项羽的妻子虞姬为虞溪村人，她有两个妹妹，感情非常深厚，在得知项羽被困垓下后，两人担心姐姐的安危，日夜站在村口等候姐姐归来。

然而，噩耗很快传来。妹妹们的眼泪流成了河。

她们决定为姐姐报仇，刺杀刘邦，最终却失败身死。村人将两个妹妹的尸首埋在河边，后人就将这条河命名为望虞河。

阿末的家就在望虞河畔，她每天要往返河边数次，浣纱、淘米、担水。简单的重复劳动构成她生活的主要部分。

她才十五岁，但每当蹲在河边，眺望滔滔远去的河水时，她仿佛能看到自己的一生。

家里已为她定下亲事，一年后，她将为人妇，要伺候丈夫，服侍公婆，生儿育女，此外，生活依然不外乎浣纱、淘米、担水，直至有个与她现在的年纪相仿的女孩从她苍老的手中接过责任，继续将日子持续下去。

想想真不甘心。

阿末将水桶甩入河中，左右摇晃，桶中很快盛满清水，她双手拎住把手，使劲提上岸来，擦擦额头，抬眸，尽量将目光放远。

虞姬知道她有两个妹妹在日夜守望自己么？知道她们的眼泪汹涌成河么？

大概不知道吧。虞姬的心里只有项羽，她自刎而亡，以为能使项羽毫无拖累东山再起，她忘了妹妹们的担忧。而她们后来还舍身为姐姐报仇。

阿末想象身着缟素的纤纤女子，以轻盈的姿态垫步而上，怀揣仇恨举剑刺向刘邦的景象，她浑身的血液沸腾起来。

尽管那或许是子虚乌有的事，但在她一遍遍的勾勒中，画面如此逼真，每一个细节都完美无缺。

她们死了,死后被埋在自己的眼泪旁边,年纪轻轻。

可阿末觉得她们值了,那样轰轰烈烈,如火焰燃烧的短暂一生,胜过无数个在河边浣纱、淘米、担水的日子,后者单调乏味到让人绝望。

她的这些想法,即使告诉最疼自己的阿婆,恐怕也是要招来讥笑的,如此不切实际。因此,她将它们埋在心底,日复一日,用幻景来冲淡现实的苦闷。

然而,有那么一天,改变的希望突然在她生活里出现了。

那一日,缸里的水满了,所有的布绫都在阳光下随风飘展。阿婆嘱她去山上采一味草药,村头的药铺愿出高价收购。

阿末跟曾是郎中的阿公认过半年药草,后来阿公过世,她也再没机会实现救死扶伤的理想。

她对那味名贵药草印象已趋模糊,但阿婆对她极有信心,临行让她又扫了眼药书,要她辨明根茎叶的细节,又交给她一个背篓,阿末懵懵懂懂地上路了。

阿末翻过一座山头走到另一座山头,林间的树木野草多得数也数不清,但她看花了眼都没发现要采的药草。

药书上说,此草多生于高山峻岭,江南的山多是多,但既不高也不深,一味地延绵起伏,叫山丘更合适些。

但山间清幽离尘的气息让她欢喜,她把所有能记得的歌子都唱了一遍,又听了一阵山雀和百灵的争鸣。累了,便寻个路边土墩坐下,理一理背篓中颜色绚丽的野花,这是她今天唯一的收获。

急促的马蹄声由远而近，嘈杂的吆喝夹杂其间，分秒间就到了眼前，阿末来不及细看，七手八脚钻入身后的灌木林躲藏。

一时间，狭窄的山路上喊声四起，刀光剑影，胆小的马被拖入厮杀，不断发出惊慌的嘶鸣。

阿末起先只敢紧闭双眼用耳朵来听，浑身更是瑟瑟发抖，唯恐一个闪失就殃及了她这条池鱼，渐渐地，她发觉那打斗的现场只局限在路面上，与自己隔着相对安全的距离，她便缩着脖子偷眼观看。

眼前景象和自己听着声响想象的差不多，唯一的区别是打斗双方力量悬殊，一对多。

那被团团围在中间的剑客戴一顶尖顶斗笠，眉目看不分明，手里的剑挥舞得如望虞河中的水那般顺畅，时而指东时而向西，速度迅疾，阿末所见，不过一个个剑舞出的光影，而抓不住剑本身。

一对多，可优势依然在剑客这边，那七八个武人嘴里骂着娘，马蹄犹豫的嘚嘚声却分明显出退缩之意。

阿末舔舔嘴唇，被剑客的风度倾倒，忘记身处危险，忍不住想要为他鼓掌喝彩。

笑容爬上脸，大张的嘴巴刚要发出声音，一枚暗器朝她飞来，钉在她身边的古木树干上，离她的脑瓜仅半尺有余，她呆若木鸡地噤声。

等她回过神来，鏖战早已结束，眼前的人像云烟似的散入空气，无迹可寻。

阿末哆嗦着拔下树干上那枚钉子状的暗器，左右端详，只觉做工粗糙得很。她将暗器在衣服上擦了擦，抹掉上面的尘土，藏进背篓底部，算留个纪念。

要不是她走运，今天这条小命可就完了。

她迅速收拾罢东西，也没了飞扬的心情，步履匆匆朝家的方向疾走。可她走得太远，回家还是得一个山头接一个山头地爬回去。

暮色渐暗，她焦虑起来，听说太湖流域时有强盗出没，刚才那一拨人或许就是盗贼也未可知。

爬过一个山头，前面又是一个山头，上山、下山、再上山，她脚步猛顿——岩石下靠着一人，斗笠遮面，不知是死了还是在打盹儿。

阿末怕事，转身欲逃，忽然又停下脚步。

尖顶斗笠。

她回身，仔细打量，果然是刚才那剑客。

空中的银蛇在眼前飞舞，阿末的心也如蛇扭般不安分起来。她大着胆子，走近剑客，再走近些，想看看斗笠后的真面目，但又怕掀开斗笠，看到的只是张死人的脸。

她可不想剑客死。

离得很近了，剑客依旧岿然不动，却有声音穿透斗笠而出："把东西还我。"

阿末向后退了几步方想起来反问："东西？"

剑客摘下斗笠，露出一张留有髭须的脸，年纪略大，但长相不凶恶，阿末放下心来。

"我，我没拿你东西啊！"

剑客提醒她："我的暗器。"

"是，是你掷的？"阿末一阵胆寒，又起了逃跑之意。

"若不给你点个醒儿，你喊将起来，不是自讨苦吃。"剑客嘴角勾起淡淡笑意，"我最恨连累不相干的人，欠一条人命，佛祖那里要挨十八大板。"

"原来如此。"阿末想起刚才在密林中的轻浪，简直不把自己性命当回事，不觉红了脸。

她从背篓中翻出暗器，依依不舍递过去，眼睛盯着剑客，他离她这样近，就在咫尺之间。

他的眼睛里闪着剑气般的寒光，却见不到邪恶与残忍。

阿末缩回手，舔舔唇："可否，可否与我留个纪念？"

剑客似觉意外，稍稍凝眸："你要来做什么？"

阿末心里的狂野念头像被捅了窝的马蜂，纷纷向外逃窜。

"实不相瞒，阿末平生最大理想就是如侠士这般闯荡江湖，天下如此之大，阿末不愿就此埋没于山村乡野之间。"

剑客的眼神古怪起来，但他并未笑她，仿佛在深思她的理想是否可行。

"可你只是一介女子……"他道，口气有点惋惜。

要怎么让他明白，她女子的身躯里装着的是一颗和男人一样高远的心。

新的念头涌入她脑海："或者，我可以跟着你……"

剑客轻笑，打断她："我要一个女人跟着干什么？"

"我会做很多事啊！"阿末急切地解释，"我会浣纱、做饭、担水、缝补。你还可以教我剑术，以后遇上强敌，你也多个帮手。"

"这些……"剑客慢悠悠道,"我都不需要。"

阿末心一凉,她果真是在痴人说梦么?

可这或许是她此生唯一的机会。

"那么,"她心一横,"我可以做你的,你的妻子,你总是要一个妻子的吧?"

幸亏阿婆不在身边,若听到这话不气昏才怪。她早就许配了村东头的牛二郎,那个老实巴交,一句话要掰成三句来讲的木讷汉子。

去他的吧。

一言既出,驷马难追。

剑客脸上不起一丝波澜,但望着她的目光愈发异样起来。

在他的注视下,阿末的脸开始发起烧来,但她心中有更大的一团火,已被点燃并熊熊燃烧,再也无法扑灭。她顾不上羞耻,只一心希望能说服剑客。

是的,这是她唯一的机会。

剑客挺起腰,坐得比刚才直了一些,一条腿屈起,另一条腿还伸展在地面上,表情较刚才也凝重了许多,阿末似乎见到曙光。

他的眼睛一直望着阿末,仿佛在思量他们将来相处的可能性。良久后,才开口。

"我不知道自己是否需要……一个妻子?"他拨弄着斗笠,"但或许……我们可以试试?"

阿末大喜过望,不知是自己的哪一点打动了他。

她感觉胜利在望,几乎要向他跪拜下去:"多谢侠士!"

"我要在此见个人,后天,我就过河离开,不再回来……若你果

有此意，我是说，咳，跟随我，那么，后天在河边等我。"

"阿末绝不食言！"

他们谈好相见的时辰、具体地点，天已全黑，阿末必须回家了。

走在漆黑的山路上，阿末再也感觉不到任何恐惧，因为后天，她的梦想就要实现了。

Chapter 15 我们终会长大

时光是一条具有腐蚀性的河流，它在人们身边悄然流淌，只有在足够的间隔以后才能看清它带来的改变。

一个星期过去了，那五人依旧踪迹皆无，没人搞得清他们离开小镇后会往哪个方向走，满世界搜寻，无异于大海捞针。

而最让我伤感的还是方邃远的即将离去。

我最后一次去见他，带去送给他的临别礼物，一幅自己画的小镇山水。

"我不知道你还会画画。"方邃远意外，"画得真不错。"

"是我小学时参加绘画兴趣小组画的，得过奖，唯一一次。"

方邃远仔细欣赏："这桥很像我们常走的那座，但位置有点不对。"

"就是古竹桥，但我把它挪到了我家附近。"我笑着解释，"我是按照自己希望的样子来构建小镇的，把很多喜欢的景点都放进了画里。那时候我还有理想。"

他听出我话中的颓废："现在的理想变了？"

我告诉他，自己也将离开小镇，去城里读书。

他一如既往安慰我："也许只是过渡阶段，旧的理想破灭了，新的理想还没来得及形成，但早晚还会有的。"

我点头，我愿意相信他所说的。

"你呢？你的理想是什么？"我还是像刚认识那会儿那样对他的内心充满好奇。

他笑笑："走路，看风景。"

"走路，看风景。"我又一次点头，"不然你不会来这里。可你毕竟没有完成你的任务，我是指你想要拍一套关于齐眉镇灵魂的照片，会不会觉得遗憾？"

他态度超然："不可能所有事情都圆满，遗憾也是艺术的一种存在形式，而且我不是一无所获，我明白了小镇的灵魂是什么。"

我被勾起兴趣："是什么？"

"人。一群能够思考、有想象力的人，失去这个，小镇就是一座空城。"他拉开抽屉，掏出一个信封递给我，"这个送你。"

里面全是我的照片——我们国庆假期同游那天他偷拍的。

一个又一个转瞬即逝的细节：风吹过时我飘扬而起的长发，转身时柔软纤细的身段，我对着一朵花满足地微笑，我抬头时双眸因被强烈的光线刺到而紧闭，我皱起鼻子好像在赌气。

我从未见过如此美丽生动的自己。

"谢谢。"我抿唇，心头热浪翻滚，"不光是这些照片，还有你为我做过的一切。"

"别客气。友谊是相互的。"他故作轻松地调侃。

"可我还是应该谢谢你。"我只能这样坚持着，以掩饰心底升上来的伤感，"如果没有你，说不定我会像他们一样，狠下心来逃走。"

一直以来，我都能感觉到体内有股叛逆的气流在横行，也许我不见得如自己想象的那么软弱。

所以，时至今日，尽管我对很多结果不满意，但至少我还是该觉得庆幸，我的未来还有无限可能，只要我好好规划。

他静默了几秒后说："我希望你现在感觉好多了。"

我点点头，告诉他："我总是做同一个梦，梦里有我的母亲，还有……父亲，"我艰涩地回忆着，"那个梦让我惶恐压抑，又怎么也摆脱不掉。"

他试着为我诠释："你父亲不在了，所以，你希望自己有一个父亲。"

"我说不上来，有时又明明很恨他。"我低首，这是我唯一无法向他表达出来的情绪，也是我多年的心结所在。

"好在我有一阵子没梦到它了。我觉得……也许我再也不会做这个梦了。"我笑笑，像个从噩梦中逃亡出来的幸存者。

他也笑了，笑容如高山融雪，纯净明朗，不掺一丝杂质。

我慢慢走近他，仔细打量他每一分眉目。

"我不知道你究竟是谁，可我觉得好像跟你认识很久了。"我轻声说。

我能感觉到他身躯微微发出的一颤，刹那间，如一丝电光划过，照亮我脑海里某个刻骨铭心的场景，我竭力想抓住那熟悉的感知，但亮光很快熄灭，心田再次被无边无际的黑暗笼罩，只留下一缕模糊的印象余音袅袅。

"你到底是谁？我以前见过你吗？"

他摇了摇头，什么也没说，只抬手为我拭泪。

我努力展开笑颜："如果人真有前世今生，那我们前世一定见过面，说不定关系还不错。"

我徒劳打量着他脸上每一个细节："总有些痕迹会积累下来，让我能在这辈子认出你，多有趣。"

"别说傻话。"

的确有点傻。

我放弃心底那一点悸动的余波，问他："你以后还会来这里吗？"

"不一定。"

"我能给你写信吗？"

"我居无定所，没有可靠的地址给你。"

然而，当无眠的夜里，我躺在床上辗转反侧时，不稳定的情绪终于失衡，失去方邃远的惶恐再次牢牢紧攥住我，我翻身坐起，在黑暗中不安地喘息。

我忙出了一身汗，整理出两箱子的衣物和书籍，箱子用的是妈妈留在家里的旅行箱，结实好看，麻烦的是它太笨重，走路是个拖累。

我又花一小时给妈妈和外婆写了封告别信，无非是告诉她们我即将开始新的生活，她们用不着为我担心。

之后，我躺倒在床上，折腾了大半夜，实在很累。

就这么离开居住了十五年的小镇以及这个充满温吞水气息的房间，这感觉，让我联想到拔牙，既害怕又解脱。

我上了闹钟，打算好好睡一觉，但神经末梢像被一只手攥住，绷得很紧，怎么也睡不着，只能任由各种思绪在脑海里穿梭。

我想起美筠和徐照他们，也许这辈子我们不会再见面了，不知道她们在今后漫长的岁月里还会不会想起我，想起我们三人在苦闷中寻找乐子的那些时光。

至于妈妈和外婆,她们肯定会生气吧,但最后她们会想通的(尽管是被现实所迫),我相信,只要我今后过得快乐幸福,她们会原谅我的。

我会过得快乐幸福吗?

然而,疲倦涌来,我睡着了。

醒来时天已大亮,时针指向九点。

等我闹明白怎么回事后,眼前顿时一黑,闹钟居然没能闹醒我。

我的行李箱还在角落里放着,我七手八脚爬起来,连哭都来不及,吃力地抓起箱子下楼,又在门口舍弃了较重的那只,拎上我能拎得动的衣物箱往楼下走。

外婆沉着脸从楼梯下面走上来:"你要上哪儿?"

我涨红了脸,像一只会在阳光下现原形的狐狸那样窘迫而焦虑,我唯一的念头是赶紧走。

"你是不是疯了?"外婆手里抖着信纸,"居然想离家出走!真没良心!"

焦虑升级为烦躁,那本该是我离开后才能让外婆读到的东西,而不是像现在这样成为用来被控诉自己的证据。

我依旧不说话,妄图带着行李和外婆擦身而过,追赶尚未远去的梦想,但外婆一把拽住了我。

外婆的力气大极了,我怎么也挣脱不开。

我尖声惊叫:"让我走!让我走!"

外婆用力甩了我一巴掌,我跳将起来,撒泼似的哭闹,两个不知从哪里冒出来的中年妇女冲上来将我按倒在地。

"这孩子魔怔了!挺住挺住,张大夫马上就来!"

天哪，多么荒谬的结论！

我看着被院子的围墙框起来的四方天地，绝望地瞪起眼睛，不管我怎么努力，都摆脱不了这困住我的逼仄环境。

外婆在哭。

我的身体还在死命挣扎反抗，却是徒劳。渐渐地，吵闹声淡去，蓝天在视野里褪色，我仿佛看见自己拖着两只箱子，高高兴兴地跟着方邃远，走在异乡的马路上。

我闭起眼睛，眼角有泪渗出。

再次醒来已是夜里，我看不清周围，也不确定发生了什么，但能感觉妈妈坐在床边，房间里影影绰绰亮着光，淡淡的熏香萦绕鼻息，有低微的诵经声传入耳朵。

我重又把眼睛闭上。

就这样浑浑噩噩，醒了睡，睡了醒，不知反复了多少次，有一天，我终于彻底苏醒，脑子里感觉格外清楚，像被雨洗过的树林。

阳光从窗帘的缝隙中透射进来，逆光刺眼，我想去把窗帘拉开，身子能动，但四肢无力。

"你想要什么？"

原来房间里并非只有我一个人，妈妈在角落的沙发里站起来，穿着睡衣，手里还捏着一纸信。

妈妈替我拉开窗帘，又扶我在床上坐起，我注意到她一脸疲倦之色。

"今天感觉好点儿没有？"

我点点头，目光投向沙发上自己写的那封信，信纸软软的，显然已被读过很多遍,我难堪地转开目光。

妈妈给我洗脸、梳头,又端来开水和稀粥,一句责备的话也没有,但我知道她心里不可能平静。

终于,忙碌告一段落,我俩相对坐着,妈妈显得很不自然。

"要吃水果吗?有橘子和苹果,医生说你可以吃点儿水果。"

"不要。"我盯着妈妈,不打算跟她绕来绕去:"妈,我曾经想离开这里。"

我的直白扫去了妈妈脸上的小心翼翼,她换上温和的笑容:"我知道。等你身体恢复一些我们就走,去城里。"

她的笑容里有一丝谄媚。也许我不该这么形容自己的母亲,但她出的主意实在不高明,她一点都不明白我需要的是什么。

我没有退避,我得把话说清楚,否则我无法从这件事中走出来。

"我的意思是……我想离开你们。"

笑容从妈妈脸上退去,她沉默了片刻,说:"小月,你病了,在床上躺了半个月,我跟你外婆什么法子都试过了,可你就是不肯醒。医生说,你这是受了刺激后对现实产生恐惧的一种症状,没办法,只能等你慢慢恢复。小月,妈妈什么都能答应你,但你必须得一直是健健康康的。"

什么都能答应我……可我已经失去了我最渴望的生活。

我本想说得再直白些,我想告诉她,我最需要的是安全感,从小就是这样,她曾经可以给我,但现在,就算她再怎么努力也无济于事了。

"我以为你在这里过得挺好的,你也从没跟我提过什么……"妈妈笨拙地想要解释,却又无从说起,"原来你这样不开心……我该听你外公的话,早点儿接你走的。"

妈妈的眼圈红了，低下头，有点像不知所措的孩子。

而她的嗓音沙哑软弱，我仿佛是突然之间注意到她的容颜一下子苍老下来，不会再有人误会我们是姐妹。

就这样吧，这么多年都过来了。

我心生怜悯，我不该让妈妈陷入窘境，妈妈一辈子都像个孩子，没人告诉她该怎样做一个母亲。

"我没事了，妈。"我把手放进妈妈的掌心，就像小时候那样，带着安慰的笑看向妈妈。

妈妈把我拥入怀里，哭得很委屈，我轻轻拍她的背，感觉我拥住的这个人如此瘦小孱弱，不知不觉中，我已经长大了。

当天晚上，我病后第一次下楼，和外婆、妈妈一起吃了晚饭。

妈妈再次谈起给我办转学手续的事，我没再反对，经历了这场病症后，某些器官不再像从前那么敏感脆弱了，想到即将进入的世界和新的生活方式也不觉得有多恐惧，麻木有时是隔开心灵和现实最安全的屏障。

我在镇子里四处遛弯，人们的脸上不再像过去那样安宁，他们在谈论将来的去向：搬迁已成铁板钉钉的事，速度比外婆预计得快很多。

我走向镇西那栋牵动我神经的小楼。

庭院里的银杏树光秃秃的，金黄的叶子落在地里，正慢慢腐化。活跃了三季的藤蔓植物也收敛绿色，灰溜溜地匍匐在墙角边、台阶上，等待下一个春天的来临。

我抬头，二楼窗子紧闭，不必去叩门我也明白，里面不会有人。

但我还是忍不住步上台阶，轻轻推了下门。

门锁着，门沿和地面的缝隙处探出一点画纸的边缘，我用手指甲小心向外勾，完整的纸片很快就落在我手里。

是我送给方邃远的那幅小镇山水，他没带走。

我坐在台阶上大哭，把情绪中最后一点郁积都排泄出来。

大约在我离开齐眉镇，到妈妈所在城市的中学就读了三个月以后，美筠他们又陆续回到镇上，那时整个镇子正在进行庞大的迁移工程，人人忙着落实新居，所以他们的回归并未引起和离开时一样的轰动效应。

率先回来的是美筠，她在外面待了一个月不到就反悔了，她越来越惦记父母。

美筠的爸爸没再责备美筠，也不再逼着她在学校要名列前茅，美筠进了镇子搬迁地的新中学读高中，她比从前沉静多了，活脱脱像个大姑娘，也不再那么没心没肺。

美筠回来后不久，胖头也回家了，他爸把网吧转到新住地，胖头一回去就接手当了网吧老板。

"你愿意也得做，不愿意也得做，以后老子我靠你养！"他爸再也不肯纵溺他了。

他和美筠虽然同住一个区，却再也没来往过。

萧宾不知道用什么方法，居然把徐照劝回了她母亲那里，经过她母亲的一番奔波，她入读二中，成绩不错。

萧宾也没回小镇，他到他父母的水果店里帮忙，每天开车拉货，十分勤快。

我不知道他是用什么办法把徐照劝走的，也许是他主动坦白了内心，也许是徐照突然之间发现了什么，又或者，徐照对他的感情也因为

两人走得太近而忽然消失，一如我对宋亮那样，说到底，青春期的爱很像一场突如其来的火灾，毫无因由，来得快，去得也快。

但不管怎么说，萧宾履行了他的诺言——让徐照回家。或许他在答应徐照逃离的时候就已经有了这样的打算，他无法负担徐照的一生，只能设法把徐照送回原来的轨道，而他从此也死心塌地走上了平常人的路。

他和徐照，彼此改变了对方。

唯一没回家，继续在外面闯荡的人是大钟，他在一家汽修厂学修汽车，据说进步神速，深得老师傅喜爱，就此在当地扎了根。老钟一听说他的落脚点后就连夜坐车去见儿子，扬言要把他打得满地找牙。不过等他一周后回来，却是满脸喜气洋洋。

"我儿子有出息啦！连车行老板都离不开他！"

哦，差点忘了宋亮。

我升高二那年他参加高考，是全市的理科状元，照片印在报纸上，还是那么英气逼人。我看着照片上自信微笑的他想，如果以前我从未认识他，现在一定还会为他的模样倾倒吧？

好多消息都是外婆打电话来告诉我们的，我从离开镇子后还没回去过。

有时我也想着该回去看看，看看镇子变成什么样了，还想去看看美筠他们，但又觉得没那么着急。

不得不承认，大家不再像从前那样亲密了，变得有些生疏。我们正在长大，而这或许就是长大的代价。

我要讲的故事到此为止了，但故事中的我们——萧宾，美筠，胖头，大钟，徐照，宋亮还有我，我们的生活还会在故事以外延续，说不定有一天，你会在别的什么场合听到关于我们一鳞半爪的消息。

嗯，生活总是这样。

插播：一段采访录音

女：谢谢方先生能给我们杂志提供这样一个机会，让我们的读者能更深入地了解您作品蕴含的深意。

男：不客气。我也该谢谢你为这次采访做的精心准备，你刚才提到的那些问题，有不少都能给我启发，是我之前没考虑过的，没想到你对我的作品这么用心，很感动。

女：也许您不知道，今天这个采访是我从同事那里抢来的（笑），我一看到您的名字就激动不已，我告诉她，这个任务必须让给我才行！

男：我有点受宠若惊，我在绘画界算不上什么大师。

女：这里头有个缘故，也是我对您感到特别亲切的主要原因——不知道您还记不记得慕容月见？

男：慕容……月见？

女：对，就是她。我是在做一期古镇历史遗迹的专题时跟她认识的，她给我搜集资料，帮了我很多忙，那是前年冬天的事了。哦，她现在是S大历史系大四的学生……您不记得她了？

男：没什么印象，不过你说到古镇提醒了我，几年前，我在江南一个叫齐眉镇的地方待过一段日子，如果没记错，慕容月见是那儿人吧？

女：对对！就是她没错！不过您……我没想到您这么快就把她忘了，呵呵。

男：不好意思，年纪大了，记性不好，而且我在齐眉镇的时候，也没跟这个女孩有过什么接触，所以……

女：方先生，您不是开玩笑吧？据我所知，你们的关系很好啊。

男（错愕）：这……这话从何说起？

（翻包的窸窣声）

女：也许，您看下这个就明白了，这是慕容送我的一部小说，她自己写的，自传性质。我看过两遍，非常喜欢。这里面有关于您的很多篇幅。

男（急切）：我看看。

许久以后。

男：我，呃……虽然我为了采风的确在那镇上逗留过一段时间，大概有一两个月吧。但她写的这个人，其实，不是我。哦，我这么说并非质疑她在撒谎，也可能……她遇见的是另外一个人，那个人帮助了她，但出于一些原因，她不方便说出那人的真名，就假借在我头上。

女：啊！听您这么一说，真是，真是难以置信。不过，您在那儿的时候，跟她难道一点交集都没有过吗？

男：应该见过一次两次，我真的想不起来了，唯一有点印象的是，有次我在古竹桥下写生，她恰好经过，在我身边停留了一会儿，还问了我一些绘画方面的问题，仅此而已。哦，我和她外公慕容老先生反而要更相熟一些，老先生学识渊博，又极有风度，在镇上倒是名气很大的。他空闲时会四处散步，有时我们遇上也会闲聊几句。

女：也许因为这个原因，慕容对您有了好感。

男（笑）：我真的不知道，那女孩给我的印象很内向，除了上学就是躲在家里。但她外公告诉我，她极爱读书，也喜欢听音乐。

女：嗯，我有点明白了，其实我也曾经困惑过，她在书里说您是摄影师，但实际上您是个画家，按理这种要紧的地方不可能记错的。而且，说实话，您和她描写的样子也很难匹配得起来。

男（再笑）：对，我一点都不帅，如果她写的真是我，那等于是用文字把我PS过了。

女：我还是想多嘴问一句：书里提到的其他事都是真的吗，包括那

群孩子一齐逃离齐眉镇？

男（思索）：时隔太久，很难再回忆得起来，你也知道，画画的人一旦开始工作，对旁的东西都不太关心。

女：真遗憾，我一直以为书里写的这些都是真的，慕容当时给我这本书时也暗示过我，那是她少女时期的一段重要经历。我没想到您这样一位重量级的角色居然是她虚构出来的。

男：你应该还能跟她联系得上吧？或许可以问问她，方邃远这个人是否另有其人。

女：那倒不必了。感觉那样贸然去问不太礼貌，现在想想，我给您读这本书的行为也有点不合适，如果让她知道的话……

男：不必担心，我会保密。

女：谢谢，呵呵！今天的心情真难描述啊！

男：对不起，让你失望了。

女：我绝不是这个意思，能够采访您是我的荣幸。只是，我刚才忽然想到慕容曾经说过的一句话，觉得有点惆怅。

男：是什么？

女：我跟她合作的时候，正好发生了一件让我不痛快的事，她知道后安慰我："生活不会总是铅灰色的，会有让人期待的明亮色彩，如果没有，就靠自己去创造。"现在想想，或许她写这本书的初衷就是创造一点亮色给自己安慰。

男：也许，她那么喜欢看书听音乐，我想她一定是个内心极其丰富的女孩。

女：的确。好吧，关于慕容的话题，看来也只能聊到这儿了……

最后

晃动于脑海中的最后意象:

他站在一根电线杆子下面,默默地抽一根烟,烟雾渐渐笼罩住他的脸,令他想起很多事。

对面就是机场,他和他的行李在一起。

烟燃到尽头,他长舒了口气,都结束了。

他把烟蒂摁灭,抛掉,拖起行李走进机场……

飞机渐渐远离地面,他从机舱玻璃向外张望,大地被各种颜色分割成一块一块。他认出其中那块绿色的地方,正是他曾经待过的小镇。

他默默俯瞰小镇。

那个原本就不属于他的地方正在离他越来越远。远远望去,仿佛是海上一个孤零零的岛屿。

他扭过头来,跟播放机里的时间对了下表,他的表慢了两分钟,他仔细拨好分针。

之后,他闭上眼睛休息,脑海中最后一帧画面也变得如雪花般模糊。

他久久地靠在椅背上,面无表情。

****

在遥远时空的另一头。

慕容拓和柳依依正虔诚地将一株银杏栽种于院内。

他们培土、浇水,双掌合十立在树下,默默祈愿。

愿今生白头偕老,永不分离。

愿来世亦能邂逅重逢,相依相伴。